GOLDMANN

"... Abends, wenn ich abgespannt bin, greife ich instinktiv nach einem ‚Wallace', bin im Nu in der Handlung, vergesse den ganzen Jammer des Alltags, bin froh und mutig." Adenauer in Rhöndorf

Edgar Wallace. Das Original.

Alle Edgar Wallace Kriminalromane:

1 Die Abenteuerin.
2 A. S. der Unsichtbare.
3 Die Bande des Schreckens.
4 Der Banknotenfälscher.
5 Bei den drei Eichen.
6 Die blaue Hand.
7 Der Brigant.
8 Der Derbysieger.
9 Der Diamantenfluß.
10 Der Dieb in der Nacht.
11 Der Doppelgänger.
12 Die drei Gerechten.
13 Die drei von Cordova.
14 Der Engel des Schreckens.
15 Feuer im Schloß.
16 Der Frosch mit der Maske.
17 Gangster in London.
18 Das Gasthaus an der Themse.
19 Die gebogene Kerze.
20 Geheimagent Nr. Sechs.
21 Das Geheimnis der gelben Narzissen.
22 Das Geheimnis der Stecknadel.
23 Das geheimnisvolle Haus.
24 Die gelbe Schlange.
25 Ein gerissener Kerl.
26 Das Gesetz der Vier.
27 Das Gesicht im Dunkel.
28 Der goldene Hades.
29 Die Gräfin von Ascot.
30 Großfuß.
31 Der grüne Bogenschütze.
32 Der grüne Brand.
33 Gucumatz.
34 Hands up!
35 Der Hexer.
36 Im Banne des Unheimlichen.
37 In den Tod geschickt.
38 Das indische Tuch.
39 John Flack.
40 Der Joker.
41 Das Juwel aus Paris.
42 Kerry kauft London.
43 Der leuchtende Schlüssel.
44 Lotterie des Todes.
45 Louba der Spieler.
46 Der Mann, der alles wußte.
47 Der Mann, der seinen Namen änderte.
48 Der Mann im Hintergrund.
49 Der Mann von Marokko.
50 Die Melodie des Todes.
51 Die Millionengeschichte.
52 Mr. Reeder weiß Bescheid.
53 Nach Norden, Strolch!
54 Neues vom Hexer.
55 Penelope von der »Polyantha«.
56 Der Preller.
57 Der Rächer.
58 Der Redner.
59 Richter Maxells Verbrechen.
60 Der rote Kreis.
61 Der Safe mit dem Rätselschloß.
62 Die Schuld des Anderen.
63 Der schwarze Abt.
64 Der sechste Sinn des Mr. Reeder.
65 Die seltsame Gräfin.
66 Der sentimentale Mr. Simpson.
67 Das silberne Dreieck.
68 Das Steckenpferd des alten Derrick.
69 Der Teufel von Tidal Basin.
70 Töchter der Nacht.
71 Die toten Augen von London.
72 Die Tür mit den 7 Schlössern.
73 Turfschwindel.
74 Überfallkommando.
75 Der Unheimliche.
76 Die unheimlichen Briefe.
77 Der unheimliche Mönch.
78 Das Verrätertor.
79 Der viereckige Smaragd.
80 Die vier Gerechten.
81 Zimmer 13.
82 Der Zinker.

EDGAR WALLACE

Das silberne Dreieck

AGAIN THE THREE

Kriminalroman

GOLDMANN VERLAG

Aus dem Englischen übertragen von
Friedrich Pütsch

Der Goldmann Verlag
ist ein Unternehmen der Verlagsgruppe Bertelsmann

Jubiläumsausgabe

Made in Germany · 1/90 · 20. Auflage

Satz: Mohndruck Graphische Betriebe GmbH, Gütersloh
Druck: Elsnerdruck, Berlin
Krimi 154
Ge · Herstellung: Klaus Voigt
ISBN 3-442-00154-4

1

Ein Bilderrätsel

Das »Megaphon« brachte eine Abhandlung über die großen Änderungen, die die allgemein geltenden Anschauungen im Laufe der letzten Jahre erfahren hatten:

... Selbst die ›Vier Gerechten‹ sind eine achtbare, ehrenwerte Einrichtung geworden. Vor noch nicht mehr als fünfzehn Jahren sprachen wir von ihnen als einer »Verbrecherbande«; Belohnungen für ihre Verhaftung wurden ausgesetzt ... Heute findet man über der Tür eines ruhigen Hauses in der Curzon Street ein silbernes Dreieck: das Geschäftszeichen ihres Hauptquartiers ... Die Gejagten und Verachteten haben ein höchst vornehmes Detektivbüro gegründet ... Wir können nur hoffen, daß ihre etwas drastischen Methoden früherer Zeiten sich gemildert haben.

Manchmal ist es gefährlich, jemanden beobachten zu lassen, von dem man selbst vielleicht einmal beobachtet werden kann.

»Was fürchtet Mr. Lewis Letherson?« fragte Manfred, als er beim Frühstück kunstgerecht sein Ei köpfte. Sein hübsches, glattrasiertes Gesicht war tiefbraun gefärbt – er war gerade von der Sonne und dem Schnee der Schweizer Alpen zurückgekehrt.

Leon Gonsalez, in die »Times« vertieft, saß ihm gegenüber, und Raymond Poiccart, dessen energische Züge beinahe an Augiers »Mephisto« erinnerten, saß am Ende des Tisches. Geschicktere Federn als die meine haben seine Leidenschaft für den Gemüsebau beschrieben.

Er blickte auf Gonsalez.

»Ist das der Herr, der unser Haus den ganzen letzten Monat hindurch beobachten ließ?«

Ein feines Lächeln spielte um Leons Lippen, als er sorgfältig die Zeitung zusammenlegte.

»Das ist der Herr; ich will ihn nachher aufsuchen. Die Spürhunde sind übrigens zurückgezogen worden, es waren Angestellte von Ottis Detektivbüro.«

»Wenn er uns beobachten läßt, muß er ein schlechtes Gewissen haben«, sagte Poiccart nachdenklich. »Ich bin neugierig, was sich daraus entwickeln wird.«

Mr. Lewis Letherson wohnte in einem großen, kostspieligen Haus in der Lower Berkeley Street. Der Diener, der Leon die Tür öffnete, trug eine Livree, die sehr gut in eine Operette, aber nicht in ein Haus der Lower Berkeley Street paßte. Jackett in Samt und Gold und Kniehosen ... Leon starrte ihn ehrfurchtsvoll an.

»Mr. Letherson läßt Sie in die Bibliothek bitten«, sagte die glänzende Erscheinung; der Mann schien sich seiner eigenen Bedeutung sehr bewußt zu sein.

Ein prächtiges Haus, kostbar eingerichtet, verschwenderisch geschmückt. Als Leon die breite Treppe hinaufging, sah er flüchtig eine schöne Frau über den Treppenabsatz gleiten. Ein hochmütiger Blick traf ihn, dann verschwand sie in einer Wolke eines eigenartigen Parfüms.

Die »Bibliothek«, in die er geführt wurde, hätte man der kostbaren Zierlichkeit der Einrichtung wegen für einen Damensalon halten können.

Mr. Letherson erhob sich hinter dem Empireschreibtisch und hielt dem Besucher eine schlanke weiße Hand entgegen. Er war hager, beinahe kahlköpfig, und sein gefurchtes Gesicht ließ an einen Gelehrten denken.

»Mr. Gonsalez?« Die schrille Stimme klang nicht besonders angenehm. »Wollen Sie nicht Platz nehmen? Ich habe Ihre Anfrage erhalten – da scheint mir ein Mißverständnis vorzuliegen.«

Er hatte selbst wieder Platz genommen. Obwohl er seine Unruhe hinter der geschäftsmäßig kühlen Maske zu verbergen suchte, war sie dem aufmerksamen Besucher nicht ganz entgangen.

»Ich kenne natürlich Ihren Namen, aber warum sollte ich Ihr Haus beobachten lassen? Das wäre doch lächerlich.«

Gonsalez blickte ihn prüfend an.

»Um das zu erfahren, bin ich ja gekommen«, sagte er, »und ich halte es für richtiger, Ihnen sofort mitzuteilen, daß über die

Tatsache an sich kein Zweifel besteht. Wir kennen die Agentur, die Sie beauftragt haben, uns zu beobachten; wir kennen die Honorare, die Sie gezahlt haben; sogar die Instruktionen, die Sie gaben, sind uns bekannt. Die Frage ist nur – warum?«

Mr. Letherson rückte unbehaglich auf seinem Sessel hin und her. Mit erzwungenem Lächeln antwortete er schließlich:

»Wirklich – unter den Umständen wäre es unklug, es noch länger abzuleugnen. Die Veranlassung ist nämlich ... Hm – die ›Vier Gerechten‹ sind eine machtvolle Organisation ... Und ... hm ... nun, ich bin ein reicher Mann ...« Er fühlte wohl selbst, wie lahm die Erklärung klang, und brach ab.

Die Unterredung endete mit Höflichkeitsversicherungen auf beiden Seiten.

Leon Gonsalez kam nachdenklich in die Curzon Street zurück.

»Er ist in Sorge, daß uns jemand um Rat fragt, und die Agentur hat den Auftrag erhalten, den Betreffenden abzuschrecken. Aber wer kann das sein?«

Der nächste Abend brachte die Antwort.

Es war eine kalte, regnerische Aprilnacht. Die Frau, die langsam die Curzon Street entlang ging und die Nummern über den Haustüren las, hatte schon den Verdacht des Schutzmannes an der Ecke von Claridge erweckt. Sie war in den Dreißigerjahren, ziemlich schlank, das Gesicht hager und eingefallen. Der abgetragene Mantel triefte vor Nässe.

»War mal hübsch«, brummte Leon Gonsalez, der sie hinter der Gardine des Fensters beobachtete. »Gehört zur arbeitenden Klasse; jeder Gedanke gilt dem täglichen Brot.«

Er hatte Zeit genug, über sie nachzudenken, denn sie stand lange vor dem gegenüberliegenden Haus und blickte unschlüssig nach rechts und links.

»Merkwürdig, nicht die geringste Anstrengung, ihr Äußeres etwas anziehender zu machen; auch das ärmste Mädel hat doch einen Schal oder Handschuhe, wenn es abends ausgeht.«

Manfred stand vom Tisch auf, wo er soeben seine einfache Mahlzeit beendet hatte, und stellte sich ebenfalls ans Fenster.

»Provinz, glaube ich«, fuhr Leon fort. »Anscheinend ganz fremd im West End; ah, sie kommt zu uns!«

Während sie noch sprachen, war die Frau über die Straße gekommen, hatte kurz nach der Haustür geblickt ... Es läutete.

»Ich hatte mich geirrt: Sie wußte ganz gut, wo sie war, konnte nur nicht so schnell den Mut finden, zu klingeln. Und wenn sie nicht Lethersons ›Schwarzes Schaf‹ ist, heiße ich – sonstwie.«

Man hörte Poiccarts schweren Schritt auf dem Gang; Poiccart konnte wundervoll den Diener spielen. Er kam herein und schloß die Tür hinter sich.

»Ihr werdet euch wundern«, sagte er in seiner bedächtigen Weise. Das war ganz und gar Poiccart, geheimnisvolle Dinge möglichst umständlich zu sagen.

»Über die Frau? Ich lehne es entschieden ab, mich zu wundern.« Leon wurde heftig. »Sie hat irgend etwas verloren: ihren Mann, eine Uhr, was weiß ich? Sie macht einem sofort den ›verlorenen‹ Eindruck, verbreitet eine Atmosphäre von Hilflosigkeit um sich. Die Anzeichen sind nicht zu verkennen.«

»Laß sie doch hereinkommen«, sagte Manfred, und Poiccart verschwand.

Eine Sekunde später betrat Margaret Stamford das Zimmer.

Das war ihr Name. Sie kam von Edgware und war Witwe ... Lange, bevor sie über die Einleitung hinweg war, hatte Poiccarts angekündigte Überraschung sich tatsächlich verwirklicht. Die Frau, deren Kleidung eine Aufwartefrau verächtlich abgelehnt hätte, war eine Dame! Ihre sanfte Stimme, der reichhaltige Wortschatz verrieten den gebildeten Menschen. Sie sprach über Lebensbedingungen, die nur besseren Kreisen bekannt sein konnten.

Ihr Mann schien nicht der beste der Gatten gewesen zu sein. Er war enorm reich, besaß Güter in Yorkshire und Somerset, war Sportsmann und verwegener Reiter hinter der Meute gewesen und hatte seinen Tod bei einem Jagdrennen gefunden.

»Mein Gatte war sehr sonderbar erzogen worden«, erzählte sie. »Seine Eltern starben frühzeitig, und ein Onkel nahm sich seiner an. Ein schrecklicher alter Mann, Trinker und furchtbar gewöhnlich; noch dazu eifersüchtig auf jede fremde Einmischung. Mark hatte keinerlei Verkehr, bekam nie einen Menschen zu Gesicht, bis der alte Mann – ein Jahr vor seinem Tode – einen Mr.

Letherson als Hauslehrer für seinen Neffen engagierte. Der junge Mann war kaum etwas älter als Mark, dessen Erziehung aber unglaublich vernachlässigt worden war. Mein Mann war einundzwanzig Jahre alt, als sein Onkel starb. In seinem Testament hatte er bestimmt, daß Mr. Letherson als Sekretär und Gesellschafter bei Mark bleiben sollte.«

»Ich weiß, Mr. Lewis Letherson«, warf Leon ein. Sie blickte ihn überrascht an.

»Ich kann mir nicht denken, woher Sie das wissen, aber der Name ist richtig. Wenn wir auch nicht besonders glücklich miteinander lebten«, fuhr sie fort, »war doch der Tod meines Mannes ein furchtbarer Schlag für mich; aber beinahe noch furchtbarer das Testament. Er vermachte eine Hälfte seines Vermögens Mr. Letherson, die andere mir. Ich sollte aber erst fünf Jahre nach seinem Tod in den Besitz des Geldes gelangen und dann auch nur unter der Voraussetzung, daß ich die Bedingungen des Testamentes erfüllt hätte. Innerhalb dieser fünf Jahre dürfte ich mich nicht wieder verheiraten, hatte in einem bestimmten Haus in Harlow zu leben und durfte niemals diesen Distrikt verlassen, Mr. Letherson hatte außerdem absolute Vollmacht, als Testamentsvollstrecker meine Besitzungen zu veräußern, falls dies zu meinem Vorteil wäre. Bis heute morgen habe ich in Harlow gelebt.«

»Mr. Letherson ist natürlich verheiratet?« fragte Leon.

»Ja. Kennen Sie ihn?«

Er schüttelte den Kopf.

»Ich weiß nur, daß er verheiratet und sehr verliebt in seine Frau ist.«

Sie schien über die Worte erstaunt.

»Sie müssen ihn doch kennen! Ja, er verheiratete sich, kurz bevor Mark seinen Tod fand. Eine sehr hübsche junge Ungarin, er ist ja auch ein halber Ungar, und ich glaube, er betet sie an. Sie soll sehr verschwenderisch sein, gesehen habe ich sie nur einmal.«

»Und wie war Ihr Leben in Harlow?« Es war der schweigsame, beobachtende Poiccart, der diese Frage stellte.

Die Lippen der Frau begannen zu zittern.

»Wie ein ständiger Alpdruck – furchtbar«, ihre Stimme brach. »Das Haus war sehr hübsch, lag aber meilenweit von Harlow entfernt, nicht einmal an der Hauptstraße. Zwei Jahre hindurch war ich dort nichts anderes als eine Gefangene. Meine Briefe wurden geöffnet, jede Nacht wurde ich von einer der Frauen, die Mr. Letherson angestellt hatte, in mein Zimmer eingeschlossen, Tag und Nacht liefen Wächter auf dem Grundstück herum.«

»Alles, um den Anschein zu erwecken, daß Sie geistig nicht ganz normal wären?« fragte Manfred.

Sie schrak bei diesen Worten zusammen.

»Aber Sie glauben das doch nicht?« rief sie schnell und, als er den Kopf schüttelte: »Gott sei Dank! Ja, das hat man dort überall erzählt. Bücher bekam ich, so viele ich wollte, aber Zeitungen niemals. Eines Tages fand ich ein abgerissenes Stück Zeitungspapier, das den Bericht über eine Bankfälschung enthielt, die Sie, meine Herren, aufgedeckt hatten, außerdem noch einen kurzen Bericht über Ihre – Vergangenheit. Sorgfältig bewahrte ich das Papier auf; es enthielt Ihre Adresse. Flucht schien unmöglich – ich hatte ja kein Geld, und wie sollte ich auch aus dem bewachten Grundstück herauskommen! Dann war da noch eine Frau, die zweimal in der Woche für die große Arbeit in das Haus kam . . ., vom nächsten Dorf, glaube ich. Es gelang mir, ihr Mitleid zu erwecken, und gestern brachte sie mir die alten Kleider, die ich anhabe. Heute morgen kleidete ich mich um, sprang aus meinem Schlafzimmerfenster und kam unbemerkt an den Wachen vorbei. Und jetzt komme ich zu dem eigentlichen Grund meines Besuches bei Ihnen . . . Wie oft habe ich mir hierüber schon den Kopf zerbrochen!«

Und sie zog aus der Tasche ihres durchnäßten Mantels ein kleines Päckchen, das sie aufwickelte.

»Nach seinem Unfall wurde mein Mann in das kleine Hospital des Dorfes geschafft und starb in der Frühe des nächsten Morgens. Er muß aber, ohne daß die Pflegerinnen etwas bemerkten, sein Bewußtsein wiedergefunden haben, denn ein Teil des Lakens war mit kleinen Zeichnungen bedeckt, die er mit einem Tintenstift ausgeführt hatte. Der Bleistift hing an der Fieberkarte über seinem Bett; er hatte ihn abgerissen.«

Sie breitete ein viereckiges Stück schmutziger Leinwand auf dem Tisch aus.

»Mark zeichnete so gern – wissen Sie, so kleine Figuren und Häuser, wie sie Kinder und müßige Menschen gern malen, die nie richtig zeichnen gelernt haben.«

»Wie ist das in Ihre Hände gekommen?« fragte Leon. Seine Augen funkelten.

»Die Oberschwester im Hospital hat es mir abgeschnitten.«

»Das kann ein Mann im Fieberwahn gezeichnet haben«, meinte Manfred stirnrunzelnd.

»Ganz im Gegenteil«, versetzte Leon kühl. »Das ist doch klar und deutlich wie der helle Tag. Wo fand die Heirat statt?«

»Auf dem Westminster Standesamt.«

Leon nickte.

»Versuchen Sie, sich den Tag genau ins Gedächtnis zu rufen! Ist Ihnen bei der Trauung nicht irgend etwas aufgefallen? Hatte Ihr Gatte nicht eine Privatunterhaltung mit dem Standesbeamten?«

Sie riß ihre großen, blauen Augen weit auf.

»Ja, jetzt erinnere ich mich. Mr. Letherson und mein Mann sprachen mit dem Beamten allein.«

Leon lachte, wurde aber sofort wieder ernst.

»Noch eine Frage. Wer hat das Testament aufgesetzt? Ein Anwalt?«

Sie schüttelte verneinend den Kopf.

»Nein, mein Mann. Er hat das ganze Testament vom Anfang bis zum Ende selbst geschrieben. Er hatte übrigens eine gute Handschrift, die deutlich zu lesen ist.«

»Enthielt das Testament noch andere Bedingungen?«

Sie zögerte, und ihr Gesicht färbte sich flammend rot.

»Ja – aber die Bedingung war so beleidigend, daß ich sie Ihnen nicht erzählen wollte. Ich sollte niemals versuchen, den Nachweis zu bringen, rechtmäßig mit Mark verheiratet gewesen zu sein. Und das war mir so unverständlich – ich kann mir nicht denken, daß er schon verheiratet war, aber sein Leben war so absonderlich gewesen, daß beinahe alles möglich sein konnte.«

Leon strahlte übers ganze Gesicht. In solchen Augenblicken

war er wie ein Kind, das ein neues, verlockendes Spielzeug erhalten hatte.

»Über den Punkt kann ich Sie beruhigen«, sagte er zu ihrer Überraschung. »Ihr Mann war vor Ihrer Ehe nicht verheiratet.«

»Können Sie mir die Grundstückspläne von Ihren Besitzungen verschaffen?« fragte er, und Leon lachte wieder auf.

»Der Mann weiß wirklich alles, George! Poiccart, alter Junge, du bist glänzend!«

Aber schnell wandte er sich wieder Mrs. Stamford zu.

»Madame, Sie haben vor allen Dingen Ruhe nötig, dann andere Garderobe und – Schutz. Das erstere und letztere finden Sie in unserem Hause, und das zweite schaffe ich Ihnen innerhalb einer Stunde, zugleich mit einem Mädchen für Ihre Bedienung.«

Sie blickte ihn an, verblüfft und ohne ein Wort zu sprechen ... Wenige Minuten später geleitete sie ein etwas verlegener Poiccart zu einem der Gastzimmer, und eine Pflegerin war auf dem Wege nach der Curzon Street – Leon hatte eine Vorliebe für Pflegerinnen und kannte mindestens hundert bei Namen.

Trotz der späten Stunde hatte er noch verschiedene Besuche zu machen – einen sogar weit draußen in Strawberry Hill, wo ein bestimmter Standesbeamter wohnte.

Es war schon elf Uhr abends, als Leon an der Tür des eleganten Hauses in der Lower Berkeley Street klingelte. Ein Diener, aber nicht der aus der Operette, öffnete.

»Sind Sie Mr. Gonsalez, Sir? Mr. Letherson ist noch nicht aus dem Theater zurück, rief aber an und läßt Sie bitten, in der Bibliothek auf ihn zu warten.«

»Danke bestens«, erwiderte Leon, obwohl kein besonderer Grund zum Dank vorlag. Er selber war es ja gewesen, der telefoniert hatte.

Dann wurde er feierlich in das Privatissimum geleitet und allein gelassen.

Kaum war der Diener verschwunden, als Leon schon vor dem Empireschreibtisch stand und die Papiere hastig durchblätterte. Endlich fand er, was er suchte: in einer Schreibmappe einen halbfertigen, mit eigener Hand geschriebenen Brief Mr. Lethersons an eine Weinfirma. Der Inhalt, eine Klage über schlechte Qualität gelieferten Champagners, war belanglos, die Schrift war die Hauptsache. Leon faltete den Brief zusammen und steckte ihn ein.

Schnell und vorsichtig untersuchte er die Schubfächer: Zwei waren verschlossen, der Mittelkasten stand offen. Was er dort fand, interessierte ihn besonders und beschäftigte ihn einige Augenblicke. Kaum war er damit fertig geworden, als er ein Auto vor dem Haus anhalten hörte. Vorsichtig spähte er durch die Gardinen und sah einen Herrn und eine Dame aussteigen.

Trotz der Dunkelheit erkannte er seinen unfreiwilligen Gastgeber und saß bescheiden auf der Ecke eines Stuhles, als Letherson, weiß vor Wut, in das Zimmer gestürzt kam.

»Was, zum Teufel, soll das bedeuten?« brüllte er und schlug die Tür hinter sich zu. »Eine solche Unverschämtheit! Wie können Sie es wagen, in meinem Namen zu telefonieren? Ich werde Sie verhaften lassen ...«

»Sie haben richtig erraten, daß ich telefoniert habe? Das kann man ja beinahe intelligent nennen«, lächelte Leon Gonsalez.

Der Mann schluckte mühsam.

»Was wollen Sie hier? Es handelt sich wohl um die arme Frau, die heute aus einer Irrenanstalt ausgebrochen ist, ich hörte es gerade, als ich wegging ...«

»Das haben wir uns gedacht, da seit heute abend Ihre Wächter wieder den Posten vor unserem Haus bezogen haben; aber sie kamen etwas zu spät.«

Das Gesicht seines Gegenübers wurde blaß.

»Sie haben sie also gesehen«, stieß er hervor. »Wie ich annehme, hat sie Ihnen allerlei Märchen über mich erzählt, nicht wahr?«

Leon zog ein zerknittertes Stück Leinwand aus der Tasche und hielt es ihm hin.

»Das haben Sie wohl noch nicht gesehen?« fragte er. »Als Mark Stamford starb, wurden diese Zeichnungen auf seinem Laken entdeckt. Er konnte ja so ein bißchen zeichnen, das wissen Sie ja.«

Lewis Letherson antwortete nicht.

»Soll ich Ihnen sagen, was das hier ist? Sein Testament!«

»Das ist eine verfluchte Lüge«, krächzte der andere.

»Sein Testament«, wiederholte Leon nachdrücklich.

»Die drei Rhomboiden sind die roh gezeichneten Umrisse seiner drei Güter. Das Haus in der Mitte ist eine ziemlich gute Abbildung der Southern Bank, und die vielen kleinen Kreise bedeuten Geld.«

Letherson starrte sprachlos auf die Zeichnung.

»Kein Gerichtshof würde solchen Unsinn anerkennen«, brachte er schließlich heraus.

Leon lächelte, aber es war kein angenehmes Lächeln.

»Auch die vier Striche nicht, die ›für‹ bedeuten sollen, oder die Marguerite, die ›Margaret‹ besagt, auch das Zeichen am Schluß für ›Mark‹ nicht?«

Mit aller Anstrengung fand Letherson seine Selbstbeherrschung zurück.

»Mein lieber Freund, die ganze Sache ist phantastisch ... Lächerlich! Dr. Stamford setzte sein ganzes Testament mit eigener Hand auf und ...«

Mit vorgebeugtem Kopf hatte Leon zugehört. Jetzt fiel er ihm ins Wort:

»Er konnte ja gar nicht schreiben«, sagte er sanft. Mr. Letherson prallte zurück. »Er war imstande, solche kindlichen Zeichnungen zu machen, konnte aber nicht einmal seinen eigenen Namen schreiben. Wenn Mrs. Stamford die Eintragung auf dem Standesamt zu Gesicht bekommen hätte, würde sie auch das Kreuz als Unterschrift gesehen haben; darum haben Sie ja auch die nette, kleine Bemerkung mit hineingebracht, daß Mrs. Stamford niemals die Rechtmäßigkeit ihrer Ehe nachweisen dürfte, darum haben Sie die Ärmste ja auch in Harlow eingeschlossen, um jede Nachforschung ihrerseits zu verhüten.«

Plötzlich sprang Letherson an den Schreibtisch und riß das Schubfach auf. Ein Revolver erschien in seiner Hand. Er stürzte nach der Tür, stieß sie auf ...

»Zu Hilfe ... Mörder!« schrie er aus vollem Halse.

Jetzt wandte er sich dem regungslosen Gonsalez zu, richtete die Waffe auf ihn und drückte ab.

Einmal, zweimal – nichts!

»Ich hielt es für richtiger, den Revolver zu entladen«, sagte Leon kühl. »Und so ist aus dem kleinen Trauerspiel, das Sie so nett vorbereitet hatten, eine Posse geworden. Soll ich die Polizei anrufen, oder wollen Sie es selbst tun?«

Beamte von Scotland Yard verhafteten Lewis Letherson, als er in Dover an Bord des Kanaldampfers ging.

»Es wird wohl noch einige Schwierigkeiten machen, das Testament anerkennen zu lassen«, sagte Manfred, der den Bericht im Abendblatt las, »aber der Gerichtshof wird mit unserem Freund Lewis bald kurzen Prozeß machen ...«

Als sie ihn später fragten, wie er so schnell auf die Lösung des Rätsels gekommen war – Poiccart hielt viel davon, alles psychologisch zu betrachten –, ließ sich Manfred zu einer Erklärung herbei.

»Der Rebus – und die Zeichnungen waren ja nichts anderes – sagte mir sofort, daß er nicht schreiben konnte. Das Testament verlangte nicht, daß Mrs. Stamford Lewis heiratete; folglich mußte er selbst schon verheiratet sein und seine Frau lieben; na, und der Rest – der war doch lächerlich einfach!«

2

Der Brillant des Radscha

Ein Jahr war vergangen, seit Lord Geydrew die Hilfe der ›Gerechten‹ in Anspruch genommen hatte, die unter dem Zeichen des Dreiecks in der Curzon Street wohnten. Lord Geydrew war ein äußerst sparsamer Mann; nach ihrem ersten Zusammentreffen äußerte Poiccart, daß seiner Meinung nach der Lord von Natur aus geizig sei. Als sie ihn das letzte Mal sahen, war das keine Annahme mehr, sondern völlige Gewißheit. Seine Lordschaft hatte sehr kühl die Ausgabenrechnung zurückgewiesen, obwohl Manfred und Gonsalez ihr Leben aufs Spiel gesetzt hatten, um die verlorenen Geydrew-Brillanten wiederzufinden.

Die ›Drei Gerechten‹ ließen es nicht zu einem Prozeß kommen. Nicht einer von ihnen hatte Geld nötig. Manfred war mit den neuen Erfahrungen zufriedengestellt; Poiccart war glücklich, weil sich eine seiner Theorien als richtig erwiesen hatte; Gonsalez fand seinen Trost in der merkwürdigen Kopfform ihres Kunden.

»Ein ganz merkwürdiger Schädel mit so anormaler Bildung, wie ich es selten gesehen habe«, sagte er begeistert.

Die ›Gerechten‹ hatten eine gemeinsame Gabe: ein wunderbares Gedächtnis für Gesichter und die außerordentliche Fertigkeit, diesen Gesichtern die richtigen Namen zu geben, meistenteils solche, die der Polizei der meisten Länder vertraut waren.

Manfred saß eines Abends am Fenster seines kleinen Zimmers, das auf die Curzon Street blickte, als Poiccart – er spielte unweigerlich den Diener im Hause – hereinkam und Lord Geydrew anmeldete.

»Doch nicht Geydrew in Gallat Tower?« Manfred konnte sehr ironisch sein. »Will er seine Rechnung bezahlen?«

»Bezahlen? Der Himmel weiß es«, erwiderte Poiccart fromm. »Bezahlen ehrwürdige Lords überhaupt ihre Rechnungen?«

Manfred lachte. »Und nun Seine Lordschaft! Laß ihn heraufkommen.«

Lord Geydrew kam etwas nervös in das Zimmer und schien durch das helle Licht über Manfreds Tisch geblendet. Augenscheinlich war er sehr erregt. Sein weichlicher Mund zitterte, und die Augen blinzelten so stark, daß die helle Beleuchtung dafür kaum verantwortlich zu machen war. Sein langes, gefurchtes Gesicht zuckte ständig, und von Zeit zu Zeit fuhr er sich durch das spärliche Haar.

»Ich hoffe, Mr. Manfred, Sie haben nichts – hm – gegen mich ...«

Er suchte in seiner Tasche, zog einen schmalen Streifen Papier heraus und legte ihn vor Manfred auf den Schreibtisch. Manfred sah und war erstaunt. Poiccart vergaß seine Rolle als Diener und blickte gespannt hin. Übrigens lag für ihn keine Veranlassung vor, seine freiwillig gewählte Rolle beizubehalten.

Lord Geydrew blickte von einem zum anderen.

»Ich hatte gehofft, Ihr Freund ... Hm ...«

»Mr. Gonsalez ist ausgegangen; er kommt erst am Abend zurück«, sagte Manfred, der neugierig war, was kommen würde.

Dann brach seine Lordschaft zusammen und ließ den Kopf auf die Arme sinken.

»O mein Gott!« jammerte er. »So etwas Furchtbares ..., ich darf gar nicht daran denken.«

Manfred wartete geduldig. Endlich blickte der Mann auf.

»Ich muß Ihnen die Geschichte von Anfang an erzählen, Mr. Manfred. Meine Tochter Angela ... Sie kennen sie doch?«

Manfred schüttelte den Kopf.

»Sie hat sich heute morgen verheiratet – mit Mr. Guntheimer, einem sehr reichen australischen Bankier – einem wirklich netten Menschen.« Er fuhr sich mit dem Taschentuch über die Augen.

Langsam ging Manfred ein Licht auf.

»Mr. Guntheimer ist bedeutend älter als meine Tochter«, fuhr Seine Lordschaft fort, »und ich darf Ihnen nicht verhehlen, daß Angela nicht mit der Heirat einverstanden war. Sie hatte nämlich eine ganz dumme Geschichte mit dem jungen Sidworth – sehr gute Familie und so weiter, aber nicht einen Penny ... Es wäre Wahnsinn gewesen.«

Manfred verstand jetzt sehr gut.

»Die Hochzeit mußte beschleunigt werden, da Guntheimer früher nach Australien zurück mußte, als er erwartet hatte. Glücklicherweise fügte sich meine Tochter meinen berechtigten Wünschen; sie wurden heute morgen standesamtlich getraut und sollten mit dem Drei-Uhr-Zug nach der Insel Wight fahren.

Wir waren nicht auf dem Bahnhof, und den einzigen Bericht über den Vorfall dort habe ich von meinem Schwiegersohn erhalten. Er ging, wie er sagte, nach seinem für ihn reservierten Wagen, als er plötzlich meine Tochter vermißte. Er blickte sich um, ging zurück, fand sie aber nicht und dachte, sie wäre schon vorausgegangen, doch auch im Wagen war sie nicht. Dann ging er durch die Sperre in die Vorhalle. Angela war nirgends zu sehen, aber der Gepäckträger, der seine Sachen in den Wagen gebracht hatte, kam hinter ihm her und erzählte ihm, er hätte sie mit einem älteren Mann sprechen sehen. Beide wären nach dem Schalterraum gegangen und dann verschwunden. Ein anderer Gepäckträger auf dem Bahnhofsvorplatz hatte sie in ein Auto steigen sehen.«

Manfred machte sich kurze Notizen auf einem Block. Poiccart ließ den Besucher nicht aus den Augen.

»Der Gepäckträger«, fuhr Seine Lordschaft fort, »behauptet nun, meine Tochter wäre sehr widerwillig mitgegangen und beinahe mit Gewalt in das Auto gezogen worden. Als der Wagen an ihm vorbeifuhr, zog der Mann die Gardinen vor, und der Gepäckträger ist ganz sicher, daß Angela sich gegen ihren Entführer wehrte.«

»Das war der ältere Mann?« fragte Manfred.

Lord Geydrew nickte.

»Mr. Manfred« – seine Stimme klang jammervoll –, »ich bin kein reicher Mann, und vielleicht wäre es besser, die ganze Angelegenheit der Polizei zu übergeben. Aber ich habe ein solches Vertrauen in Ihren Scharfsinn und Ihre Klugheit – ich glaube, der Scheck da ist richtig –, und ich möchte Ihre Hilfe trotz Ihrer unerhörten Honorarforderungen in Anspruch nehmen. Angela ist meine einzige Tochter . . .« Seine Stimme brach.

»Hat der Gepäckträger die Nummer des Autos gesehen?«

Lord Geydrew schüttelte den Kopf.

»Leider nicht, und natürlich möchte ich gern, daß die Sache nicht an die Öffentlichkeit kommt . . .«

»Ich fürchte, da läßt sich nichts machen«, versetzte Manfred, nahm eine Zeitung auf und wies auf einen kurzen Artikel in den »Letzten Nachrichten«.

Entführung einer Braut am Hochzeitstag
Es wird uns berichtet, daß heute nachmittag auf dem Waterloo-Bahnhof eine junge Frau, die im Begriff war, ihre Hochzeitsreise anzutreten, gewaltsam von einem älteren Mann entführt wurde. Scotland Yard ist bemüht, den Fall aufzuklären.

»Gepäckträger schwatzen.« Manfred lehnte sich in seinen Stuhl zurück. »Hat die Polizei irgendeinen Verdacht?«

»Nein«, sagte Seine Lordschaft bissig.

»Ist Mr. Sidworth schon gefragt worden?«

Lord Geydrew schüttelte nachdrücklich den Kopf.

»Das war natürlich mein erster Gedanke, daß Sidworth vielleicht das Mädel überredet hätte –«

»Ist denn Sidworth ein älterer Mann?« fragte Manfred. In seinen Augen zuckte es belustigt auf, aber nur Poiccart verstand, was das heißen sollte.

»Ach Unsinn«, fuhr ihn Seine Lordschaft an. »Ich sagte Ihnen doch, er ist ein junger Mensch. Er ist gerade jetzt bei einigen sehr guten Freunden von mir, in Newbury; ich glaube, die Heirat hat ihn sehr mitgenommen. Auf jeden Fall haben mir meine Bekannten erklärt, daß er Kingsfort Manor nicht verlassen hat und nicht ein einziges Mal am Telefon gewesen ist.«

Manfred rieb sich gedankenvoll die Nase.

»Und Mr. Guntheimer?«

»Er ist natürlich verzweifelt. Ich habe noch niemals einen Mann so außer sich gesehen – er ist beinahe von Sinnen, so bekümmert ist er. Können Sie mir Hoffnung machen?«

Er blickte von dem einen zu dem anderen, und sein hageres Gesicht hellte sich auf, als Manfred nickte.

»Wo wohnt Mr. Guntheimer?« unterbrach Poiccart das Schweigen.

»Im Gayborough Hotel«, war die Antwort.

»Noch eine Frage: Was war sein Hochzeitsgeschenk?«

Der Besucher blickte ihn überrascht an.

»Hunderttausend Pfund«, versetzte er feierlich. »Mr. Guntheimer hält nichts davon, seiner Frau ein bestimmtes Einkommen auszusetzen, er gibt lieber eine runde Summe. Ich möchte gleich erwähnen, daß ich seinen Scheck über den Betrag in meiner Tasche habe.«

»Und Ihr Geschenk an die junge Frau?« fragte Manfred.

Lord Geydrew schien ungeduldig zu werden.

»Mein lieber Freund, Sie sind auf der falschen Fährte. Angela ist nicht entführt worden, weil man hinter ihren Juwelen her war. Den Schmuckkasten mit ihren Juwelen und Familienbrillanten hat Guntheimer. Außer einigen wenigen Pfund hatte Angela nichts Wertvolles bei sich.«

Manfred stand auf.

»Ich glaube, das ist für den Augenblick wohl alles, Lord Geydrew. Wenn ich mich nicht sehr irre, wird Ihre Tochter innerhalb von vierundzwanzig Stunden wieder bei Ihnen sein.«

Poiccart begleitete den etwas beruhigten Mann an den Wagen. Als er zurückkam, fand er Manfred eifrig mit der Lektüre der Sportnachrichten beschäftigt.

»Nun?« fragte Poiccart.

»Ein merkwürdiger Fall, der mir ganz besonderes Vergnügen bereitet.« Er legte die Zeitung beiseite und streckte sich. »Wenn Leon nach Hause kommt, sag ihm bitte, er möchte auf mich warten, falls nicht irgend etwas sehr Dringliches ihn wegruft.« Er hob den Kopf und lauschte. »Ich glaube, das ist er.« Man hörte das Knirschen von Bremsen vor dem Haus.

Poiccart schüttelte den Kopf.

»Leon fährt viel ruhiger«, sagte er und ging nach unten, um einem aufgeregten jungen Mann die Tür zu öffnen.

Mr. Harry Sidworth gehörte zu jenen jungen Leuten, für die Manfred besonders viel übrig hatte. Schlank, gesund, Sportsmann und mit all den verständlichen Fehlern des jungen Mannes.

»Sagen Sie, sind Sie Mr. Manfred?« Er hatte kaum die Schwelle überschritten. »Ich bin bei dem alten Satan gewesen, und sein Sekretär riet mir, hierherzufahren, aber um Himmels willen, erzählen Sie keinem Menschen, daß er das gesagt hat!«

»Sie sind doch Mr. Sidworth?«

Der junge Mann nickte. Sein Gesicht war blaß und seine Haare zerzaust; er war noch zu jung, um seine Gefühle verbergen zu können.

»Es ist zu schrecklich, um Worte dafür zu finden«, begann er.

»Mr. Sidworth«, Manfred blickte ihn freundlich an. »Sie sind hierhergekommen, um mich nach Miss Angela zu fragen. Ich kann Ihnen nur, genauso wie Lord Geydrew, mitteilen, daß meiner festen Überzeugung nach die junge Dame unversehrt zurückkommen wird. Nur etwas möchte ich Sie noch fragen: Wie lange kennt sie ihren Gatten schon?«

Der junge Mann verzog das Gesicht.

»Ich hasse das Wort«, brummte er. »Guntheimer? Ungefähr drei Monate. Er ist gar kein übler Mensch. Ich habe nichts gegen ihn, mit Ausnahme, daß er eben Angela bekommen hat. Der alte Geydrew glaubte, ich hätte sie entführt. Er rief bei den Leuten an, bei denen ich mich aufhielt, und das war das erste, was ich über Angelas Verschwinden hörte. Es ist das Schrecklichste, was mir jemals passiert ist.«

»Wann haben Sie das letzte Mal von ihr gehört?« fragte Manfred.

»Heute morgen«, antwortete er gedrückt. »Nur einige Zeilen, in denen sie mir für das Hochzeitsgeschenk dankt. Ich hatte ihr einen Schmuckkasten –«

»Einen – was?« unterbrach Manfred scharf, und der junge Mann starrte ihn überrascht an.

»Einen Schmuckkasten – ungefähr vor einem Monat hatte meine Schwester einen gekauft, der Angela sehr gefiel, und so habe ich eine genaue Kopie anfertigen lassen.«

Manfred schien mit seinen Gedanken nicht ganz bei der Sache zu sein.

»Ihre Schwester? Wo wohnt sie?«

»In Maidenhead«, war die Antwort.

Manfred blickte auf seine Uhr.

»Acht Uhr. Das verspricht ein ganz amüsanter Abend zu werden.«

Es war schon halb elf Uhr, als das Telefon in Mr. Guntheimers Privatsalon summte. Guntheimer unterbrach sein ruheloses Auf- und Abgehen und nahm den Hörer ab.

»Ich bin für niemanden zu sprechen ... Wer ...? Es ist gut, lassen Sie ihn heraufkommen.«

Es hatte in Strömen geregnet, und Manfred bat wegen seines durchnäßten Mantels um Entschuldigung, wartete aber vergebens auf die Aufforderung, ihn abzulegen. Mr. Guntheimer war augenscheinlich von seinen trostlosen Gedanken so in Anspruch genommen, daß er seine Pflichten als Hausherr vergaß.

Er war ein mittelgroßer, eleganter Mann, dessen Gesicht jetzt aber elend aussah. Die Hand, die über den grauen Schnurrbart strich, zitterte leise.

»Geydrew sagte mir, daß er die Absicht hätte, Sie aufzusuchen ... Haben Sie eine Erklärung für diese außergewöhnlichen Vorfälle, Mr. Manfred?«

Manfred lächelte.

»Die Lösung des Rätsels ist sehr einfach, Mr. Guntheimer. Sie ist in dem rosa Brillanten zu finden.«

»In – was?« fragte der andere verblüfft.

»Ihre Gemahlin besitzt eine sehr kostbare Brillantenbrosche«, erklärte Manfred. »Und wenn meine Informationen richtig sind, ist der dritte Stein auf der rechten Seite leicht rosa gefärbt. Der Stein ist, oder war vielmehr, Eigentum des Radscha von Komitar, und auf der obersten Facette befindet sich ein winziges arabisches Zeichen, das ›Glück‹ bedeutet.«

Guntheimer starrte ihn mit offenem Munde an.

»Und was hat das alles mit Angela zu tun?«

Manfred lächelte wieder.

»Wenn wirklich der rosa Brillant da ist, und wenn er die erwähnte Aufschrift trägt, kann ich Ihre Frau nicht in vierundzwanzig, sondern in sechs Stunden finden.«

Guntheimer strich sich nachdenklich über das Kinn.

»Das können wir sofort feststellen«, sagte er. »Die Schmucksachen meiner Frau sind in dem Hotelgeldschrank. Warten Sie bitte einen Augenblick.«

Nach wenigen Minuten kam er mit einer scharlachroten Schmucktruhe zurück. Er stellte sie auf den Tisch und öffnete sie mit einem kleinen Schlüssel, den er in der Westentasche trug. Dann schlug er den Deckel zurück und nahm das weiche Ledertuch ab, das die Juwelen des obersten Einsatzes bedeckte.

»Hier ist keine Brosche.« Dann stellte er den Einsatz auf den Tisch und untersuchte den weiteren Inhalt.

Es gab Broschen und Spangen jeder Art. Manfred wies auf eine, aber der gesuchte Brillant war nicht zu finden.

»Ist das alles, was Sie an Detektivarbeiten leisten können?« fragte Mr. Guntheimer ironisch und verschloß die Truhe.

»Ihre Geschichte ist mir gleich phantastisch vorgekommen ...«

Krach!

Ein Stein zersplitterte das Fenster und fiel auf den Teppich. Mit einem Fluch fuhr Guntheimer herum.

»Was war das?« Er ergriff die Schatulle und lief nach dem Fenster, vor dem sich ein Balkon befand, der über die ganze Breite des Hauses ging.

»Jemand auf dem Balkon muß den Stein geworfen haben«, sagte Guntheimer.

Der Lärm des splitternden Glases war im Gang gehört worden; zwei Angestellte kamen herein und sahen sich den Schaden an, ohne jedoch eine Lösung des Rätsels finden zu können.

Manfred wartete, bis Guntheimer den Schmuckkasten in seinem Koffer verschlossen hatte. Der Australier schien jetzt etwas besserer Laune zu sein.

»Ich habe schon viel von Ihnen und Ihren Kollegen gehört und weiß, was Sie alles fertigbekommen haben; sonst hätte ich nämlich die Geschichte von dem rosa Brillanten für Spiegelfechterei gehalten. Vielleicht erzählen Sie mir jetzt, was der Radscha von – wie hieß es doch gleich? – mit Angelas Verschwinden zu tun hat?«

Manfred biß sich gedankenvoll auf die Lippen.

»Ich möchte Sie nicht beunruhigen«, sagte er langsam. »Aber ist Ihnen noch nicht der Gedanke gekommen, daß Ihnen vielleicht dasselbe bevorsteht wie Ihrer jungen Frau?«

Guntheimer blickte ihn schnell und unruhig an.

»Ich verstehe Sie nicht ganz.«

»Das scheint mir so«, erwiderte Manfred, drückte ihm die Hand und verschwand.

Mr. Guntheimer starrte verständnislos hinter ihm her.

Als Manfred nach der Curzon Street kam, fand er Gonsalez tief in einem Sessel vergraben. Poiccart mußte ihm von den Besuchern erzählt haben, denn er hielt einen Vortrag über die Frau im allgemeinen.

»Frauen sind eigensinnig, unvernünftig«, sagte er nachdrücklich. »George, erinnerst du dich an die Frau in Cordova, die eine so handgreifliche Auseinandersetzung mit ihrem Liebhaber hatte? Wir haben ihr das Leben gerettet und hatten nachher alle Mühe, selbst mit dem Leben davonzukommen, so – dankbar war sie für unsere Hilfe! Es müßte ein Gesetz geben, das den Frauen den Besitz von Schußwaffen verbietet. Das hier scheint ein ähnlicher Fall zu sein, und morgen werden alle Zeitungen die herzzerbrechende Geschichte der jungen Frau bringen, die am Hochzeitstag aus den Armen ihres Mannes gerissen wurde. Die alten Damen in Bayswater werden Tränen über dieses Drama vergießen und wissen nichts von Harry Sidworth, dessen Herz blutet, wissen nichts von den Sorgen, die dieser merkwürdige Vorfall den Herren George Manfred, Raymond Poiccart und Leon Gonsalez verursacht.«

Manfred öffnete den Geldschrank in der Ecke des Zimmers und legte etwas hinein, das er unter seinem Mantel hervorgezogen hatte. Es war bezeichnend, daß Gonsalez keine Frage stellte, und es war noch bezeichnender, daß niemand den rosa Brillanten erwähnte.

Der nächste Vormittag verlief ohne weitere Ereignisse, nur beklagte sich Leon über die Härte des Sofas im Salon. Er hatte dort die Nacht verbracht. Die drei Männer hatten ihren Lunch beendet und saßen bei Kaffee und Zigaretten, als geläutet wurde. Poiccart ging zur Tür.

»Geydrew mit schlechten Nachrichten«, sagte George Manfred, als der Klang der beiden Stimmen ins Zimmer drang.

Und es war Lord Geydrew, der vor Aufregung kaum sprechen konnte.

»Haben Sie schon gehört ...? Guntheimer ist verschwunden! Der Zimmerkellner erhielt heute morgen keine Antwort, öffnete die Tür mit seinem Schlüssel und ging ins Zimmer. Das Bett war nicht benutzt worden – seine Koffer standen noch da, und auf dem Fußboden ...«

»Lassen Sie mich mal raten«, unterbrach ihn Manfred. »Und auf dem Fußboden lag der Schmuckkasten, erbrochen, der Inhalt verschwunden! Oder war vielleicht ...«

Aber Lord Geydrews Gesicht bestätigte schon, daß Manfreds Annahme richtig war.

»Woher wissen Sie das?« stammelte er. »Es steht doch noch nichts in den Zeitungen ... Du lieber Gott, das ist furchtbar!«

In seiner Aufregung bemerkte der Lord nicht, daß Leon Gonsalez das Zimmer verlassen hatte und daß er nun mit dem einen Mann allein war, zu dem er aus ganz unbestimmten Gründen das meiste Vertrauen hatte. (»Geydrew hatte für mich und Poiccart nie viel übrig«, sagte George später.)

»Ich schäme mich eigentlich, dies einzugestehen«, lächelte Manfred. »Es war nur reine Vermutung. Sah der Schmuckkasten nicht so aus, als ob ihn jemand mit den Füßen zertreten hätte?«

»Aber – aber – woher ...«, stotterte Seine Lordschaft. In diesem Augenblick öffnete sich die Tür, und er prallte zurück.

Ein junges Mädchen stand lächelnd auf der Schwelle und lag im nächsten Augenblick in seinen Armen.

»Hier ist Ihre Angela«, sagte Leon sehr kühl, »und mit allem Respekt vor den hier Anwesenden muß ich doch sagen, daß ich diese Nacht lieber in meinem Bett schlafen möchte. George, das Sofa muß schleunigst zu der Firma zurückgeschickt werden, die uns so etwas angedreht hat.«

Aber George stand vor dem Geldschrank, aus dem er einen kleinen roten Schmuckkasten herausnahm.

Es verging geraume Zeit, bis Geydrew sich so weit beruhigt hatte, um die Geschichte anzuhören.

»Mein Freund Leon Gonsalez«, begann Manfred, »hat ein ausgezeichnetes Gedächtnis für Gesichter – übrigens wir anderen auch –, er ist darin Spezialist. Er war auf dem Waterloo Bahnhof, um Poiccart abzuholen. Raymond war nach Winchester zu einem befreundeten Arzt gefahren, um seinen verrenkten Knöchel untersuchen zu lassen. Während Leon wartete, sah er Guntheimer mit Ihrer Tochter und erkannte Guntheimer sofort, dessen sonstige Namen Landsdry, Smith, Malikin und noch mehrere andere sind. Guntheimers Spezialität ist Bigamie, und Leon kennt ihn zufällig ganz gut. Ein paar Fragen bei dem Gepäckträger, und Leon erfuhr, daß dieser Mann sich am gleichen Tag verheiratet hatte. Wer die Dame war, konnte der Gepäckträger nicht sagen. Leon erzählte Miss Angela in aller Eile eine geheimnisvolle Geschichte, daß jemand sie außerhalb des Bahnhofs zu sprechen wünschte. Ich will nicht behaupten, daß sie glaubte, Mr. Sidworth dort zu finden, aber auf jeden Fall ging sie bereitwillig mit. Als Freund Leon sie in das Auto zog, sträubte sie sich allerdings, und . . .«

»Jeder, der mal versucht hat, ein Auto zu lenken, und zu gleicher Zeit eine empörte und entsetzte Dame in Schach halten muß, wird Mitleid mit mir haben«, warf Leon ein.

»Als Miss Angela Curzon Street erreichte, wußte sie schon alles über Guntheimer, soweit es uns selbst bekannt war«, fuhr Manfred fort. »Leons Absicht war, ihre Hochzeitsreise zu verhindern, bis er jemanden gefunden hatte, der Guntheimer als das, was er wirklich war, identifizieren konnte. Die junge Dame erzählte uns aber nichts von ihrem Schmuckkasten. Dann kam die Geschichte mit dem hohen Scheck, der so spät ausgehändigt worden war, daß er nicht mehr eingelöst werden konnte, und Guntheimer wäre mit seiner Beute, in diesem Fall die Familienbrillanten, über alle Berge gewesen, bevor irgend jemand Verdacht geschöpft hätte. Es wäre natürlich ganz einfach gewesen, ihn gestern abend verhaften zu lassen, aber – als Eure Lordschaft gestern hierher kam, hatte Leon seine Nachforschungen noch nicht zu Ende geführt. Bevor er zurückkam, erfuhr ich von Mr. Sidworth, wo ich eine genaue Kopie des Schmuckkastens finden könnte – nämlich bei seiner Schwester – und machte dann in Begleitung Poiccarts unserem Bigamistenfreund einen Besuch. Poiccart stand auf dem Balkon, lauschte und zerschmetterte auf ein bestimmtes Signal die Fensterscheibe. Dieser Augenblick gab mir die gewünschte Gelegenheit, die beiden Truhen miteinander zu vertauschen. Später öffnete, wie ich annehme, Mr. Guntheimer den Schmuckkasten, fand ihn leer, war sich klar darüber, daß er das Spiel verloren hatte, und floh.«

»Aber wie konnten Sie ihn dazu bringen, Ihnen den Kasten überhaupt zu zeigen?« fragte Lord Geydrew.

Manfred lächelte geheimnisvoll. Die Geschichte des rosa Brillanten war – zu kindisch, um sie noch einmal zu erzählen.

3

Der dritte Zufall

Leon Gonsalez hatte einen unerschütterlichen Glauben an die Gleichzeitigkeit und Häufung von ähnlichen Vorfällen. Er war überzeugt, daß ein gewisses esoterisches Gesetz dafür sorgen würde, daß er am Nachmittag einer rosa Kuh mit nur einem Horn begegnen würde, wenn er schon am Vormittag dieses etwas unwahrscheinliche Erlebnis gehabt hatte.

»Zusammentreffen gleicher Ereignisse, mein lieber George, sind unvermeidlich – aber nicht zufällig.«

Manfred brummte als Antwort etwas Unverständliches – er studierte gerade die Akten eines gewissen William Yape, von dem später noch die Rede sein wird.

»Hier haben wir ein solches Zusammentreffen.« Leon ließ sich nicht so schnell entmutigen und war nach der Abendmahlzeit immer besonders gut aufgelegt. »Heute morgen fuhr ich im Wagen bis nach Windsor – der Motor streikte gestern ab und zu –, und was sehe ich in Langley? Ein ›Herr‹ sitzt vor dem Wirtshaus und ist ziemlich betrunken. Wie ich annahm, war er eine Art Feldarbeiter in seinem besten Sonntagsanzug und trug – einen Brillantring, der wenigstens fünfhundert Pfund wert war. Er erzählte mir, er wäre in Kanada gewesen und wohne jetzt im Chateau Fronteuse – ein ausnehmend teures Hotel.«

Poiccarts Interesse erwachte.

»Und wo bleibt die Häufung, die Übereinstimmung?«

»Wenn George nur zuhören wollte!« Manfred blickte seufzend von seinen Akten auf. »Danke bestens. Kaum hatte ich begonnen, mich mit diesem bezechten Arbeiter im Weinberge des Herrn – das ist natürlich nicht wörtlich zu nehmen, George – zu unterhalten, als ein Rolls Royce vorfährt. Heraus steigt ein sehr gut aussehender junger Mann, der gleichfalls einen Brillantring am kleinen Finger trägt.«

»Fabelhaft!« sagte George Manfred und wandte sich wieder seiner Arbeit zu.

»Ich fühle mich beleidigt, wenn du nicht weiter zuhörst. Stellt euch vor, der Feldarbeiter sprang plötzlich auf, als ob er einen Geist gesehen hätte. ›Ambrose!‹ stammelte er. Ich sage euch, sein Gesicht war kalkweiß. Ambrose – ich hoffe, er wird mir diese Familiarität nicht übelnehmen – hatte ihn nicht bemerkt und ging in den Speisesaal. Der andere ging schwankend seines Wegs – merkwürdig, um wieviel schneller doch der Kopf nüchtern wird als die Beine –, eilig, als ob ihm der Teufel auf den Hacken säße. Dann ging ich auch hinein und fand Ambrose hinter einer Tasse Tee. Ein Mensch, der vormittags um elf Uhr Tee trinkt, kommt aus Südafrika oder Australien. In diesem Fall war es Südafrika. Diamantengräber, Exsoldat, sehr gebildet, aber sehr reserviert. Als er weitergefahren war, machte ich mich auf die Suche nach dem ›Exfeldarbeiter‹ und sah ihn, als er eben in eine auffallend geschmacklose und ebenso kostbare Villa hineinging.«

»Wohin du ihm folgtest, ohne dich durch die Heiligkeit des englischen Heims im geringsten stören zu lassen?«

Leon nickte.

»Du sprichst die lautere Wahrheit. Stell dir eine Vorstadtvilla vor, mein lieber George, die mit sinnlosen Möbelstücken so vollgepfropft ist, daß du kaum einen Platz zum Sitzen finden kannst. Ruhebänke mit Atlas überzogen, imitierte chinesische Schränke und Schränkchen, nutzlose Tischchen, runde und eckige. Lächerliche Ölgemälde in schwer vergoldeten Rahmen, töricht lächelnde Vergrößerungen von Fotografien auf einer Tapete – ich schaudere, wenn ich daran denke! Und dann – zwei Damen, kostbar gekleidet und mit Schmucksachen behängt, aber mit mehr grammatikalischen Fehlern in der Redeweise als mit Brillanten an den Fingern – häßlich, ordinär und abstoßend!

Als ich hinter meinem ahnungslosen ›Freund‹ in die Halle kam, hörte ich ihn sagen: ›Er ist gar nicht tot – er ist zurück‹, und eine Frauenstimme antwortete: ›Ach, du lieber Gott!‹ und noch eine andere Stimme: ›Er muß tot sein – stand ja in der Liste vom ersten Januar‹, und dann hatte ich so viel zu tun, meine Anwesenheit zu erklären, daß weitere Nachforschungen unmöglich waren.«

George Manfred hatte seine Akten sorgfältig mit einer roten Schnur zusammengebunden und lehnte sich in den Stuhl zurück.

»Du hast natürlich die Nummer von Ambroses Auto?«

Leon nickte.

»Und er trug einen Brillantring?«

»Einen Damenring – am kleinen Finger. Kein besonders kostbarer Gegenstand. Ein Mädchenring.«

Poiccart lächelte.

»Jetzt wollen wir uns hinsetzen und auf den – dritten Ring warten. Das ist ja unvermeidlich.«

Wenige Minuten später war Leon schon auf dem Weg nach der Fleet Street. Seine Neugier war unersättlich, und zwei Stunden lang saß er im Büro eines bekannten Zeitungsverlegers, las die Verlustlisten von den vier ersten Januartagen durch und suchte nach einem Soldaten, dessen Zuname »Ambrose« war.

»Die ›drei Gerechten‹«, sagte der hohe Polizeibeamte vergnügt, »sind jetzt so hervorragend ehrsame Leute, daß wir ihnen Polizeischutz angedeihen lassen müssen.«

Man muß in Betracht ziehen, daß diese Worte nach einem guten Dinner gesagt wurden, also zu einem Zeitpunkt, da selbst ein Polizeibeamter gemütlich wird, namentlich wenn er Gast in einem der vornehmen Häuser in Belgravia ist. Man muß gleichzeitig in Betracht ziehen, daß ein Mitglied des »silbernen Dreiecks« am gleichen Abend vor Oberst Yenfords Haus gesehen worden war.

»Verdrehte Kerle ... Warum sie Ihr Haus beobachten, ist mir unklar – hätte ich das vorher gewußt, würde ich den Mann hereingebeten haben.«

Lady Irene Belvinne lehnte sich gelangweilt zurück; sie schien wenig Interesse für die ›drei Gerechten‹ zu haben, aber jedes Wort blieb in ihrem Gedächtnis haften.

Sie war eine elegante Erscheinung, Witwe eines früheren Ministers, der man ihre fünfunddreißig Jahre nicht ansah. Ihr Mann war mehrfacher Millionär gewesen und hatte ihr sein gesamtes Vermögen hinterlassen. Das klare, heitere Gesicht, die ruhige, selbstbewußte Haltung verrieten die Frau, die niemals Sorgen und Kummer kennenlernte ...

»Was machen die Leute eigentlich«, fragte sie mit ihrer leicht schleppenden Stimme. »Sind sie Detektive? Was sie früher waren, weiß ich natürlich.«

Und wer wußte nicht, was dieses erbarmungslose Trio in jenen Tagen war, als es selbst vom Gesetz verfolgt wurde. In jenen Tagen, wo ihrer Drohung ein schneller Tod folgte, wo jeder Verbrecher zitterte, wenn er ihren Namen hörte!

»Jetzt sind sie zahm genug«, sagte ein anderer. »Heute würden sie ihre Kunststückchen nicht mehr versuchen, stimmt das nicht, Yenford?«

Oberst Yenford schien aber nicht der gleichen Meinung zu sein.

»Merkwürdig«, sagte Irene vor sich hin, »daß ich nicht daran gedacht habe.«

Sie war so in Gedanken versunken, daß sie, ohne es zu merken, laut gesprochen hatte.

»Warum, in aller Welt, sollten Sie denn an die drei denken?« fragte Yenford überrascht.

Sie fuhr hoch und wechselte das Thema.

Mitternacht war schon vorüber, als sie in ihre prachtvolle Wohnung in Piccadilly zurückkam. Alle Dienstboten, mit Ausnahme der Kammerzofe, waren schon zu Bett gegangen. Als Lady Belvinne die Tür öffnete, kam die Zofe in die Diele gelaufen, und Irene Belvinne wußte, daß ihr Unangenehmes bevorstand.

»Sie wartet schon seit neun Uhr, Mylady«, sagte das Mädchen leise.

Irene nickte.

»Wo ist sie?«

»Im Arbeitszimmer.«

Irene Belvinne ließ den Mantel von den Schultern gleiten und ging über den breiten Gang nach der Bibliothek. Die Frau, die auf der Ecke einer gepolsterten Bank gesessen hatte, stand beim Anblick dieser strahlenden Erscheinung verlegen auf. Die Besucherin war ärmlich gekleidet und hatte ein hageres, unsauberes Gesicht. Listig blickte sie unter den gesenkten Lidern hervor, in dem untertänigen Ton ihrer Stimme klang eine leise Drohung mit.

»Heute abend ist er wieder viel schlechter dran, Mylady«, begann sie. »Wir hatten die größte Mühe, ihn im Bett zu halten. Er wollte durchaus hierher kommen, hat er gesagt – er war ganz von Sinnen . . . So hohes Fieber. Der Arzt sagt, wir müßten ihn möglichst schnell wegbringen.« Ihre Augen blickten auf, senkten sich aber sofort wieder. »Am besten nach Südafrika.«

»Das letzte Mal war es Kanada«, sagte Irene kühl. »Eine ziemlich kostspielige Reise, Mrs. Dennis.«

Die Frau murmelte etwas vor sich hin und rieb sich nervös die Hände.

»Die ganze Geschichte bringt mich noch unter die Erde. Kein Wunder, wo ich doch seine Tante bin. Und wo soll ich denn fünftausend Pfund hernehmen, um ihn nach Südafrika zu bringen . . .«

Fünftausend Pfund! Irene war über diese Forderung entsetzt, sprachlos. Die Reise nach Kanada hatte dreitausend verschlungen, obwohl anfänglich nur eintausend verlangt worden waren.

»Ich möchte selbst mit ihm sprechen«, sagte sie plötzlich bestimmt.

Wieder jener schnelle, listige Blick.

»Ich möchte Sie nicht gern mit ihm zusammenkommen lassen, Mylady, oder Sie müßten einen Herrn mitbringen. Ich würde sagen, Ihren Mann, aber ich weiß ja, der lebt nicht mehr. Ich möchte die Verantwortung nicht gern übernehmen, nee, das kann ich nicht. Darum habe ich Ihnen ja auch nie gesagt, wo wir wohnen, falls Sie doch mal in Versuchung kämen, Mylady. Er würde Ihnen glattweg den Hals abschneiden – nee, das geht wirklich nicht.«

Ein kleines, verächtliches Lächeln huschte über Irenes schönes Gesicht.

»Ob diese Drohung mich wirklich abschrecken würde?« sagte sie ruhig. »Sie verlangen fünftausend Pfund – wann wollen Sie reisen?«

»Nächsten Sonnabend, Mylady«, sagte die Frau gierig. »Und Jim sagt, Sie sollen das Geld in Scheinen geben.«

Irene nickte. »Gut, aber Sie dürfen sich hier nicht eher wieder sehen lassen, bis ich nach Ihnen schicke.«

»Wo soll ich mir denn das Geld holen, Mylady?«

»Hier, morgen mittag um zwölf, und – können Sie sich, bitte, nicht etwas netter anziehen, wenn Sie hierher kommen?«

Die Frau grinste.

»Ich sehe nicht so aus wie Sie und habe auch keine so feinen Sachen, Mylady«, sagte sie höhnisch. »Jeden Penny, den ich habe, kriegt der arme Jim. Es ist eine Last, ihn am Leben zu erhalten, und dabei müßte er doch eigentlich Millionen haben.«

Irene schritt zur Tür, öffnete sie und wartete im Gang, bis das Mädchen den unwillkommenen Besuch hinausgelassen hatte.

»Öffnen Sie die Fenster und lüften Sie tüchtig.«

Dann ging Irene in ihr Zimmer, setzte sich vor den Frisiertisch und blickte nachdenklich auf ihr Bild im Spiegel.

Plötzlich hob sie die zierliche Puppe ab, unter der das Telefon verborgen war, wollte den Hörer ergreifen, als ihr einfiel, daß sie die Nummer nicht kannte. Sie blätterte im Telefonbuch und fand bald, was sie suchte. Die »Dreieck Detektiv Agentur« hatte ihr Büro in der Curzon Street. Aber würden sie nicht schon zu Bett gegangen sein? Würden sie überhaupt zu solch später Stunde noch Interesse für einen neuen Fall haben?

Kaum hatte sie die Nummer gewählt, als sie auch schon Verbindung erhielt. Sie hörte deutlich, wie der Hörer am anderen Ende des Drahtes abgenommen wurde, hörte die Klänge einer Gitarre, dann eine freundliche Stimme.

»Lady Irene Belvinne«, sagte sie. »Sie kennen mich zwar nicht, aber . . .«

»Ich kenne Sie sehr gut, Lady Irene«, sie konnte beinahe fühlen, daß der Unbekannte lächelte. »Sie speisten heute abend bei Oberst Yenford und verließen sein Haus zwölf Minuten vor Mitternacht. Dann gaben Sie Ihrem Chauffeur Auftrag, durch den Hyde Park nach Hause zu fahren . . .«

Die Gitarre schwieg, und eine entferntere Stimme sagte:

»Hör nur mal Leon zu! Er ist wieder ganz und gar Sherlock Holmes.« Ein dritter lachte, und Irene lächelte mit.

»Wünschen Sie mich zu sprechen?« fragte Leon Gonsalez.

»Ja, sehr gern. Wann paßt es Ihnen?«

»Sofort, wenn Sie wünschen. Ich kann in wenigen Minuten

bei Ihnen sein, wenn die Lage ernst ist. Und ich glaube, das ist der Fall.«

Sie war so erregt, daß sie den Hörer fallen ließ, während er noch sprach.

Fünf Minuten später ließ das Mädchen einen schlanken, gutaussehenden Mann herein. Er war im Frack und sah einem ihr bekannten Anwalt auffallend ähnlich. Irenes Begrüßung fiel etwas verlegen aus, denn die Zeitspanne war so kurz gewesen, daß sie sich nicht klar geworden war, was sie sagen, wie sie beginnen sollte.

Sie saßen in der Bibliothek. Mit tonloser Stimme begann sie endlich zu erzählen, und er lauschte mit regungslosem Gesicht.

»... ich war ja noch so jung – das ist meine einzige Entschuldigung, und er war hübsch, anziehend ... Ein Chauffeur ist ja kein eigentlicher Dienstbote mehr ... Ich meine, man kann ganz gut Freund mit ihm sein, was bei den anderen – Dienstboten ausgeschlossen ist.«

Er nickte.

»Es war ja Tollheit, war unrecht, war alles, was Sie sagen wollen. Als mein Vater ihn aus dem Hause jagte, glaubte ich, mein Herz würde brechen.«

»Ihr Vater wußte ...?« fragte Gonsalez ernst.

Sie schüttelte verneinend den Kopf.

»Nein, aber Vater war so jähzornig und machte Jim für einen Fehler verantwortlich, den er gar nicht begangen hatte, und das war das Ende. Ich erhielt noch einen Brief – kurz vor Ausbruch des Krieges. Und dann hörte ich nichts weiter, bis zwei oder drei Jahre nach meiner Heirat. Da erhielt ich einen schrecklichen Brief von dieser Frau, in dem sie mir schrieb, ihr Neffe wäre schwindsüchtig, und sie wüßte genau, was für – gute Freunde wir gewesen wären.«

Zu ihrer Überraschung lächelte ihr Besucher; sie blickte ihn verletzt an.

»Sie haben mir nur bestätigt, was ich schon angenommen hatte.«

»Was Sie angenommen hatten? Aber Sie kennen mich doch nicht ...«

Er unterbrach sie beinahe schroff.

»War Ihre zweite Heirat glücklich, Lady Irene? Verzeihen Sie: Die Frage klingt impertinent, ist aber sehr wichtig.«

Sie zögerte einen Augenblick.

»Ich war ganz – glücklich. Mein Mann war mehr als dreißig Jahre älter als ich . . . Warum fragen Sie?«

Leon lächelte wieder.

»Weil ich sentimental veranlagt bin – ein bedauerliches Eingeständnis eines Mannes, der behauptet, nüchterner Wissenschaftler zu sein. Ich verschlinge Liebesromane, in Buchform und – im Leben. Dieser Jim war kein – unangenehmer Mensch?«

»Nein«, sagte sie kopfschüttelnd und fügte einfach hinzu: »Ich liebte ihn – liebe ihn noch heute. Und das ist ja das schlimmste! Zu denken, er liegt krank und hilflos, hat niemand um sich als diese schreckliche Tante! Der Gedanke läßt mir Tag und Nacht keine Ruhe. Wenn . . .«

»Tante«, unterbrach er sie. »Wirtin wollen Sie sagen, er hatte ja keine Verwandten.«

Sie war aufgesprungen und starrte ihn an.

»Woher wissen Sie das?«

Er machte eine Handbewegung, die in ihrer besänftigenden Wirkung beinahe hypnotisch war.

»Ich war gestern abend vor dem Haus von Oberst Yenford, hatte zufällig erfahren, daß Sie dort sein würden. Ich wollte Ihren Mund sehen – ich weiß, das klingt entsetzlich geheimnisvoll, ist aber die Wahrheit. Ich beurteile jede Frau nach ihrem Mund – und ich habe mich noch niemals getäuscht. Daher wußte ich auch, wann Sie die Gesellschaft verließen.«

Irene Belvinne sah ihn mit zusammengezogenen Brauen an.

»Ich verstehe kein Wort, Mr. Gonsalez. Was hat mein Mund mit dieser Angelegenheit zu tun?«

Er nickte bedächtig.

»Hätten Sie eine andere Art Mund, würde ich wohl kaum Interesse für die ganze Sache aufgebracht haben, aber so . . .«

Sie wartete, und er fuhr fort.

»Sie werden James Ambrose Clynes im Piccadilly Hotel finden. Der Ring, den Sie ihm einst gaben, steckt noch an seinem kleinen Finger, und Ihre Fotografie ist das einzige Bild in seinem Zimmer.«

Bleich und schwankend stand sie vor ihm. Behutsam half er ihr in einen Sessel.

»Er ist ein sehr reicher Mann und ein braver Mensch, aber sehr dumm dazu. Sonst wäre er schon längst zu Ihnen gekommen.«

Ein Auto hielt vor der Villa in dem kleinen Dörfchen Langley, und eine schäbig gekleidete Frau stieg aus. Die Tür wurde von einem untersetzten Mann geöffnet, und beide betraten den protzigen Salon. Mrs. Dennis lächelte zufrieden.

»Erledigt – sie rückt's raus«, sagte sie und warf den alten Mantel verächtlich zu Boden.

Der ordinäre Mann mit dem großen Brillantring blickte zu seiner anderen Schwester hinüber.

»Sobald wir das Geld in den Fingern haben, heißt es Kanada, aber diesmal wird's Ernst«, sagte er bedeutungsvoll. »Ich will nicht wieder so 'nen Schreck haben, wie letzten Dienstag – warum kommst du so spät, Maria?«

»Reifen geplatzt – auf der Great West Road«, antwortete sie und rieb sich die Hände vor dem offenen Kaminfeuer. »Warum machst du dir denn Kopfschmerzen, Paul? Wir haben ja nichts gemacht. Wir haben sie doch nicht bedroht – das wäre natürlich strafbar. Haben doch bloß gefragt, ob sie 'nem armen, kranken Menschen helfen wollte ... Na, das ist doch kein Verbrechen.«

Beinahe eine Stunde lang wurde das Pro und Kontra dieser Ansicht besprochen. Dann klopfte es an die Tür.

Der Mann ging hinaus, um den Besuch in Empfang zu nehmen.

»Wenn Sie mich nicht hineinlassen«, ließ sich Leon Gonsalez' angenehme Stimme hören, »wird die Polizei das besser können. Dann wird morgen früh ein Haftbefehl gegen Sie vorliegen – wegen versuchten Betruges.«

Wenige Sekunden später stand er vor den zitternden drei Menschen ...

Poiccart und George Manfred waren aufgeblieben, um seine Rückkehr zu erwarten. Der Morgen dämmerte schon, als er kam.

»Ein in seiner Art einziger Fall«, begann Leon und blätterte in seinen Notizen. »Unser Ambrose, übrigens ein gebildeter Mann, hatte sich in die Tochter des Earl of Carslake verliebt; seine Liebe wurde erwidert. Er verliert seine Stellung – und, weil er das Mädchen lieb hat, entschließt er sich, jede Verbindung mit ihr abzubrechen. Der Krieg bricht aus, und er stellt sich sofort. Vor seinem Fronteinsatz schreibt er an seine Wirtin und bittet sie, einen versiegelten Umschlag mit Briefen zu verbrennen, den sie unter seinen Sachen finden würde. Zugleich mit diesem Brief erhält die Frau jedoch die Mitteilung, daß Ambrose gefallen ist. Die Wirtin, Mrs. Dennis, neugierig wie diese Art Frauen ist, öffnet den Umschlag. Der Inhalt der Briefe genügt, um gegen das bedauernswerte junge Mädchen vorzugehen; die Erpressungen beginnen. Aber Ambrose ist nicht tot – er wurde seiner Verwundungen halber entlassen, folgte einer Einladung eines Bekannten und ging nach Südafrika. Dort hatte er Glück und wurde ein reicher Mann.

Und in der Zwischenzeit wurde auch die Dennis-Bande langsam reich. Sie behaupteten, ›Jim‹ sei schwerkrank und bauten darauf, daß Irene nicht genau wußte, ob er gefallen war. Auf diese Weise und mit der ständigen Drohung, sich an ihren Gatten zu wenden, erpreßten sie von der Bedauernswerten beinah zwanzigtausend Pfund.«

»Und was machen wir mit der Gesellschaft?« fragte Poiccart.

Leon zog einen kleinen, glänzenden Gegenstand aus der Tasche – einen funkelnden Brillantring.

»Ich habe mir das hier als Honorar für meinen Rat geben lassen.«

George lächelte.

»Und dein Rat war?«

»Möglichst schnell aus England zu verschwinden, bevor Ambrose ihre Adresse gefunden hat!«

4

Wer war der Mörder?

Der Mord an Bernard Slane war eines jener geheimnisvollen Verbrechen, die der Presse Freude und der Polizei viel Sorgen und Arbeit verursachen. Mr. Slane war ein reicher Makler, Junggeselle und, wie man so sagt, netter Kerl. Er hatte im Pall Mall Club zu Abend gespeist, dann ein Taxi genommen – sein Auto war in Reparatur – und war nach seiner Wohnung im Albert Palace Mansions gefahren. Der Hausportier war gerade mit dem Fahrstuhl im fünften Stock, als Mr. Slane eintraf.

Das erste Anzeichen, daß irgend etwas nicht stimmte, war die Anwesenheit des Taxichauffeurs in der Halle, den der Portier fragte, was er wünsche.

»Ich habe gerade einen Herrn hierher gefahren – Mr. Slane, er bewohnt Nummer sieben«, erklärte der Mann. »Er ist nach oben gegangen, um Kleingeld zu holen.«

Das war leicht möglich, denn Slane wohnte im ersten Stock und benutzte ausschließlich die Treppe. Portier und Chauffeur unterhielten sich noch einige Minuten, bis der Portier sagte, er würde nach oben gehen und das Geld holen. Albert Palace Mansions unterschied sich von anderen Mietshäusern dadurch, daß der teuerste erste Stock nur eine einzige kleinere Wohnung von vier Zimmern hatte, die Slane bewohnte.

Licht kam durch die Glasscheibe über der Wohnungstür, aber das hatte schon den ganzen Abend über gebrannt. Der Portier klingelte, klingelte noch einmal, klopfte, erhielt aber keine Antwort. Er ging wieder nach unten.

»Er muß sofort eingeschlafen sein – war er denn beschwipst?«

Seine Frage war nicht unberechtigt. Es war bekannt, daß Slane viel trank und mehr als einmal in einem Zustand nach Hause gekommen war, der die Hilfe des Portiers nötig machte, um ihn zu Bett zu bringen.

Der Chauffeur – er hieß Reynolds – gab ohne weiteres zu, daß Slane wahrscheinlich mehr getrunken hatte, als gut war.

Wieder versuchte der Portier sein Glück an der Wohnungstür.

Als sich nichts rührte, legte er das Fahrgeld aus – zwei Schilling sechs Pence.

Der Portier hatte Nachtdienst und fuhr verschiedene Male mit dem Fahrstuhl nach den einzelnen Stockwerken. Durch das Gitter des Fahrstuhleingangs konnte er jedesmal Nummer sieben im ersten Stock sehen. Seine Aussage war nicht zu erschüttern, daß er während der ganzen Nacht Mr. Slane nicht gesehen hätte und daß es auch für den Makler unmöglich gewesen wäre, das Haus zu verlassen, ohne daß er es bemerkt hätte.

Gegen halb sechs am nächsten Morgen sah ein Schutzmann einen Mann auf einem der Gartenstühle im Green Park sitzen. Er war im Gesellschaftsanzug und seine Haltung so ungewöhnlich, daß der Schutzmann über den Rasen auf den Stuhl zuging, der in der Nähe eines Rhododendrongebüsches stand. Sein Verdacht war berechtigt. Der Mann war tot, mit einem stumpfen Instrument schrecklich zugerichtet. Eine Durchsuchung der Taschen ergab, daß man Bernard Slane vor sich hatte.

In der Nähe des Tatortes führte eine Tür durch das Parkgitter nach der Pall Mall; das Schloß war aufgebrochen, Kriminalbeamte von Scotland Yard waren sofort zur Stelle, der Portier von Albert Palace Mansions wurde verhört und der Chauffeur Reynolds nach dem Präsidium bestellt. Er traf dort gegen Mittag ein, konnte aber keine Angaben machen, die Licht in das Dunkel gebracht hätten.

Reynolds war ein ruhiger Mann, gegen den nichts vorlag, war Witwer und wohnte über einer Garage in der Baker Street, dicht beim Dorset Square.

»Ein höchst interessantes Verbrechen«, sagte Leon. Er saß am Tisch und hatte den Kopf in beide Hände gestützt.

»Warum interessant?« fragte George.

Leon las weiter. Seine Lippen bewegten sich leise – eine Angewohnheit von ihm, wenn irgend etwas in der Lektüre seine Aufmerksamkeit besonders fesselte.

»Interessant wegen der Hotelrechnung, die man in der Tasche des Getöteten fand.«

Er wies auf einen Absatz in der Zeitung. Manfred nahm sie auf und las:

Die Polizei fand in der rechten Manteltasche des Ermordeten ein blutbeflecktes Stück Papier: eine Hotelrechnung des Plage-Hotel, Ostende, vom 3. August. Die Rechnung war für Mr. und Mrs. Wilbraham ausgestellt und lautete über 7500 Franken.

Manfred legte die Zeitung nieder.

»Es ist schwer begreiflich, warum dieser halb betrunkene Mann seine Wohnung verließ und nach dem Green Park zurückging – liegt doch ziemlich weit von Albert Palace Mansions entfernt!«

Leon starrte ausdruckslos auf die Wand und schüttelte den Kopf. In seiner zusammenhanglosen Art sagte er plötzlich:

»Das Gesetz, das die Veröffentlichung von Einzelheiten in Ehescheidungsprozessen verbietet, gefällt mir manchmal gar nicht.«

»Glaubst du an einen Mord aus Rache?«

Leon zuckte die Achseln und wechselte das Thema.

George Manfred pflegte zu behaupten, daß Leon das wunderbarste Gedächtnis hätte, das ihm jemals vorgekommen sei. Und Leon brauchte wirklich sehr selten in seinem Archiv und den zahlreichen Aufzeichnungen nachzusehen, die er im Lauf seines Lebens gesammelt hatte und die einen Raum des Hauses in der Curzon Street unbewohnbar machten.

Inspektor Meadows von Scotland Yard war ein guter Freund der drei Männer und war abends oft genug in der Curzon Street zu finden – behaglich seine Pfeife, meistens sogar mehrere, rauchend. Auch heute erschien er, und der Fall Slane war sein erstes Wort.

»Slane war ein großer Lebemann vor dem Herrn«, begann er. »In seiner Wohnung fand man genügend Beweise, daß er ein Mann war, der nicht Junggeselle sein dürfte, wenn annähernd zwei Dutzend Frauen zu ihrem Recht kämen. Übrigens haben wir auch herausgefunden, wer Mr. und Mrs. Wilbraham waren. Wilbraham war natürlich Slane. Die Dame ist nicht so leicht zu finden. Jedenfalls eine seiner – kurzfristigen Eroberungen.«

»Und doch die einzige Frau, die er heiraten wollte«, unterbrach ihn Gonsalez.

»Woher wollen Sie das wissen?« fragte der Detektiv verblüfft.

Leon lachte.

»Die Rechnung war doch jedenfalls aus dem Grunde aufbewahrt worden, um dem betrogenen Gatten ein Beweisstück zu liefern. Vielleicht wollte dieser Mann aber seiner Frau noch einmal eine Chance geben, vielleicht war er Katholik, auf jeden Fall ließ er sich nicht scheiden. Und jetzt erzählen Sie mir einmal –« er beugte sich über den Tisch dem Inspektor zu –, »ob Slane sofort ausgestiegen ist, als das Taxi vor dem Albert Palace Mansions hielt. Ich kann Ihnen aber sagen, daß dies nicht der Fall war.«

»Sie haben selbst Erkundigungen eingezogen?« fragte der Inspektor mißtrauisch. »Sie haben recht, er blieb im Wagen sitzen. Der Chauffeur scheint ein verständiger Mensch zu sein und hielt es für das beste, ihn ein paar Augenblicke sitzen zu lassen, bis verschiedene Leute in der Halle nach oben gefahren waren – man kann das sehr gut von der Haustür aus sehen.«

»Richtig. Stammte dieser Gedanke vom Chauffeur oder von Slane?«

»Vom Chauffeur«, erwiderte Meadows. »Slane war halb im Schlaf, als Reynolds ihn aus dem Wagen zog.«

»Noch eine Frage: Als der Portier mit den Bewohnern des fünften Stocks nach oben fuhr, kam er da sofort wieder zurück?«

Der Inspektor schüttelte den Kopf.

»Nein, er hielt sich noch eine Zeitlang oben auf – sprach mit den Mietern. Er hat aber gehört, wie Slanes Tür zuschlug, und dadurch wurde er erst darauf gebracht, daß jemand das Haus betreten haben mußte.«

Leon lehnte sich vergnügt in seinen Stuhl zurück.

»Was denkst du über die Geschichte, Raymond?« Er wandte sich dem verschlossenen Poiccart zu.

»Und du?« war die Antwort.

Meadows blickte von Poiccart auf Gonsalez.

»Haben Sie irgendeine Annahme, warum Slane noch einmal ausging?«

»Er ist nicht wieder ausgegangen«, antworteten die beiden Männer zusammen.

Meadows sah, wie George Manfred ihn lächelnd anblickte.

»Man will Sie ein bißchen an der Nase herumführen, Meadows, aber doch haben die beiden recht. Er ist ganz bestimmt nicht wieder ausgegangen.«

Dann stand er auf und reckte sich.

»Ich gehe zu Bett. Wenn Sie wollen, wette ich mit Ihnen um fünfzig Pfund, daß Leon morgen früh den Mörder gefunden hat, aber ich möchte keinen Schwur darauf leisten, daß er ihn an Scotland Yard ausliefert.«

Am nächsten Morgen gegen acht Uhr war der Chauffeur Reynolds, Zigarette zwischen den Lippen, damit beschäftigt, seinen Wagen noch einmal nachzusehen, als Leon Gonsalez in den Hof kam.

Reynolds war etwa vierzig Jahre alt, sah sehr gut aus und hatte überraschend angenehme Umgangsformen.

»Sind Sie vielleicht auch Detektiv?« fragte er mit etwas gezwungenem Lächeln. »Ich habe schon auf mehr törichte Fragen antworten müssen, als mir lieb ist.«

»Ist das Ihr eigener Wagen?« Leon wies auf das elegante Taxi.

»Ja«, erwiderte der Chauffeur. »Ein Taxi ist nicht mehr die Goldquelle, wie manche Leute immer noch annehmen. Wenn Sie dazu noch das Unglück haben, in einen solchen Fall, wie der hier, verwickelt zu werden, fallen Ihre Einnahmen um mindestens fünfzig Prozent.«

In wenigen Worten erklärte Leon sein Interesse an dem Mord.

»Ach, Sie sind von der Dreieckagentur? Jetzt erinnere ich mich: Sie sind die ›Drei Gerechten‹? Du meine Güte! Hat Ihnen vielleicht Scotland Yard den Fall übertragen?«

»Ganz und gar nicht«, versetzte Leon lächelnd. »Ich beschäftige mich zu meinem eigenen Vergnügen damit – er interessiert mich. Es sind mir da einige Punkte unklar geblieben, und es würde mich freuen, wenn Sie mir vielleicht ein paar Fragen beantworten wollten, an die Scotland Yard nicht gedacht zu haben scheint.«

Der Mann zögerte einen Augenblick.

»Kommen Sie bitte mit in mein Zimmer«, sagte er und ging die schmale Treppe hinauf.

Das Zimmer war überraschend gut ausgestattet. Ein oder zwei antike Möbelstücke fielen Leon auf; sie mußten sehr viel wert sein. Auf dem Tisch in der Mitte des Zimmers stand ein lederner Hutkoffer und auf dem Boden eine große Handtasche. Der Chauffeur mußte bemerkt haben, daß Leon nach den beiden Gegenständen blickte, denn er beeilte sich zu sagen:

»Das gehört einem meiner regelmäßigen Fahrgäste. Ich soll das Gepäck nach der Bahn bringen.«

Von seinem Platz aus konnte Leon sehen, daß die beiden Gepäckstücke die Aufschrift trugen »Gepäckausgabe. Tetley«.

»Also bitte, Mr. Gonsalez. Ich muß an die Arbeit und kann mich nicht zu lange aufhalten. Was wollen Sie wissen?«

»Ganz besonders, ob Sie an dem Tag, an dem Sie Slane nach Hause fuhren, viel zu tun hatten?«

»Es war ein ganz guter Tag«, entgegnete der andere. »Ich habe schon der Polizei eine Aufstellung meiner verschiedenen Fahrten gegeben – mit Einschluß des Hospitalfalles ... Davon werden Sie wohl gehört haben.«

»Was für ein Hospitalfall war denn das?«

Der Mann zögerte.

»Hoffentlich kommen Sie nicht auf den Gedanken, ich möchte mich mit einer Sache großtun – die einfachste Menschlichkeit zwang mich ja dazu. Eine Frau wurde in der Barger Street von einem Autobus überfahren. Ich nahm sie in meinen Wagen und fuhr sie nach dem Krankenhaus.«

»War sie schwer verletzt?«

»Sie starb!«

Leon blickte ihn nachdenklich an. Wieder schweiften seine Augen nach den Gepäckstücken.

»Danke Ihnen bestens. Wollen Sie heute abend um neun Uhr nach der Curzon Street kommen? Hier ist meine Adresse.« Er zog eine Karte aus der Brieftasche.

»Warum?« Reynolds Stimme klang trotzig.

»Weil ich Ihnen eine Frage vorlegen möchte, die Sie mir, wie ich überzeugt bin, sehr gern beantworten werden.«

Leons großer Wagen wartete am Eingang des Hofes und setzte ihn wenige Minuten später vor dem Hospital in der Wallmer Street ab; dort erfuhr er auch nicht mehr. Sehr ernst und verschlossen kam er nach der Curzon Street zurück.

Punkt neun Uhr erschien Reynolds. Er und Leon sprachen über eine Stunde lang allein in dem Zimmer des Erdgeschosses. Glücklicherweise hielt Meadows es an diesem Abend nicht für nötig, dem »silbernen Dreieck« einen Besuch abzustatten. Erst eine Woche später kam er mit einer großen Neuigkeit, die aber nur ihn allein überraschte.

»'ne merkwürdige Sache . . . Der Chauffeur, der Slane nach seiner Wohnung gefahren hat, ist verschwunden – verkaufte sein Taxi und wurde nicht mehr gesehen. Aber es liegt ja nichts vor, das ihn mit dem Mord in Verbindung bringen könnte, sonst würde ich einen Haftbefehl gegen ihn ausstellen lassen. Er ist vom ersten Augenblick an in jeder Beziehung offen und ehrlich gewesen.«

Manfred stimmte höflich bei. Poiccart starrte gedankenlos ins Leere. Leon Gonsalez gähnte und gestand ein, daß er sich langweile.

»Merkwürdig«, begann Gonsalez, als er sich eines Tages herabließ, seinen Freunden die Einzelheiten mitzuteilen, »merkwürdig, daß die Polizei niemals daran gedacht hat, in Tetley Nachforschungen über Slane anstellen zu lassen. Er bewohnte dort Jahre hindurch ein großes Haus. Wenn sie das gemacht hätte, würde sie unbedingt die Geschichte des jungen Doktor Grain und seiner schönen Frau gehört haben. Sie lief ihm davon. Sie und Slane verschwanden zusammen; Slane war wie toll in sie verliebt, hätte sie geheiratet. Er gehörte zu jenen Menschen, die sich Hals über Kopf verlieben – aber für höchstens drei Monate. Konnte die Heirat nicht sofort stattfinden, so hatte die junge Frau wenig Aussicht, ihren guten Ruf zu behalten.

Dr. Grain erklärte sich bereit, seine Frau wieder aufzunehmen, aber sie weigerte sich und verschwand aus seinem Leben. Er gab seine Praxis auf, kam nach London und legte seine Ersparnisse in einer kleinen Garage an. Wie alle Garagen, wenn sie nicht viel Kapital im Hintergrund haben, war auch Reynolds Unternehmen ein Fiasko. Er verlor alles. Jetzt mußte er sich entscheiden, ob er seine Praxis wieder aufnehmen und versuchen sollte, all das wiederzuerlangen, was er in den letzten Jahren verloren hatte. Er wählte aber den, wie er glaubte, weniger anstrengenden Beruf eines Taxichauffeurs. Und ich kenne einen anderen Mann, der genau dasselbe gemacht hat. Gelegentlich werde ich euch seine Geschichte erzählen.

Er sah seine Frau nie wieder, dagegen aber Slane ziemlich oft. Reynolds oder Grain, wie wir ihn nennen müssen, hatte seinen Schnurrbart abrasiert und sein Äußeres so geändert, daß Slane ihn nie erkannte. Es wurde bei ihm zur fixen Idee, seinem Feinde zu folgen, seine Bewegungen, seine Gewohnheiten kennenzulernen. Das einzige, was er herausfand, und das führte schließlich zu Slanes Untergang, war, daß Slane regelmäßig jeden Mittwochabend im Realclub in Pall Mall speiste und gegen halb zwölf Uhr nach Hause fuhr.

Reynolds-Grain glaubte nicht, diese Beobachtung jemals benutzen zu können – bis zur Mordnacht. Er fuhr mit seinem Taxi durch eine der Straßen im Nordwesten, als er sah wie eine Frau von einem Autobus umgerissen wurde. Er wäre selbst beinahe über sie hinweggefahren. Er hielt den Wagen an, sprang ab, hob die Verunglückte auf und blickte zu seinem Entsetzen in das eingefallene Gesicht seiner Frau. Dann hob er sie in seinen Wagen und fuhr schleunigst nach dem nächsten Hospital. Dort, im Wartezimmer, bevor der Arzt gerufen worden war, erzählte ihm die sterbende Frau in abgerissenen Worten die Geschichte ihres Unglücks. Sie war schon tot, bevor sie auf den Operationstisch gelegt wurde – ein Glück für sie, wie sich später herausstellte.

Das alles war mir schon zum Teil bekannt, bevor ich nach dem Hospital kam. Dort erfuhr ich, daß ein Unbekannter mehr als ausreichende Mittel hinterlegt hatte, um die Tote nach Tetley bringen und dort begraben zu lassen. Ich ahnte das schon, bevor ich noch Grains gepackten Koffer gesehen hatte. Er verließ das Hospital, halb wahnsinnig vor Kummer und Haß. Es regnete in Strömen. Langsam fuhr er Pall Mall entlang und hatte Glück, wenn man so sagen will, denn gerade in diesem Augenblick pfiff der Clubportier nach einem Taxi. Grain hielt seinen Wagen vor dem Portal an. Slane stieg ein.

In der Mall hielt Grain unter dem Vorwande an, ein Reifen wäre geplatzt, brach das Schloß der Parktür auf und wartete, bis niemand in Sicht war. Dann zog er den halbbetrunkenen Mann aus dem Wagen und schleppte ihn in den Park ... Slane war nüchtern genug, als Grain ihm seine Geschichte erzählt hatte. Grain schwört, daß er seinem Gegner alle Chancen gab; daß es ein ehrlicher Kampf war, Mann gegen Mann, aber Slane riß einen Revolver heraus. Grain tötete ihn, um sein eigenes Leben zu retten. Das mag wahr sein oder auch nicht – wer kann das wissen?

Grain blieb kühl bis zum Schluß. Unbeobachtet stieg er in sein Taxi, fuhr nach Albert Palace, wartete bis der Fahrstuhl nach oben gegangen war und lief dann die Treppe hinauf. Er hatte Slanes Schlüsselbund mitgenommen; glücklicherweise öffnete schon der erste die Wohnungstür. Seine Absicht war, die Wohnung zu durchsuchen, um alles an sich zu nehmen, das den Namen seiner Frau kompromittieren könnte. Dann hörte er aber den Portier im fünften Stock ›Gute Nacht‹ rufen. Er warf die Tür zu, flog die Treppe hinunter und war nur einige Sekunden vor dem Portier in der Halle.«

»Das wollen wir doch nicht der Polizei erzählen?« fragte Manfred bedächtig. Poiccart, am anderen Ende des Tisches, lachte kurz auf.

»Die Geschichte ist viel zu gut, als daß die Polizei sie jemals glauben würde!«

5

Der SOS-Scheck

»Mr. Storn engagierte mich als zweiten Diener. Ich war froh, denn die Stellung schien gut; nur mit den anderen Dienstboten vertrug ich mich nicht recht; aber daß man mich sofort vor die Tür setzte, ohne Kündigung und ohne alles, nur weil ich zufällig ein Wort auf arabisch sagte –«

»Arabisch?« fragte Leon Gonsalez überrascht. »Sprechen Sie denn arabisch?«

Tenley, der entlassene Diener, grinste.

»Vielleicht ein Dutzend Worte: Nach dem Krieg war ich bei der Besatzung in Konstantinopel und habe da ein bißchen von der Sprache aufgeschnappt. Ich putzte den silbernen Präsentierteller in der Halle und sagte, ohne mir was zu denken, auf arabisch ›das ist gut‹, als ich Mr. Storns Stimme hinter mir hörte.

›Sie sind auf der Stelle entlassen‹, sagte er, und bevor ich überhaupt zur Besinnung kam, stand ich schon mit einem Monatslohn in der Tasche vor der Tür.«

Der Mann, der den Bewohnern des kleinen Hauses in der Curzon Street sein Leid klagte, war wütend und bemühte sich, seinen früheren Chef möglichst schlechtzumachen.

Gonsalez nickte.

»Sehr interessant, aber warum erzählen Sie uns das?«

Schon oft hatte er die gleiche Frage an Besucher gerichtet, die mit belanglosen Klagen nach dem Haus des silbernen Dreiecks gekommen waren.

»Warum? Weil da noch etwas anderes dahintersteckt«, erwiderte der Mann unsicher. Vielleicht hatte sich seine Empörung etwas gelegt. »Warum schmeißt man mich raus, weil ich arabisch gesprochen habe? Was soll das Bild in Storns Zimmer bedeuten – die erhängten Männer?«

Leon richtete sich auf.

»Erhängte Männer? Was wollen Sie damit sagen?«

»Das ist eine große Fotografie, die hinter der Wandtäfelung angebracht ist. Sie können sie nur sehen, wenn ein Brett der Täfelung geöffnet wird. Aber ich kam eines Tages in sein Zimmer, und es stand offen . . . Drei Männer hingen an einer Art Galgen, und eine Menge Türken standen um ihn herum. Komische Sache, wenn ein feiner Herr so ein Bild im Hause hat.«

Leon blickte eine Zeitlang schweigend vor sich hin.

»Das ist merkwürdig, aber doch noch kein Verbrechen. Kann ich sonst noch etwas für Sie tun?«

Augenscheinlich nichts. Der Mann ging seiner Wege, und Leon erzählte seinen Freunden von dem Besucher. Später fiel es ihm ein, daß der Mann nichts über die anderen Dienstboten gesagt hatte.

»Das einzige, was ich von Storn weiß, ist sein ungewöhnlicher Geiz. Er hat ein großes Haus in Park Lane und nur die absolut nötige Dienerschaft, der er Hungerlöhne bezahlt. Storn ist geborener Armenier, hat viel Geld in Ölfeldern stecken, die er im Lauf des Krieges erwarb. Das bedeutet wahrscheinlich, daß er mit dem Feind in Verbindung stand.«

»Na, und nun die drei Gehenkten – ein eigenartiger Geschmack. Aber ich habe in reichen Häusern schon oft haarsträubende Bilder gesehen, mein lieber Poiccart; und auf jeden Fall ist das krankhafte Interesse, das ein Millionär für eine türkische Hinrichtungsszene zeigt, nichts ganz Außergewöhnliches.«

»Wäre ich Armenier«, sagte Manfred, »würden solche Bilder mein Steckenpferd sein!«

Und damit endete die Geschichte von dem krankhaft veranlagten Millionär, der ein Geizhals war und seinem Personal möglichst niedrige Löhne zahlte.

In den ersten Tagen des April las Leon in der Zeitung, daß Mr. Storn zur Erholung nach Ägypten gefahren sei.

Ferdinand Storn war, von welcher Seite man ihn auch betrachten mochte, eine wünschenswerte Bekanntschaft. Außerordentlich reich, von angenehmem Äußeren, konnte er sich mit den wenigen Leuten, die ihn näher kannten, über jedes Wissensgebiet unterhalten. Soweit bekannt war, hatte er keine Feinde. Er wohnte im Burson House, Park Lane, einem eleganten Gebäude, das er dem früheren Besitzer, Lord Burson, für fünfzigtausend Pfund abgekauft hatte. Die meiste Zeit verbrachte er auf seinem wunderbaren Landsitz, Villfry Park in Sussex. Die Persian & Oriental-Öl-Gesellschaft, deren Leiter er war, hatte ihre Büros in einem prachtvollen Gebäude in der Moargate Street. Mr. Storn war dort gewöhnlich zwischen zehn und drei Uhr anzutreffen.

Die Gesellschaft gehörte trotz des langen Titels einem einzigen Mann und beschäftigte sich daneben noch mit Bankgeschäften. Storn, der Junggeselle war und wenig Freunde hatte, sollte der allgemeinen Annahme nach ein Einkommen von ungefähr einer viertel Million im Jahre haben.

Ein weiterer Monat war vergangen, seit Leon die Nachricht von der Abreise Storns gelesen hatte, als ein Wagen vor dem kleinen Hause in der Curzon Street vorfuhr. Ein stattlicher, wohlhabend aussehender Mann stieg aus und läutete. Er war Leon, der ihn empfing, unbekannt und schien nicht recht mit der Sprache herauszuwollen, denn Leon mußte ihn mehrmals nach dem Zweck seines Besuches fragen.

»Mr. Gonsalez«, meinte er endlich. »Ich bin der Generaldirektor der Persian & Oriental-Öl . . .«

»Storns Gesellschaft?« unterbrach ihn Leon interessiert.

»Storns Gesellschaft, ganz richtig. Eigentlich sollte ich wohl mit meinen Verdachtsgründen zur Polizei gehen, aber ein Freund von mir hat ein solches Zutrauen in die, wie er sagte, ›drei Gerechten‹, daß ich erst zu Ihnen gekommen bin.«

»Handelt es sich um Mr. Storn?« fragte Leon.

Der Herr, der sich als Mr. Hubert Grain, Generaldirektor der Gesellschaft, vorstellte, nickte.

»Sehen Sie, Mr. Gonsalez, ich befinde mich in einer etwas unangenehmen Lage. Mr. Storn ist ein schwer zu behandelnder Mensch, und ich würde meine Stellung verlieren, wenn ich ihn etwa lächerlich machen sollte.«

»Er ist doch im Ausland?« fragte Leon.

»Im Ausland«, gab der andere gedrückt zu. »Er reiste tatsächlich ganz unerwartet ab – ich will damit sagen, unerwartet für das Büro. Er hatte nämlich gerade an dem Tag seiner Abreise eine sehr wichtige Aufsichtsratssitzung, an der er unbedingt hätte teilnehmen müssen. Aber am Morgen erhielt ich einige Zeilen von ihm, in denen er mir mitteilte, daß er gezwungen wäre, aus sehr wichtigen, rein persönlichen Gründen sofort nach Ägypten abzureisen. Er bat mich, nicht an ihn zu schreiben, nicht einmal lautwerden zu lassen, daß er London verlassen hätte. Bedauerlicherweise erwähnte einer meiner Angestellten einem Reporter gegenüber Mr. Storns Abreise, und so kam es in die Zeitung.

Eine Woche nach seiner Abreise erhielten wir aus Rom einen Brief von ihm, der einen Scheck über 83 000 Pfund und die Anweisung enthielt, diese Summe einem Herrn auszuzahlen, der in den nächsten Tagen vorsprechen würde.«

»War das ein Engländer?« fragte Leon.

Mr. Grain schüttelte den Kopf.

»Nein, ein Ausländer; ein Mann mit auffallend dunkler Gesichtsfarbe. Das Geld wurde ihm ausgezahlt.

Wenige Tage später erhielten wir einen zweiten Brief – vom Hotel De Russie in Rom. Mr. Storn teilte uns mit, daß er einen zweiten Scheck an einen Mr. Kramann gesandt hätte, dem gleichfalls das Geld ausgezahlt werden sollte. Diesmal waren es 107 000 Pfund und ein paar Schillinge. Mr. Storn gab uns Anweisung, wie das Geld gezahlt werden müßte, und bat, ihm die erfolgte Auszahlung sofort nach Alexandria mitzuteilen. Das tat ich. – Am darauffolgenden Tage kam wieder ein Brief, diesmal aus dem Hotel Piazza del Plebiscito in Neapel – wenn Sie wünschen, können Sie Kopien von allen Schreiben erhalten – mit der Anweisung, daß ein dritter Scheck in Höhe von 112 000 Pfund ausgezahlt werden sollte, und zwar an einen Mr. Rezzio, der im Büro vorsprechen würde. Damit wurde das greifbare Depot Mr. Storns so ziemlich aufgebraucht, obgleich er natürlich noch weitere sehr große Reserven in der Bank liegen hat. Erwähnen möchte ich noch, daß Mr. Storn in Geldangelegenheiten etwas eigenartige Ansichten hat. Er hat ungeheure Barreserven, aber sehr wenig Wertpapiere. Hier sehen Sie bitte –« er zog aus seiner Brieftasche ein Scheckformular – »einen der Schecks. Das Geld wurde natürlich ausgezahlt.«

Leon nahm den schmalen Streifen in die Hand. Die Schrift war sehr charakteristisch.

»Eine Fälschung ist wohl ausgeschlossen?«

»Völlig ausgeschlossen!« sagte Grain nachdrücklich. »Auch die Briefe waren eigenhändig geschrieben. Das einzige, was mir auffiel, waren ein paar merkwürdige Zeichen auf der Rückseite des Schecks.«

Sie waren kaum sichtbar, und Leon mußte an das Fenster treten, um die Reihe leichter Bleistiftstriche erkennen zu können.

»Kann ich den Scheck ein oder zwei Tage lang behalten?« fragte Leon.

»Selbstverständlich. Die Unterschrift ist ja, wie Sie sehen, ungültig gemacht, und das Geld schon gezahlt.«

Leon prüfte das Papier noch einmal. Der Scheck war auf die Türkische Ölbank ausgestellt, die eines der Privatunternehmen Storns war.

»Was halten Sie denn von der Geschichte?« fragte er.

»Ich weiß wirklich nicht, was ich sagen soll, aber ich mache mir Sorgen.« Grain sah verstört aus. »Ich weiß auch nicht, warum ich mir Sorgen machen sollte, aber ich kann mich des Verdachtes nicht erwehren, daß hier irgendwo und irgendwie ein Schwindel vorliegt.«

»Haben Sie nach Alexandria telegrafiert?«

Mr. Grain lächelte.

»Aber natürlich, und habe auch Antwort erhalten. Ich kam nun auf den Gedanken, ob Sie nicht vielleicht Vertreter in Ägypten hätten; in dem Fall wäre es natürlich sehr einfach herauszufinden, ob alles in Ordnung ist. Für mich kommt es hauptsächlich darauf an, zu vermeiden, daß Mr. Storn etwas über meine Nachforschungen erfährt. Ich bin gern bereit, für alle Unkosten aufzukommen, und bin auch überzeugt, daß Mr. Storn meine Handlungsweise billigen würde.«

Als der Besucher gegangen war, besprach Leon den Fall mit Manfred.

»Es kann sich hier vielleicht um eine Erpressung handeln«, sagte George überlegend. »Aber du mußt Storns Lebensgeschichte sehr genau kennenlernen, wenn du hinter das Geheimnis kommen willst, falls es überhaupt ein Geheimnis gibt.«

»Das war auch mein Gedanke«, erwiderte Gonsalez und verließ das Haus.

Er kam erst gegen Mitternacht zurück und brachte eine überraschende Menge Informationen über Storn mit.

»Vor ungefähr zwölf Jahren war er Telegrafist bei der Türkischen Telegrafischen Gesellschaft, spricht acht oder neun orientalische Sprachen und ist in Konstantinopel sehr gut bekannt. Sagt dir das irgend etwas, George?«

Manfred schüttelte den Kopf.

»Bis jetzt gar nichts, aber du wirst jedenfalls noch Interessanteres auf Lager haben.«

»Storn stand mit der Palast-Clique in Verbindung – weißt

du, mit den Drahtziehern in den Tagen Abdul Hamids, und hat zweifellos durch deren Vermittlung seine Konzessionen erhalten.«

»Was für Konzessionen?« fragte Manfred.

»Die Erlaubnis, Öl- und Petroleumquellen auf ganz enormen Gebieten zu erschließen. Als die jetzige Regierung ans Ruder kam, wurden die Konzessionen bestätigt – ich nehme an, unser Freund hat schwer dafür bezahlen müssen. Seine fünf Teilhaber waren aber weniger glücklich. Drei von ihnen wurden wegen Hochverrats angeklagt und gehenkt.«

»Aha, die Fotografie«, nickte Manfred. »Und die beiden anderen?«

»Waren Italiener und wurden in eines der Gefängnisse in Kleinasien gesteckt – lebenslänglich! Als Storn nach London kam, war er alleiniger Besitzer der Konzession und gründete seine Gesellschaft mit einem Reinverdienst von drei Millionen Pfund.«

Am nächsten Morgen war Leon schon frühzeitig unterwegs und läutete gegen zehn Uhr an der Tür des Burson House in Park Lane.

Der Butler, ein Mann mit brutalen Gesichtszügen, betrachtete ihn mißtrauisch, war aber sonst die Höflichkeit selbst.

»Mr. Storn ist im Ausland und kommt vor Ablauf der nächsten drei, vier Wochen nicht zurück, Sir.«

»Dann möchte ich Mr. Storns Sekretär sprechen.«

»Mr. Storn hat niemals einen Sekretär in seiner Privatwohnung; Sie können die zuständige junge Dame im Büro der Persischen Öl-Gesellschaft finden.«

Leon suchte in seinen Taschen und holte eine Karte hervor.

»Mein Name ist Burson«, sagte er, »und mein Vater wurde hier in dem Haus geboren. Vor einigen Monaten – ich war gerade in London – bat ich Mr. Storn um die Erlaubnis, mir einmal das väterliche Haus ansehen zu dürfen.«

Die Karte enthielt einige Zeilen, unterzeichnet »Ferdinand Storn«, und gab dem Überbringer die Erlaubnis, das Haus jederzeit zu besichtigen, auch »wenn ich nicht in London sein sollte.«

Leon hatte mehr als eine Stunde gebraucht, um diese tadellose Fälschung anzufertigen.

»Ich bedauere, aber ich darf Sie nicht hereinlassen, Sir«, erwiderte der Mann und stellte sich Leon in den Weg. »Bevor Mr. Storn abreiste, gab er mir den strengen Auftrag, keinen Fremden in das Haus zu lassen.«

»Was ist heute eigentlich für ein Tag?« fragte Leon plötzlich.

»Donnerstag, Sir.«

Leon nickte.

»Aha – Käsetag!«

Der Mann schien verwirrt, faßte sich aber sofort.

»Ich weiß nicht, was Sie meinen, Sir«, sagte er grob und warf dem unerwünschten Besucher die Tür vor der Nase zu.

Gonsalez ging langsam um das Haus herum, das mit einem anderen und den dazwischenliegenden Gärten einen Straßenblock bildete.

Dann kam er vergnügt und beinahe aufgeregt nach der Curzon Street, wo er lange Zeit mit Raymond Poiccart verhandelte. Zu all seinen sonstigen Vorzügen besaß Poiccart auch noch den einer weitreichenden Bekanntschaft mit den Verbrecherkreisen. Es gab nicht einen berüchtigten Verbrecher, den er nicht kannte. Er wußte, in welcher Kneipe sich die Hochstapler zu treffen pflegten, wußte, wo die Geldschrankknacker zu finden waren. Zu jeder Zeit konnte er den Klatsch der Gefängnisse erfahren, und mit der Unterwelt war er besser bekannt als irgendein Beamter von Scotland Yard. Und so machte Poiccart sich auf den Weg, war hier und dort zu sehen und hörte endlich in einer Bar in Lambeth Walk zum erstenmal von jenem ausländischen Menschenfreund sprechen, der schon wenigstens drei oder vier früheren Sträflingen Stellungen verschafft hatte.

Als er zurückkam, saß Leon vor dem Tisch und prüfte mit einem starken Vergrößerungsglas die Bleistiftzeichen auf der Rückseite des Schecks. Dann griff er, noch bevor Poiccart mit seinem Bericht beginnen konnte, nach dem Telefonbuch.

»Grain ist natürlich nicht mehr im Büro, aber ich glaube, das hier wird seine Privatadresse sein«, sagte er, als sein Finger auf einer der Seiten anhielt.

Ein Dienstbote antwortete am Telefon. Ja, Mr. Grain war zu Hause – gleich darauf vernahm man die Stimme des Generaldirektors.

»Sagen Sie, Mr. Grain, wer hat die Schecks nach Ihnen in die Hände bekommen, die Sie von Storn erhalten haben? Ich meine, wer ist der dafür zuständige Mann in Ihrem Büro?«

»Der erste Buchhalter«, war die Antwort.

»Wer hat den Mann angestellt – Sie?«

Eine kurze Pause.

»Nein – Mr. Storn. Der Mann war früher Angestellter der Easter Telegraph Company. Mr. Storn hat ihn im Ausland kennengelernt.«

»Und wo kann man den Mann finden?« fragte Leon eifrig.

»Er hat jetzt Urlaub. Kurz bevor der letzte Scheck eintraf, begannen seine Ferien. Aber ich kann ihn jederzeit erreichen.«

Leon lachte vergnügt auf.

»Machen Sie sich keine Umstände – ich wußte, daß er nicht im Büro sein konnte!« Damit ließ er den verdutzten Direktor am anderen Ende der Leitung stehen.

»Und nun, mein lieber Poiccart, was hast du herausgefunden?«

Er lauschte aufmerksam, bis sein Freund zu Ende gekommen war. Dann sagte er:

»Auf nach Park Lane! Aber nimm deinen Revolver mit. Unterwegs werden wir noch Scotland Yard benachrichtigen.«

Es war schon zehn Uhr, als der Butler die Tür des Burson House öffnete. Bevor er ein Wort sagen konnte, hatte ihn schon ein riesenhafter Detektiv gepackt und auf die Straße hinaus gezerrt.

Die vier Kriminalbeamten in Zivil, die Leon begleiteten, drangen in die Diele ein. Ein zweiter Diener wurde verhaftet, ehe er einen Warnungsruf ausstoßen konnte.

Und im obersten Stock des Hauses, in einem winzigen, fensterlosen Raum, in dem sonst Gerümpel untergebracht war, fanden sie einen zum Skelett abgemagerten Mann. Mit Mühe erkannte Mr. Grain, den man in aller Eile herbeigeholt hatte, seinen Chef, den Millionär. Die beiden Italiener, die ihren Gefangenen durch ein Loch in der Mauer vom Nebenzimmer aus bewachten, leisteten keinen Widerstand.

Einer von ihnen, der nach und nach frühere Sträflinge als Dienstpersonal in das Haus gebracht hatte, gab mehr als genügende Aufklärungen.

»Der Mann hier verriet uns, und wir wären gehenkt worden wie Hatim Effendi, Al Shiri und der Grieche Maropulos, wenn wir nicht die Zeugen bestochen hätten. Wir sechs hatten gemeinsam die Ölkonzessionen erworben. Um unsere Anteile in seine Hände zu bekommen, zeigte Storn uns bei der Regierung an; er legte gefälschte Beweise vor, daß wir an revolutionären Plänen beteiligt wären. Mein Freund und ich brachen aus dem Gefängnis aus und kamen nach London. Ich hatte mir geschworen, daß er uns das gestohlene Geld zurückzahlen sollte, und ich wußte, daß ich es durch einen Prozeß nie erhalten würde.«

»Eine so einfache Sache – und eigentlich schäme ich mich etwas, daß ich die Zeichen für die Rückseite des Schecks nicht beim ersten Blick erkannte«, sagte Leon beim Abendessen. »Unser italienischer Freund gehörte zu den sechs Männern, die gemeinsam die Konzessionen erhielten. Er hat viele Jahre in London gelebt, und es wird sich mit Leichtigkeit nachweisen lassen, daß er mit Verbrecherkreisen in Verbindung stand. So hatte er wenig Schwierigkeiten, frühere Sträflinge als Dienstboten in das Haus zu bringen. Er kannte Storn als großen Geizhals, und darum boten sich die Leute dem Millionär für wahre Hungerlöhne an – Löhne, die der Durchschnittsbediente mit Achselzucken abgelehnt hätte. Er brauchte beinahe ein Jahr, um das alte Personal durch seine Freunde zu ersetzen.

Ihr erinnert euch doch an den Diener, der uns sein Leid klagte. Nun, der war von Storn selbst engagiert worden. Seine Kollegen hätten ihm sicherlich sehr bald das Leben so schwer gemacht, daß er von allein gegangen wäre, wenn er nicht unbedachterweise arabisch gesprochen hätte. Storn, der jedenfalls in ständiger Angst vor Spionen lebte und befürchtete, daß die Männer einmal wieder auftauchen würden, die er so schmählich verraten hatte, hörte das und setzte ihn ohne weiteres vor die Tür.

An dem Tage, an dem Storn offiziell nach Ägypten abgereist

sein sollte, war er von den beiden Italienern überwältigt und in dem fensterlosen Zimmer auf dem Boden eingeschlossen worden. Sie zwangen ihn, nach ihrem Diktat Briefe und Schecks auszuschreiben. Aber dann erinnerte er sich, leider etwas zu spät, daß der Buchhalter ein alter Telegrafist war, und sandte seinen Hilferuf in Morsezeichen auf der Rückseite des Schecks.«

Er legte den Streifen Papier auf den Tisch und erklärte die einzelnen Zeichen:

SOSGEFANGENERPARKLANE

»Mit anderen Worten: ›SOS bin gefangen in Park Lane.‹ Der Buchhalter war leider verreist, und so wurde diese Nachricht nicht gesehen.«

Manfred nahm den Scheck und sah die hohe Summe, auf die er ausgestellt war.

»Bin neugierig, wie großzügig sich der Millionär uns gegenüber in der Honorarfrage verhalten wird?« fragte er ironisch.

Die Antwort auf diese Frage kam erst einige Tage nach der Schlußverhandlung in Old Bailey. Ein Scheck über – fünf Pfund.

»Konsequent bis zum letzten Atemzug!« sagte Leon voller Bewunderung.

6

Mr. Levingrous Tochter

Mr. Levingrou nahm die lange Zigarre aus dem Mund und schüttelte kummervoll den Kopf. Er war ein dicker Mann mit kurzem Hals und aufgeschwemmten Wangen.

»Das ist ja furchtbar ... barbarisch! Die neunschwänzige Katze! Brrr! Ich werde schon krank, wenn ich nur daran denke ... armer José!«

Sein Gegenüber grunzte zustimmend.

Das Schicksal hatte José Silva ereilt. Ein leidenschaftsloser Richter, der seine Worte mit größter Sorgfalt wählte, hatte José erzählt, daß bestimmte Verbrechen der Göttin Justitia besonders abscheulich erschienen. Respekt vor der Frau wäre beispielsweise eines der ersten Gebote der Menschlichkeit; aus der Torheit und Unvorsichtigkeit der Frauen ein Geschäft zu machen, wäre als so abstoßend zu betrachten, daß zwei Dutzend Schläge mit der neunschwänzigen Katze kaum als genügende Strafe – neben der langjährigen Haft – zu betrachten seien.

Und José hatte schwer gesündigt. Er war Leiter der südamerikanischen Artisten-Agentur und verschaffte jungen und hübschen Neulingen auf der Bühne schnelle und gut bezahlte Engagements in Südamerika. Voller Freude reisten sie ab und kehrten nie wieder zurück. Von Zeit zu Zeit liefen Briefe an ihre Verwandten ein – sehr nette, fehlerlos geschriebene Briefe. Es ginge ihnen sehr gut, sie wären sehr glücklich. Fast alle diese Briefe waren in denselben Worten abgefaßt; man konnte beinahe annehmen, sie seien diktiert worden – und das war auch der Fall.

Aber das Dezernat »Verhütung des Mädchenhandels« war auf Josés Spur gekommen. Ein hübsches Mädchen hatte sich um ein Engagement bemüht und reiste nach Buenos Aires . . ., in Begleitung ihres Vaters und Bruders – beide waren Beamte von Scotland Yard. Als sie drüben erfahren hatten, was sie wissen wollten, kamen sie alle drei wieder zurück – auch das junge Mädchen war eine geschickte Detektivin –, und José wurde verhaftet. Und nun kamen allerhand nette Einzelheiten über den Gentleman ans Tageslicht, deren unvermeidliche Folge achtzehn Monate Zuchthaus und fünfundzwanzig Schläge mit der neunschwänzigen Katze waren.

Niemand verhaftete Jules Levingrou und holte ihn aus seinem reizenden kleinen Haus in Knightsbridge heraus, um ihn an den gleichen Pfosten wie José zu binden. Und niemand verhaftete Henry Luss, seinen Teilhaber. Beide hatten José und vielen anderen Josés die nötigen Kapitalien zur Verfügung gestellt, aber – sie waren zu gerissen, um sich selbst bloßzustellen.

»José war viel zu unvorsichtig«, seufzte Jules und zog an der Zigarre.

Auch Henry seufzte. Er war ebenfalls fett und aufgeschwemmt, sah aber noch dicker aus als sein Teilhaber, weil er kleiner als jener war.

Jules blickte sich zufrieden in dem hübschen Salon mit den weißen und goldenen Verzierungen um, bis seine Augen auf einer Fotografie ruhen blieben, die auf dem Kaminsims stand. Es war das Bild eines auffallend hübschen Mädchens.

»Hast du das schon gesehen?«

Henry nahm das Foto herunter, betrachtete es bewundernd und brummte dann:

»Lange nicht gut genug!«

Mr. Levingrou stimmte ihm bei. Bis jetzt hatte er noch kein Bild gesehen, das der zarten Schönheit seiner einzigen Tochter volle Gerechtigkeit widerfahren ließ. Er war Witwer; seine Frau starb, als Valerie noch ein Baby war. Und niemals würde Valerie erfahren, mit wieviel zerbrochenen Herzen, mit wieviel verlorenen Seelen der Luxus bezahlt war, der sie umgab. Ein solcher Gedanke störte Mr. Levingrou niemals – er behauptete stolz, nicht sentimental veranlagt zu sein.

Er war Besitzer von einigen zwanzig Kabaretts und Tanzdielen in Argentinien und Brasilien und verdiente mit diesem, seiner Meinung nach, völlig einwandfreien Geschäft ungeheure Summen.

Mr. Levingrou stellte die Fotografie auf ihren Platz und ließ sich wieder in seinen Sessel fallen.

»Es ist bedauerlich, daß José so etwas passieren mußte; aber es gibt ja tausend andere für seine Stelle. Der neue Mann kann ja auch ganz gut sein.«

»Wie heißt er?« fragte Henry.

Jules suchte in seinen Taschen und fand den Brief; seine dicken Finger funkelten im Lichte des Kristallkronleuchters; Mr. Levingrou hatte eine Schwäche für kostbare Ringe.

»Leon Gonsalez!«

»Allmächtiger!«

Henry war aus seiner bequemen Stellung aufgefahren, sein Gesicht war kreideweiß.

»Nanu, nanu ... Was ist denn los?«

»Leon Gonsalez!« wiederholte der andere heiser. »Denkst du denn, der Mann bemüht sich um einen Posten ..., weißt du denn nicht, wer das ist?«

Jules schüttelte seinen dicken Kopf.

»Woher, zum Teufel, sollte ich ihn denn kennen? Er ist Spanier, und das genügt mir. Das ist immer dieselbe Geschichte bei uns, Henry. Kaum war einer blöde genug und hat sich erwischen lassen, bietet sich schon ein anderer an. Morgen habe ich zwanzig, dreißig, fünfzig Anfragen – natürlich nicht direkt an mich, sondern auf dem gewöhnlichen Wege.«

Henry blickte ihn verstört an. Er konnte vor Aufregung kaum sprechen.

»Zeig mir mal den Brief.« Er nahm ihn und las ihn aufmerksam durch. »Er will dich doch nur sprechen – nichts weiter. Hast du jemals von den ›Vier Gerechten‹ gehört?«

Jules runzelte die Brauen.

»Die sind doch tot? Vor Jahren habe ich das mal gelesen.«

»Nein, sie sind lebendig, sehr lebendig sogar«, versetzte der andere grimmig. »Sie haben von der Regierung Amnestie erhalten und ein Büro in der Curzon Street aufgemacht.«

Schnell gab er einen kurzen Bericht über diese eigenartige Vereinigung, die Jahre hindurch der Schrecken aller der Übeltäter gewesen war, denen es gelang, durch die Maschen des Gesetzes zu schlüpfen. Jules Levingrous Gesicht wurde immer länger.

»Aber das ist ja unerhört!« stieß er schließlich hervor. »Woher sollten diese Menschen denn unsere Namen wissen . . ., und sie würden ja auch gar nicht wagen . . .«

Bevor Henry noch antworten konnte, wurde leise angeklopft. Ein Diener erschien auf der Türschwelle und überreichte dem Hausherrn auf silberner Schale eine Visitenkarte. Jules nahm sie, rückte die Brille zurecht, las den Namen und dachte einen Augenblick nach. »Ich lasse bitten.«

»Leon Gonsalez«, flüsterte Henry, als sich die Tür hinter dem Diener geschlossen hatte. »Siehst du das kleine silberne Dreieck auf der Karte? Das ist ihr Geschäftszeichen. Er ist es wirklich!«

»Puh!« lachte der andere spöttisch. »Und warum kommt er? Um seine Dienste anzubieten! Du wirst es ja sehen.«

Leon Gonsalez betrat das Zimmer; elegant, höflich, ein leichtes Lächeln auf seinem feinen, hageren Gesicht. Lebhaft blickte er von einem der beiden Männer zum anderen.

»Sie sind es«, sagte er und wies auf Jules.

Monsieur Jules fuhr zusammen. Es lag beinahe eine Drohung in dem Finger, der auf ihn wies.

»Sie wünschten mich zu sprechen?« Er versuchte, etwas von seiner verlorenen Würde wiederzufinden.

»Allerdings«, versetzte Leon ruhig. »Zu meinem Bedauern bin ich früher noch nie persönlich mit Ihnen zusammengetroffen. Mein Freund Manfred, von dem Sie sicherlich gehört haben, kennt Sie vom Sehen, und mein sehr lieber Kamerad Poiccart ist so genau mit Ihnen bekannt, daß er Ihr Gesicht zeichnen könnte – was er übrigens gestern abend bei Tisch gemacht hat . . . auf das Tischtuch, sehr zum Ärger unserer sparsamen Haushälterin!«

Levingrou war auf der Hut; in den lächelnden Augen seines Gegenübers lag ein Ausdruck, der ihm Besorgnis einflößte.

»Darf ich fragen, was Sie zu mir . . .«, begann er.

»Ich komme als der friedfertigste Mensch zu Ihnen.« Leon lächelte ihn an; seine Augen blitzten wie von unterdrücktem Lachen. »Verzeihen Sie diese Lüge, Mr. Levingrou, denn es ist natürlich eine Lüge. Ich komme, um Sie zu warnen. Wenn Sie Ihre – häßlichen kleinen Geschäfte nicht aufgeben, werden Sie allerhand Unannehmlichkeiten durchzumachen haben. Bis jetzt kennt die Polizei das Café d'Espagnol und seine eigenartigen Attraktionen noch nicht.«

Er griff in die Tasche seines Mantels – mit einer der kurzen, schnellen Bewegungen, die so charakteristisch für ihn waren – und zog ein Blatt Papier heraus.

»Ich habe hier eine Liste von zweiunddreißig jungen Mädchen, die im Laufe der letzten beiden Jahre in Ihren verschiedenen Unternehmungen untergebracht wurden. Sie können das ruhig lesen«, er hielt Jules den Bogen hin, »wenn Sie Lust haben; ich habe noch eine Kopie. Vielleicht interessiert es Sie, daß diese Liste hier das Ergebnis monatelanger Nachforschungen darstellt.«

Jules blickte nicht einmal auf das Papier, sondern zuckte die Achseln und ließ es, als Leon es ihm gab, auf den Boden fallen.

»Ich verstehe kein Wort von allem«, sagte er. »Wenn Sie nichts Geschäftliches mit mir zu besprechen haben, halte ich es für besser, wir brechen diese Unterredung ab. Guten Abend!«

»Mein lieber Freund ...« Leons Stimme klang etwas leiser, und seine Augen schienen bis in das Innerste des Mannes zu dringen, der wie ein aufgeblasener Frosch in den seidenen Kissen des Sessels saß. »Mein lieber Freund, Sie werden Telegramme an Ihre sämtlichen Vertreter senden und ihnen auftragen, die betreffenden jungen Mädchen freizugeben und sie mit einer angemessenen Entschädigung und einer Fahrkarte erster Klasse nach London zurückzusenden.«

Levingrou zog die Schultern hoch.

»Ich begreife beim besten Willen nicht, was Sie eigentlich wollen. Es kommt mir vor, als ob man Sie mit irgendeiner lächerlichen Geschichte zum Narren gehalten hat.«

Mr. Jules Levingrou streckte nachlässig die Hand aus und drückte auf einen feingeschnitzten, elfenbeinernen Knopf.

»Meiner Ansicht nach sind Sie nicht ganz bei Verstand, und aus dem Grund will ich auch überhört haben, was Sie mir soeben sagten. Und nun, mein Lieber, habe ich wirklich keine Zeit mehr für Sie.«

Aber Leon Gonsalez ließ sich nicht stören.

»Ich muß wirklich annehmen, Monsieur Levingrou, daß Ihr Vorstellungsvermögen recht wenig entwickelt ist. Aber können Sie sich denn tatsächlich nicht die Qual, den Kummer, die furchtbare Erniedrigung vorstellen, die Sie diesen armen Mädchen zufügen?«

Nach leisem Anklopfen kam der Diener herein.

»Lassen Sie den Herrn hinaus!«

Jules war angenehm enttäuscht – der erwartete Widerstand kam nicht. Leon blickte von einem zum anderen – immer mit jenem kleinen, spöttischen Lächeln in den Mundwinkeln – und drehte sich dann um, ohne ein weiteres Wort zu verlieren. Die Tür schloß sich hinter ihm.

»Hast du gehört?« Henrys Stimme zitterte vor Angst, und sein Gesicht war leichenblaß. »Jules, begreifst du denn nicht! Ich kenne doch die Männer ganz genau. Ein Freund von mir ...«

Er erzählte eine Geschichte, die beinahe auf jeden Eindruck gemacht hätte, aber Levingrou lächelte nur.

»Du hast dich ins Bockshorn jagen lassen, alter Freund, bist noch nicht an Drohungen gewöhnt wie ich. Laß ihn doch beweisen, was er behauptet; laß ihn doch zur Polizei gehen.«

»Du Idiot!« schrie Henry. »Polizei? Du Narr! Hast du denn nicht gehört, was ich dir von den Leuten erzählt habe? Beweise? Diese Leute strafen doch selbst ...«

»Halt den Mund«, zischte Jules.

Man hörte den Schritt des jungen Mädchens in der Diele. Sie ging ins Theater, wie sie erzählte, unterbrach sich aber nach den ersten Worten, als sie Henrys blasses Gesicht bemerkte.

»Aber Vater«, sagte sie vorwurfsvoll, »du hast dich schon wieder mit Onkel Henry gezankt.«

Sie küßte ihn auf die Stirn und zupfte ihn scherzend am Ohr. Der dicke Mann nahm sie in die Arme und lachte leise.

»Keine Rede von Zank, mein Liebling. Henry hat Angst vor einem neuen Geschäft. Man sollte wirklich kaum glauben, daß er solch ein Kindskopf ist.«

Dann stand sie vor dem Spiegel und fuhr sich mit dem Lippenstift vorsichtig über die Lippen, wandte sich aber plötzlich ihrem Vater zu.

»Ich habe heute einen so netten Herrn kennengelernt, Papa – bei Lady Athery – einen Mr. Gordon ... Kennst du ihn vielleicht?«

»Ich kenne verschiedene Gordons«, lächelte Jules, fügte aber in plötzlicher Besorgnis hinzu: »Er hat dir doch hoffentlich nicht den Hof gemacht?«

Sie lachte. »Aber nein ... Er ist beinah so alt wie du. Er ist Künstler und überhaupt ein sehr interessanter Mensch.«

Jules brachte sie an die Tür und sah ihr nach, wie sie die Stufen hinab und durch den kleinen Vorgarten auf den wartenden Wagen zuging. Dort blieb er stehen, bis der Rolls Royce seinen Blicken entschwunden war. Dann ging er in den Salon zurück, um das Thema der ›Vier Gerechten‹ noch weiter zu besprechen.

Eine Gesellschaft vergnügter junger Leute war es, mit der Valerie im Theater zusammentraf. Die Loge war überfüllt, die Luft heiß und rauchig – das Theater gehörte zu jenen, in denen geraucht werden durfte –, und so war Valerie beinahe erleichtert, als ein Logenschließer sie höflich bat herauszukommen.

»Ein Herr möchte Sie sprechen, Miss.«

»Mich?« fragte sie verwundert. Im Vestibül trat ihr ein gutaussehender Mann in tadellosem Gesellschaftsanzug entgegen.

»Mr. Gordon!« rief sie. »Ich hatte keine Ahnung, daß Sie hier sind.«

Er war ungewöhnlich ernst.

»Ich habe leider unangenehme Nachrichten für Sie«, begann er.

Valerie erblaßte.

»Meinen Vater ist doch nichts zugestoßen?«

»In gewisser Beziehung doch. Ich befürchte, er hat große Unannehmlichkeiten.«

Sie runzelte die Stirn.

»Unannehmlichkeiten? Was wollen Sie damit sagen?«

»Das kann ich Ihnen hier wirklich nicht auseinandersetzen, Miss Levingrou. Ich muß Sie schon bitten, mich nach der Polizeiwache zu begleiten.«

Sie starrte ihn ungläubig mit halb geöffnetem Munde an.

»Polizeiwache?«

Gordon winkte einen der Logenschließer heran.

»Holen Sie Miss Levingrous Mantel aus der Loge«, sagte er kurz.

Wenige Minuten später verließen sie zusammen das Theater und stiegen in Gordons Wagen.

Es schlug zwölf, als Mr. Levingrou sich steif aus seinem Sessel erhob und sich streckte. Henry war schon vor drei Stunden gegangen. Er hatte das Haus zeitig genug verlassen, um noch den letzten Zug nach dem Kontinent erreichen zu können. In seiner panikartigen Angst war er geflohen, ohne an Gepäck auch nur soviel wie ein Taschentuch mitzunehmen. Mr. Levingrou, der von der Flucht seines Teilhabers keine Anhnung hatte, war im Begriff, nach seinem Schlafzimmer hinaufzugehen, als laut an die Haustür geklopft wurde. Er wandte sich dem Diener zu.

»Sehen Sie mal nach, wer das ist«, brummte er mißgestimmt, blieb aber neugierig in der Halle stehen.

Als sich die Tür öffnete, erschien die gedrungene Gestalt eines Polizeibeamten.

»Levingrou?« fragte er kurz.

Mr. Levingrou ging auf ihn zu.

»Das ist mein Name.«

Der Beamte trat näher.

»Bitte kommen Sie mit auf die Wache.« Sein Benehmen war schroff, beinahe grob. Zum ersten Mal in seinem Leben fühlte Levingrou eine unbestimmte Angst in sich aufsteigen.

»Auf die Polizeiwache? Warum denn?«

»Das werde ich Ihnen erklären, wenn Sie dort sind.«

»Aber das ist ja unerhört!« fuhr der dicke Mann auf. »Ich werde sofort meinen Anwalt anrufen ...«

»Wollen Sie ruhig mitkommen, oder ...?«

Im Ton des Beamten lag eine solche Drohung, daß Jules sofort nachgab.

»Schon gut, Inspektor. Ich komme schon mit, ich glaube aber, Sie haben sich einen schweren Mißgriff zuschulden kommen ...«

Ohne daß der Beamte seine Worte beachtete, zog er ihn aus der Halle, die Stufen hinunter und in das wartende Taxi.

Es war kein gewöhnliches Taxi. Die Gardinen waren heruntergelassen. Zwei andere Männer saßen auf den Sitzen ihm gegenüber; der Polizeiinspektor nahm neben seinem Gefangenen Platz.

Jules konnte nicht sehen, wohin sie fuhren. Fünf Minuten vergingen, zehn Minuten – die nächste Polizeiwache konnte doch nicht so weit entfernt sein. Er wagte eine Frage.

»Zerbrechen Sie sich darüber nicht den Kopf«, antwortete eine ruhige Stimme. »Wir bringen Sie nicht nach der Wache.«

»Ja, aber wohin denn?«

»Das werden Sie schon sehen«, war die Antwort.

Beinahe eine Stunde verging, bis das Auto vor einem im Dunkel liegenden Haus vorfuhr. Der »Inspektor« befahl ihm kurz, rasch auszusteigen. Das Haus schien unbewohnt zu sein. Sie führten Levingrou eine Steintreppe nach dem Keller hinunter, öffneten eine schwere Eisentür und stießen ihn hinein.

Im gleichen Augenblick flammte eine kleine Deckenlampe auf. Jules befand sich in einem zellenartigen Raum, in dem ein Bett stand. Eine schmale Öffnung führte in einen Nebenraum –

Waschzimmer und Toilette, wie man ihm mitteilte. Was aber Levingrou am meisten erschreckte, was ihm das Blut in den Adern erstarren ließ, waren die Masken, hinter denen sich die Gesichter der beiden Männer verbargen: der »Inspektor« war verschwunden, und trotz aller Mühe konnte sich Jules die Gesichtszüge des Mannes nicht ins Gedächtnis zurückrufen.

»Sie bleiben hier und verhalten sich ruhig. Machen Sie sich keine Sorgen, daß irgend jemand durch Ihr Verschwinden beunruhigt sein könnte.«

»Aber . . . aber meine Tochter!« stammelte Levingrou entsetzt.

»Ihre Tochter? Ihre Tochter reist morgen früh mit einem Mr. Gordon nach Argentinien – genauso wie so viele Töchter anderer Väter auch.«

Levingrou starrte ihn sprachlos an, machte einen Schritt auf ihn zu und brach dann bewußtlos auf dem Boden zusammen.

Sechzehn Tage vergingen; sechzehn Tage ununterbrochener Höllenqualen für den jammernden, halb wahnsinnigen Mann, der stundenlang wie ein wildes Tier in seiner Zelle auf und ab lief, bis er schließlich erschöpft auf sein Bett fiel. Und an jedem Morgen erschien ein maskierter Mann, der ihm das Leben der unglücklichen Mädchen in allen Einzelheiten schilderte, der ihm das verrufene Haus in Antofagasta beschrieb, das Valerie Levingrou beherbergen würde; man erzählte ihm von einem gewissen »Pietro« – auch die Fotografie des Mannes wurde ihm gezeigt –, der der Herr dieser Hölle auf Erden war.

»Ihr Teufel! Ihr verfluchten Teufel!« schrie Levingrou außer sich und schlug wild nach seinem Peiniger. Aber der andere packte ihn und warf ihn auf sein Bett zurück.

»Sie müssen Gordon keinen Vorwurf machen«, spottete er. »Er muß doch seinen Lebensunterhalt verdienen – er ist doch nur der Agent des Mannes, der diese schönen Häuser besitzt.«

Und an einem Morgen – es war der achtzehnte – kamen drei maskierte Männer, die ihm erzählten, daß Valerie in Antofagasta eingetroffen sei und mit ihren Pflichten als Tanzgirl vertraut gemacht würde . . .

Zitternd verbrachte Jules Levingrou diese Nacht in einer Ecke seiner Zelle. Um drei Uhr morgens erschienen die drei wieder und hielten den halb Bewußtlosen fest. Die feine Nadel einer Spritze bohrte sich in seinen Arm.

Als Levingrou erwachte, glaubte er zu träumen. Er saß in einem Sessel seines Salons, wohin ihn die drei maskierten Männer gebracht hatten.

Der Diener kam herein, der beim Anblick seines Herrn das Tablett fallen ließ, das er in der Hand hielt.

»Herr Gott, Sir!« stotterte er. »Wo – wo kommen Sie denn auf einmal her?«

Levingrou war keines Wortes mächtig, konnte nur den Kopf schütteln.

»Wir dachten, Sie wären in Deutschland, Sir.«

Die Kehle war Levingrou wie zusammengeschnürt, und nur mühsam brachte er die Worte hervor:

»Haben Sie Nachrichten von ... meiner Tochter ...?«

»Miss Valerie, Sir?« Der Diener war erstaunt. »Aber ja, Sir. Miss Valerie ist in ihrem Zimmer, schläft noch. In der Nacht, als Miss Valerie vom Theater zurückkam, war sie erst etwas unruhig, weil Sie nicht zu Hause waren, aber dann kam ja Ihr Brief, in dem Sie Miss Valerie mitteilten, daß Sie ganz plötzlich nach Deutschland reisen müßten.«

Der Diener starrte ihn an; Erstaunen und Schrecken lagen in seinem Blick. Jules stand unsicher auf und ging langsam nach dem Spiegel. Ein fremdes Gesicht sah ihm entgegen. Haar und Bart waren schneeweiß.

Er schwankte nach seinem Schreibtisch, riß ein Schubfach auf und ergriff einen Stoß Telegrammformulare.

»Sofort einen Boten nach dem Telegrafenamt.« Seine Stimme war heiser und zitterte. »Ich muß vierzehn Telegramme nach Südamerika senden.«

7

Überlistet

Der Herr, den Poiccart in Manfreds Zimmer führte, war unverkennbar ein ehemaliger Offizier. Er war tadellos gekleidet und hatte trotz seiner sechzig Jahre eine Haltung bewahrt, um die ihn so mancher junge Mann beneiden konnte. Ein pensionierter General, dachte Manfred; aber er bemerkte auch gleichzeitig etwas, das sein Besucher vergeblich zu verbergen suchte. Der Mann vor ihm mußte Schweres durchgemacht haben. Ein gewisser, kaum zu beschreibender Ausdruck lag auf seinem Gesicht, eine unterdrückte Angst in seinen Augen ... Manfred, dieser erfahrene Psychologe, sah, daß er einen gebrochenen Menschen vor sich hatte.

»Mein Name ist Fole – Generalmajor Sir Charles Fole«, sagte der Besucher, als Poiccart ihm einen Stuhl angeboten und sich diskret zurückgezogen hatte.

»Und Sie wollen mich in Sachen Mr. Bonsor True sprechen«, versetzte Manfred ohne weiteres und lachte, als der andere nervös zusammenfuhr. »Nein, nein, halten Sie mich nicht für übermäßig scharfsinnig«, fuhr Manfred freundlich fort. »So viele haben mich schon in der gleichen Angelegenheit aufgesucht, und ich glaube, ich kenne Ihre Geschichte, ohne sie gehört zu haben. Sie haben sich bei Mr. Bonsor Trues Petroleumspekulationen beteiligt und einen großen Teil Ihres Geldes verloren. War es wirklich Petroleum?«

»Zinn«, antwortete der andere. »Nigeria-Zinn-Minen. Sie haben wohl von meinem Pech gehört?«

Manfred schüttelte den Kopf.

»Ich habe von so vielen Menschen gehört, die leider Vertrauen zu Mr. True hatten. Wieviel haben Sie denn verloren?«

»Fünfundzwanzigtausend Pfund ... Jeden Penny, den ich besaß. Ich habe mich an die Polizei gewandt, aber man hat mir gesagt, da sei nichts zu machen. Die Zinn-Minen sind ja tatsächlich vorhanden, und keiner der Briefe Mr. Trues enthält irgendwelche falschen Vorspiegelungen.«

Manfred nickte.

»Ihr Fall, General, ist typisch. True ist viel zu vorsichtig, um sich auch nur die geringste gesetzwidrige Handlung zuschulden kommen zu lassen. All seine, wir können ruhig sagen, Schwindeleien werden beim Lunch, beim Dinner vorgebracht, wenn kein Zeuge dabei ist; dann nehme ich auch an, daß True in seinen Briefen darauf aufmerksam machte, daß es sich hier um eine reine Spekulation handele, daß Sie Ihr Kapital nicht in goldsicheren Papieren anlegten und dergleichen mehr. Stimmt es nicht?«

»Sie haben recht«, gab der General zu. »Die Sache erschien mir zuerst etwas zweifelhaft, und da lud er mich zum Dinner ein – ins Walkley Hotel. True erzählte mir dann, daß ungeheure Zinnlager entdeckt worden seien, daß er aber mit Rücksicht auf seine Teilhaber nicht jedem Menschen erzählen könnte, wie enorm die Verdienstmöglichkeiten sein würden. Er gab mir die Versicherung, daß mein Vermögen sich innerhalb von sechs Monaten verdoppeln würde. Mir persönlich würde das ja nicht soviel ausmachen, Mr. Manfred«, der alte Mann strich sich mit zitternder Hand über die Lippen, »aber ich habe eine Tochter, ein intelligentes, junges Ding, das meiner Meinung nach eine große Zukunft vor sich hat ... Ich hatte gehofft, sie in gesicherten Verhältnissen zurückzulassen, aber so bedeutet das meinen Ruin, den vollkommenen Ruin! Kann man denn gar nichts unternehmen, um an diesen Schuft heranzukommen?«

Manfred zögerte einen Augenblick mit der Antwort.

»Sie müssen sich klarmachen, General, daß Sie innerhalb der letzten drei Monate der zwölfte sind, der in gleicher Angelegenheit zu uns kommt. Mr. True ist durch die Paragraphen und vor allen Dingen durch seine eigenen Briefe so gedeckt, daß es beinahe unmöglich ist, ihm etwas anzuhaben. Es gab mal eine Zeit« – er lächelte leise –, »in der meine Freunde und ich mit diesem Herrn in äußerst drastischer Weise verhandelt hätten und, wie ich überzeugt bin, mit Erfolg; aber jetzt«, er zuckte die Achseln, »sind wir in der Wahl unserer Methoden sehr beschränkt. Wer hat Sie denn mit Mr. True zusammengebracht?«

»Mrs. Calford Creen. Ich lernte die Dame bei einem meiner

Freunde kennen und wurde dann von ihr zum Dinner geladen – in ihrem Haus in Hannover Mansions.«

Manfred nickte. Diese Mitteilung überraschte ihn nicht sehr.

»Ich fürchte, ich kann Ihnen recht wenig versprechen«, sagte er. »Ich bitte Sie aber, mit mir in Verbindung zu bleiben. Wo wohnen Sie, wenn ich fragen darf?«

Sein Besucher wohnte in einem kleinen Haus in der Nähe von Truro. Manfred schrieb sich die Adresse auf und blickte wenige Minuten später vom Fenster aus dem mutlosen alten Mann nach, der langsam die Curzon Street hinunterging.

Poiccart kam ins Zimmer.

»Ich weiß nicht, was der Herr von dir wollte«, begann er, »aber ich habe so eine Ahnung, als ob es sich wieder um unseren Freund Bonsor True handelte. George, wir sollten doch eine Möglichkeit finden, den Mann zu fassen! Leon hat erst heute morgen beim Frühstück einen tiefen See in New Forest erwähnt, in dem ein Mann – mit Ketten und schweren Gewichten gut verankert – hundert Jahre liegen kann, ohne entdeckt zu werden. Ich persönlich habe ja keine besondere Vorliebe für das Ertränken, aber ...«

George Manfred lachte.

»Hüte dich vor dem Gesetz, teurer Freund. Töten ist – ich muß sagen: leider – ausgeschlossen, obgleich ein Mann, der ganz systematisch die Menschen ausplündert, so etwas wie flüssiges Blei reichlich verdient hat.«

Auch Leon Gonsalez, der am Nachmittag nach seiner Meinung gefragt wurde, konnte keine Lösung des Problems finden.

»Es ist merkwürdig, daß True keinerlei Kapitalien in England hat. Er hat Konten auf zwei verschiedenen Banken, die aber gewöhnlich überzogen sind. Ich sollte mich gar nicht wundern, wenn er sein Geld an irgendeinem sicheren Platz versteckt hätte ... In diesem Fall wäre die Sache ja sehr einfach. Seit beinahe einem Jahr halte ich den Mann unter ständiger Beobachtung, aber nicht ein einziges Mal ist er nach dem Ausland gegangen, und seine kleine Wohnung in Westminster habe ich schon so oft durchsucht, daß ich mit verbundenen Augen den Platz finden könnte, wo er seine Frackschleifen aufbewahrt.«

All dies ereignete sich im Frühjahr. Weitere Klagen über zweifelhafte Manöver Bonsor Trues wurden nicht mehr gehört, und die ›Drei Gerechten‹ hatten immer noch keine Möglichkeit gefunden, mit ihm im Interesse aller seiner Opfer abzurechnen, als das Verschwinden Margaret Leins Presse und Publikum beschäftigte – von Scotland Yard gar nicht zu reden.

Margaret war keine sehr wichtige Person, ganz im Gegenteil; sie war ja nur Kammerzofe bei Mrs. Calford Creen. Eines Abends war sie nach der Apotheke gegangen, um Riechsalz für ihre Herrin zu besorgen, und war nicht wiedergekommen.

Sie war sehr hübsch, neunzehn Jahre alt, war anscheinend Waise und hatte weder Bekannte noch irgendeinen Freund im landläufigen Sinn des Wortes. Aber es war eigentlich undenkbar, und darauf wies die Polizei besonders hin, daß ein hübsches, junges Mädchen mit tadellosen Manieren ein ganzes Jahr in London verbracht haben sollte, ohne auch nur einen einzigen Verehrer gefunden zu haben.

Mrs. Calford Creen begnügte sich nicht mit den Nachforschungen der Polizei, sondern hatte die ›Drei Gerechten‹ zu Hilfe gerufen.

Eine Woche war schon seit dem Verschwinden Margaret Leins verstrichen, als ein sehr bekannter Anwalt quer über die Tanzfläche des Leiter-Clubs auf einen Herrn zuging, der allein an einem der kleinen Tische saß.

»Aber, mein lieber Mr. Gonsalez«, lachte er, »was machen Sie denn hier? Das ist der letzte Platz in der ganzen Welt, wo ich erwartet hätte, Sie zu finden! In Limehouse, in den Höhlen und Zufluchtsstätten der Unterwelt kann ich Sie mir vorstellen, aber hier im Leiter-Club ... Wirklich, mein Lieber, ich muß mich in Ihrem Charakter getäuscht haben.«

Leon lächelte, goß etwas mehr Rheinwein in den langstieligen Römer und trank bedächtig einige Schlucke.

»Mein lieber Mr. Thurles«, näselte er, »das hier ist meine Unterwelt. Zum Beispiel der dicke Herr da drüben, der so tapfer mit der starken Dame herumhopst ... Er bricht allerdings nicht in die Häuser ein, hat auch keinen Totschläger in der Tasche, verkauft aber wertlose Aktien, vorzugsweise an mehr oder weniger lebenslustige Witwen, und ist bei dem Geschäft dick und fett geworden. Eines Tages werde ich mir mal diesen Herrn vornehmen – es wird ihm nicht sehr angenehm sein.«

Thurles lachte, als er sich an den Tisch setzte.

»Das wird schwierig sein, Mr. Bonsor True hat viel zuviel Geld, als daß man an ihn herankönnte ... Wenn er auch ein noch so großer Schuft ist.«

Leon steckte eine Zigarette in seine lange Bernsteinspitze und schien durch diese Beschäftigung völlig in Anspruch genommen zu sein.

»Vielleicht hätte ich diese schreckliche Drohung gar nicht aussprechen dürfen«, sagte er endlich. »True ist doch der Freund einer Ihrer Klientinnen?«

»Mrs. Creens?« Thurles war sichtlich überrascht. »Das wußte ich gar nicht.«

»Vielleicht habe ich mich auch getäuscht«, sagte Leon und wechselte das Thema.

Er wußte sehr gut, daß er sich nicht geirrt hatte. Der dicke Aktienschwindler war an jenem Abend, als Margaret Lein spurlos verschwand, als einziger Gast bei Mrs. Creen gewesen, und das Merkwürdigste dabei war, daß keiner von beiden weder der Polizei noch dem ›Silbernen Dreieck‹ hiervon die geringste Mitteilung gemacht hatte.

Mrs. Creen bewohnte eine kleine Wohnung in der Nähe von Hannover Court; sie war eine hübsche, junge Witwe mit etwas scharfen Gesichtszügen; ihr Einkommen sollte von dem Vermögen stammen, das ihr Mann ihr hinterlassen hatte. Leon, der schon von Natur aus äußerst wißbegierig war, hatte trotz sorgfältigster Nachforschungen weder herausfinden können, daß sie jemals einen Mann gehabt hatte, noch daß diese problematische Persönlichkeit gestorben wäre. Er wußte nur, daß Mrs. Creen häufig Reisen nach dem Ausland machte, manchmal sogar bis nach Rumänien, und auf ihren Reisen ständig von der verschwundenen Margaret begleitet wurde; er hatte erfahren, daß sie in Prag, Budapest, Wien, auch einmal in Warschau glänzende Gesellschaften gab, die Unsummen verschlangen, und – daß sie doch ganz zufrieden zu sein schien, von einem Luxusleben, das wenigstens 150 Pfund pro Woche verschlang, in ihre bescheidene Wohnung zurückzukehren, deren Jahresmiete 150 Pfund betrug, und zu einem Haushalt, der kaum 7 Pfund wöchentlich kostete.

Leon sah noch eine Zeitlang den tanzenden Paaren zu, winkte dann einen Kellner herbei und beglich seine Rechnung. Der Anwalt hatte inzwischen seine Gesellschaft wieder aufgesucht. Mr. Bonsor True saß inmitten eines vergnügten Kreises, und Leon fragte sich lächelnd, ob der gerissene Aktienschwindler wohl so fröhlich sein würde, wenn er wüßte, daß er, Leon, in seiner Brusttasche die Abschrift eines Trauscheines hatte, den er an diesem Morgen endlich ausfindig gemacht hatte.

Eine glückliche Eingebung hatte ihn in das Somerset House geführt, wo er das Dokument gefunden hatte.

Er blickte nach der Uhr; so spät es auch war, hatte er doch Hoffnung, von Mrs. Creen noch empfangen zu werden. Sein Wagen stand auf dem Wellington Place, und kaum zehn Minuten später hielt er schon vor der Haustür von Hannover Mansions. Der Fahrstuhl brachte Leon in den dritten Stock. Die Flurlampe in Nr. 1009 brannte noch, und er läutete. Mrs. Creen öffnete ihm selbst die Tür. Augenscheinlich schien sie jemand anderes zu erwarten, denn sie fuhr erstaunt zurück.

»Oh, Sie sind es, Mr. Gonsalez!« rief sie und fügte schnell hinzu: »Haben Sie von Margaret gehört?«

»Ich kann Ihnen darauf im Augenblick weder mit ›ja‹ noch mit ›nein‹ antworten«, versetzte Leon. »Darf ich Sie einen Augenblick sprechen?«

Etwas in seinem Ton schien sie zu beunruhigen.

»Ist es nicht schon sehr spät?«

»Das schon, aber Sie würden mir einen nochmaligen Besuch morgen vormittag ersparen«, sagte er bittend, und es blieb Mrs. Creen nichts anderes übrig, als ihn hereinzulassen.

Es war nicht sein erster Besuch in ihrer Wohnung, und er hatte sehr gut bemerkt, daß die Räume, wenn sie auch klein waren, ohne Rücksicht auf Kosten ausgestattet waren.

Mrs. Creen bot ihm Whisky und Soda an.

»Ich möchte gern von Ihnen erfahren«, begann er, nachdem er sich gesetzt hatte, »wie lange Margaret bei Ihnen war.«

»Über ein Jahr.«

»War sie ein nettes Mädchen?«

»Sehr nett ..., das erzählte ich Ihnen ja schon öfter. Ihr Verschwinden ist mir sehr nahegegangen.«

»War sie, wenn ich so sagen darf, gebildet? Sprach sie irgendeine fremde Sprache?«

Mrs. Creen nickte.

»Fließend französisch und deutsch. Aus diesem Grund war sie ja von so großem Wert für mich – auf meinen Auslandsreisen. Sie ist in einer Familie im Elsaß erzogen worden. Ihr Vater war, glaube ich, Franzose.«

»Aus welchem Grund ließen Sie eigentlich das Riechsalz aus der Apotheke holen?«

Sie zuckte ungeduldig mit den Achseln.

»Ich habe Ihnen doch, genau wie der Polizei, oft genug erzählt, daß ich an dem Abend starke Kopfschmerzen hatte. Margaret schlug selbst vor, zur Apotheke zu gehen.«

»Lag da kein anderer Grund vor? Konnte denn nicht Mr. True die kleine Besorgung machen?«

Sie fuhr bei den letzten Worten in die Höhe.

»Mr. True? Ich weiß nicht, was Sie damit sagen wollen.«

»An jenem Abend war doch Mr. True bei Ihnen; sie speisten doch zusammen. Sie nahmen Ihre Mahlzeiten gemeinsam ein, wie man es ja auch schließlich von Mann und Frau erwarten kann.«

Die Frau erblaßte und konnte nicht gleich eine Antwort finden.

»Ich begreife wirklich nicht, Mrs. Creen, warum Sie Ihre Heirat in ein so großes Geheimnis hüllen. Ich weiß, daß Sie seit fünf Jahren nicht nur mit True verheiratet, sondern auch seine Geschäftsteilhaberin sind. Damit will ich sagen, daß Sie ihm bei seinen – hm – Finanzoperationen wirksame Hilfe geleistet haben. Und nun, Mrs. Creen, wollen wir doch mal unsere Karten aufdecken. Wenn Sie ins Ausland reisten, haben Sie sich stets von Margaret Lein begleiten lassen?«

Sie nickte verstört.

»Was führte Sie nach Budapest, Bukarest und Wien? Hatten

Sie nicht noch andere Gründe als nur Ihr Vergnügen? Geschäftliche vielleicht?«

Sie fuhr mit der Zunge über ihre trockenen Lippen, antwortete aber nicht.

»Ich will noch deutlicher sein«, fuhr er fort. »Haben Sie in den Banken dieser Städte Privatschließfächer oder verschlossene Depots?«

Sie sprang auf; verblüfft starrte sie ihn an.

»Woher wissen Sie das?« stieß sie hervor. »Und was geht Sie das überhaupt an?«

Bei diesen Worten läutete es leise, und sie wollte zur Tür.

»Darf ich für Sie öffnen?« sagte Leon schnell, und bevor sie ihm noch zuvorkommen konnte, war er schon zum Zimmer hinaus und hatte die Wohnungstür geöffnet.

Ein sehr überraschter Finanzmann stand vor ihm.

»Treten Sie nur näher, Mr. True«, sagte Leon freundlich. »Ich glaube, ich habe ganz interessante Nachrichten für Sie.«

»Wer – wer sind Sie denn?« stammelte der Mann und starrte ihn an. Plötzlich erkannte er ihn. »Allmächtiger! Einer der ›Drei Gerechten‹! Nun – hm – was . . . Haben Sie das Mädchen gefunden?«

Im gleichen Augenblick wurde es ihm klar, welchen Fehler er begangen hatte. Er hatte ja doch eigentlich gar kein Interesse an der verschwundenen Kammerzofe seiner guten Bekannten, Mrs. Creen!

»Nein, ich habe sie nicht gefunden, und, meiner Ansicht nach, wird wohl auch keiner von uns das Glück haben, Margaret Lein je wieder zu sehen«, war Leons Antwort.

Mrs. Creen hatte ihre Selbstbeherrschung wiedererlangt.

»Ich freue mich sehr, daß Sie gekommen sind, Mr. True. Dieser Herr hier hat die merkwürdigsten Behauptungen über uns beide geäußert . . . Wir wären verheiratet! Was sagen Sie dazu! Haben Sie jemals etwas so Lächerliches gehört?«

Leon hielt es nicht der Mühe wert, hierauf zu antworten, bevor sie sich nicht alle wieder in dem kleinen Salon befanden.

»Und nun, Sir«, begann Mr. Bonsor True hochtrabend, »erklären Sie mir, was Sie mit einer so unsinnigen . . .«

Leon unterbrach ihn kurz.

»Ich werde Ihnen kurz mitteilen, was ich bereits Ihrer Frau gesagt habe. Ihre Heirat . . .? Nun, die ist eine so unbestreitbare Tatsache, daß ich mir nicht einmal die Mühe mache, Ihnen die Abschrift Ihres Trauscheins hier in meiner Tasche« – er klopfte sich auf die Brust – »zu zeigen. Ich bin nicht hierhergekommen, um Ihnen oder der Dame irgendwelche Vorwürfe zu machen. Auch die Frage, wie Sie die Unglücklichen behandelt haben, die Ihnen leichtsinnigerweise ihr Geld anvertrauten, müssen Sie sich von Ihrem Gewissen beantworten lassen – falls Sie ein solches besitzen. Ich möchte nur das eine von Ihnen erfahren: Ist es Tatsache, daß Sie in verschiedenen Städten auf dem Kontinent Schließfächer oder Depots haben, wo Sie Ihr Geld unterbringen?«

Die Bedeutung dieser Frage entging dem dicken Mr. True nicht.

»Ich habe allerdings verschiedene Depots auf dem Kontinent«, begann er, »aber ich sehe nicht ein, wie ich dazu komme, Ihnen . . .«

»Wollen Sie mir gegenüber bitte völlig offen sein!« Leon begann ungeduldig zu werden. »Haben Sie in Budapest, Wien oder sonstwo Privatschließfächer, und tragen Sie die Schlüssel ständig bei sich?«

Mr. Bonsor True lächelte.

»Nein, Sir; ich habe hier und da Depots und Safes, aber nur mit Kombinationsschlössern . . .«

»Dachte ich's mir doch!« Leons Gesicht hellte sich auf. »Und tragen Sie vielleicht die einzelnen Kombinationen und Stichwörter bei sich?«

Einen Augenblick zögerte True, dann griff er in die Westentasche und zog ein kleines goldenes Buch heraus, kaum größer als eine Briefmarke, das an einer Platinkette hing.

»Hier – ich habe sie immer bei mir –, und warum ich in aller Welt Ihnen meine Privatangelegenheiten auf die Nase binden . . .«

»Mehr wollte ich ja gar nicht wissen.«

Mr. True starrte den Besucher an. Leon lachte leise, aber von ganzem Herzen, und rieb sich die Hände, als ob er den schönsten Spaß erlebt hätte.

»Jetzt wird mir alles klar«, sagte er schließlich. »Jetzt kenne ich auch den Grund, warum Margaret Lein zur Apotheke laufen mußte. Ihretwegen ...«, und sein Finger wies auf den Finanzier.

Mr. Trues Mund öffnete sich.

»Das stimmt – mir wurde plötzlich sehr schlecht.«

»Ja, Mr. True wurde ohnmächtig«, fiel Mrs. Creen ein. »Ich schickte Margaret in mein Zimmer; sie sollte Riechsalz holen, sie konnte es aber nicht finden. Und dann bot sie sich an, nach der Apotheke zu gehen ...«

Leon trocknete sich die Augen.

»Der Spaß ist unbezahlbar – und jetzt kann ich Ihnen alle Vorfälle jenes Abends schildern. Um welche Zeit kamen Sie hierher?«

True dachte nach.

»Gegen sieben.«

»Nehmen Sie gewöhnlich vor der Mahlzeit einen Cocktail, der Ihnen im Speisezimmer serviert wird?«

»Im Salon«, verbesserte Mrs. Creen.

»Sie tranken also Ihren Cocktail und wurden plötzlich ohnmächtig! Mit anderen Worten: Jemand hat ihnen ein kräftiges Betäubungsmittel beigebracht. Mrs. Creen war sicherlich nicht im Zimmer, und Margaret Lein konnte in aller Ruhe Ihr hübsches goldenes Büchlein durchlesen und alle Kombinationen abschreiben, die sie nur haben wollte. Sie hatte ja oft genug Mrs. Creen auf ihren Auslandsreisen begleitet und sehr genau die netten kleinen Methoden kennengelernt, mit denen Sie Ihre erschwindelten Gelder unterbrachten.«

Trues Gesicht wurde erst rot und dann kalkweiß.

»Die Kombinationen?« sagte er heiser: »Sie kennt die Kombinationen? Um Gottes willen!«

Ohne ein weiteres Wort stürzte er aus dem Zimmer, und sie hörten, wie die Wohnungstür hinter ihm zuschlug.

Leon ging viel langsamer seiner Wege, kam aber zeitig genug zum Abendessen nach der Curzon Street.

»Ich stelle keine weiteren Nachforschungen mehr an«, erklärte er seinen Freunden, »aber ich wette, was ihr wollt, daß all die sicheren Safes in Wien und Budapest jetzt leer sind; daß ein geschicktes Mädel, die Tochter eines der Opfer von Mr. Bonsor True, jetzt in der Lage ist, ihren Eltern zu helfen.«

»Woher willst du denn wissen, daß sie Eltern hat?« fragte Manfred.

»Ich weiß es nicht«, gab Leon ohne weiteres zu. »Aber ich bin sicher, daß sie noch einen Vater hat – in der vergangenen Woche fragte ich telegraphisch bei General Fole an, ob seine tüchtige Tochter bei ihm wäre. Er telegraphierte zurück, daß ›Margaret seit einem Jahr im Ausland sei, um ihre Erziehung zu vervollständigen‹ – ich glaube wirklich, daß die Stellung als Kammerzofe bei der Frau eines Börsenschwindlers als ganz nützliche Erziehung betrachtet werden kann.«

8

Der Sänger in der Kirche

Gewöhnlich bearbeitete Leon Gonsalez die Fälle, die mit Erpressungen zu tun hatten, obgleich er seiner oft ausgesprochenen Meinung nach derjenige war, der sich am allerwenigsten für diese Arbeit eignete. Er war voreingenommen, wenn man so sagen darf.

In seinem berühmten Artikel »Sind wir berechtigt ...?«, der den Absatz eines Magazins um einige 1000 Exemplare erhöhte, schrieb er folgendes:

... und für den Gewohnheitserpresser gibt es meiner Ansicht nach nur eine einzige Strafe: den Tod. Mit dem Verbrecher, der sich Erpressung als Spezialfach gewählt hat, ist jede Verhandlung unmöglich. Es gibt bei einem solchen Menschen kein einziges Gefühl, an das man appellieren könnte; es gibt keine Möglichkeit, ihn zu beeinflussen. Er hat sich außerhalb der menschlichen Gesellschaft gestellt und kann in die Klasse der Giftmörder und Engelmacher eingereiht werden ...

Leon fand ja weniger drastische Mittel, mit denen er die ihm so verhaßten Erpresser bekämpfte, und doch können wir annehmen, daß die Weise, in der der Fall Miss Browns erledigt wurde, seinen größten Beifall gefunden hat.

Es gibt so ungeheuer viele Typen von Frauenschönheit, daß sogar Leon Gonsalez, der eine Leidenschaft für Klassifikation hatte, nach der achtzehnten Unterabteilung der dreiunddreißigsten Kategorie von Brünetten diese mühsame Arbeit aufgab; zu diesem Zeitpunkt hatte er schon zwei dicke Schreibhefte mit seinen Beobachtungen gefüllt.

Wenn ihm diese Arbeit nicht schon vorher zuviel geworden wäre, hätte er sicherlich ihre Aussichtslosigkeit erkennen müssen, als er Miss Browns Bekanntschaft machte. Dies junge Mädchen ließ sich in keiner seiner Kategorien unterbringen und hatte auch keine der besonderen Vorzüge, für die er seine verschiedenen Unterabteilungen eingerichtet hatte. Sie war dunkel, schlank und elegant. Leon haßte dies Wort, war aber gezwungen zuzugeben, daß es das einzig passende war. Sie erinnerte an eine zarte Blume, und Leon sprach von ihr als dem ›Lavendel-Mädel‹. Sie selbst hatte sich unter dem Namen ›Brown‹ eingeführt, der sicherlich nicht der richtige war.

Den Zeitpunkt ihres Besuches hatte sie gut gewählt: die Dämmerstunde, in der man es nach einer guten Mahlzeit vorzieht, nachzudenken anstatt zu sprechen, oder noch besser – ein wenig mit einer Zigarette im Mund zu träumen.

Auch andere waren schon zu dieser Zeit in das kleine Haus in der Curzon Street gekommen, wo das silberne Dreieck über der Tür den Wohnsitz der ›Drei Gerechten‹ bezeichnete.

Es läutete, und George Manfred sah auf. »Sieh doch mal nach, Raymond, wer das ist. Bevor du aber öffnest, will ich dir sagen, wen du zu sehen bekommst: eine junge Dame in Schwarz, graziöse Haltung, sehr nervös, die sich großen Schwierigkeiten gegenübersieht.«

Leon grinste, als Poiccart bedächtig aufstand und nach der Tür ging.

»Mehr Hellsehen als Überlegung, und mehr Beobachtung als irgend etwas anderes. Von deinem Platz aus kannst du sehr gut die Straße überblicken ... Warum also unseren Freund zum Narren halten?«

George Manfred blies kunstgerecht einen Rauchring nach der Decke.

»Er ist nicht zum Narren gehalten, denn er hat sie genauso gut gesehen wie ich. Wenn du nicht so sehr in deine Zeitung vertieft wärest, hättest du die junge Dame auch bemerken müssen. Sie ist schon dreimal die Straße auf der gegenüberliegenden Seite auf und ab gegangen und hat jedesmal nach unserer Tür herübergeblickt. Das ist für mich ein sehr charakteristisches Anzeichen, und ich möchte wissen, unter welcher Abart von Erpressung sie zu leiden hat.«

Raymond Poiccart kam zurück.

»Sie möchte einen von uns sprechen; sie sagt, ihr Name wäre Brown – sieht aber nicht so aus.«

Manfred nickte Leon zu.

»Sprich du mit ihr.«

Gonsalez ging nach dem kleinen Vordersalon und fand das junge Mädchen mit dem Rücken gegen das Fenster gelehnt. Ihr Gesicht lag völlig im Schatten.

»Es wäre mir sehr lieb, wenn Sie kein Licht einschalten würden«, ihre Stimme klang ruhig und gleichmäßig. »Ich möchte nicht erkannt werden, falls wir uns wieder treffen sollten.«

Leon lächelte.

»Ich hatte gar nicht die Absicht, Licht zu machen«, begann er. »Sehen Sie, Miss ...«, er unterbrach sich.

»Brown«, fügte sie kurz und so entschieden hinzu, daß er wußte, sie wollte unbekannt bleiben, auch wenn sie das nicht schon vorher in der Beleuchtungsfrage zu erkennen gegeben hätte. »Ich hatte Ihrem Freund bereits meinen Namen gesagt.«

»Sehen Sie, Miss Brown«, fuhr er fort, »wir haben sehr viele Besucher, denen es ganz besonders darauf ankommt, bei einem späteren Zusammentreffen nicht wiedererkannt zu werden. Wollen Sie nicht Platz nehmen? Ich weiß allerdings, Sie haben nicht viel Zeit und möchten nicht gern Ihren Zug nach außerhalb versäumen.«

Sie blickte ihn erstaunt an.

»Woher wissen Sie das?«

Leon machte eine seiner prachtvollen Handbewegungen.

»Woher ich das weiß ...? Weil Sie sonst gewartet hätten, bis es ganz dunkel wurde. Sie haben meiner Überzeugung nach Ihren Besuch bis zum allerletzten Augenblick hinausgeschoben.«

Sie zog sich einen Stuhl an den Tisch und nahm langsam Platz – immer den Rücken nach dem Fenster zugekehrt.

»Sie haben recht«, nickte sie. »Mein Zug geht bald, und ich muß meine Zeit genau berechnen. Sind Sie Mr. Manfred?«

»Gonsalez«, verbesserte er.

»Ich möchte Sie um Rat bitten.«

Sie sprach nach wie vor in ruhigem Ton, ihre Hände lagen gefaltet vor ihr auf dem Rand des Tisches. Selbst in diesem Halbdunkel, noch dazu mit ihrem Gesicht im Schatten, konnte Gonsalez sehen, wie schön das junge Mädchen war. Nach ihrer vollen Stimme schätzte er ihr Alter auf ungefähr vierundzwanzig Jahre.

»Ich bin Erpressern in die Hände gefallen. Höchstwahrscheinlich werden Sie mir raten, mich an die Polizei zu wenden, aber ich befürchte, sie könnte mir nicht helfen, selbst wenn ich mich einem Erscheinen vor Gericht aussetzen müßte – und das will ich auf keinen Fall. Mein Vater« – sie zögerte einen Augenblick – »ist Beamter. Es würde ihm das Herz brechen, wenn er dies erfahren müßte. Wie konnte ich nur eine solche Närrin sein!«

»Briefe?« fragte Leon verständnisvoll.

»Ja, Briefe und noch andere Dinge! Vor ungefähr sechs Jahren studierte ich Medizin und arbeitete im St.-Johns-Hospital. Abschlußexamen habe ich nicht gemacht; die Gründe werden Sie sofort erfahren. Meine chirurgischen Kenntnisse habe ich nicht viel verwerten können – mit einer Ausnahme ... Ich rettete einem Mann das Leben, obgleich ich bezweifle, daß das die Mühe wert war. Der Mann hatte natürlich eine andere Meinung darüber, doch das gehört nicht hierher. In St. Johns lernte ich einen Mediziner kennen, dessen Name Sie nicht weiter interessieren kann, und es ging mir wie so vielen anderen jungen Mädchen in dem Alter: Ich verliebte mich Hals über Kopf in ihn. Ich wußte nicht, daß er verheiratet war, obgleich er es mir erzählte, bevor unsere – Freundschaft den Höhepunkt erreichte. An all dem, was folgte, trage ich allein die Schuld. Dann kamen die gewöhnlichen Briefe ...«

»... die Grundlage für die Erpressungen gegen Sie?« fragte Leon.

Sie nickte.

»Ich wurde beinahe krank vor Angst und Sorgen, bis ... Nun, ich gab meine Arbeit auf, mein Studium, fuhr wieder nach Hause; aber das kann Sie auch nicht weiter interessieren.«

»Und wer droht Ihnen mit Bloßstellung?«

Sie zögerte.

»Der Mann. Es ist schrecklich, das sagen zu müssen, aber er ist immer mehr und mehr heruntergekommen. Ich habe mein eigenes Vermögen – von meiner Mutter habe ich 2000 Pfund Rente pro Jahr geerbt – und natürlich habe ich gezahlt und gezahlt.«

»Wann haben Sie den Mann zum letzten Male gesehen?«

Sie dachte an etwas anderes und antwortete nicht. Als er die Frage wiederholte, fuhr sie auf.

»Am letzten Weihnachtsfeiertag – nur einen einzigen Augenblick –, er war nicht bei uns eingeladen – ich glaube, er war beinahe am Ende ...«

Sie war plötzlich verlegen, verängstigt, wußte nicht, was sie sagen sollte und fuhr beinahe atemlos fort:

»Ich sah ihn nur ganz zufällig. Er erblickte mich nicht, aber es war ein furchtbarer Schlag für mich ... Es war seine Stimme. Er hatte schon immer einen prachtvollen Tenor.«

»Er sang?« fragte Leon, als sie eine Pause machte, um ihre Selbstbeherrschung wiederzufinden.

»Ja – in der Kirche«, fuhr sie halb verzweifelt fort. »In der Kirche habe ich ihn gesehen.«

Überstürzt sprach sie weiter. Es schien, als ob sie angstvoll diese Erinnerung aus ihrem Gedächtnis verjagen, als ob sie auch Leon verhindern wollte, sich mit diesem zufälligen Zusammentreffen zu beschäftigen.

»Zwei Monate später schrieb er mir – an meine alte Adresse in London. Sagte, er wäre in größtem Elend, wäre verzweifelt, und bat um 500 Pfund. Ich hatte ihm schon mehr als 1000 Pfund gegeben, war nun aber doch vernünftig genug, ihm zu antworten, daß ich nichts mehr für ihn tun könne. Und dann bereitete er mir diese furchtbare Überraschung, sandte mir die Fotokopie eines der Briefe ..., eines der Briefe, die ich ihm geschrieben hatte. Mr. Gonsalez, ich habe in der Zwischenzeit einen anderen Mann kennengelernt und – und John hatte die Verlobungsanzeige in der Zeitung gelesen.«

»Ihr Verlobter weiß nichts von dieser Angelegenheit?«

Sie schüttelte den Kopf.

»Nein, gar nichts, und er darf es auch niemals erfahren. Sonst würde ja alles ganz einfach sein. Glauben Sie denn, ich würde mich sonst so erpressen lassen?«

Leon ergriff einen Schreibblock und Bleistift.

»Wollen Sie mir den Namen des Mannes sagen? John ...?«

»John Letheritt, 27 Lion Row, Whitechurch Street. Er hat sich dort ein kleines Zimmer gemietet. Ich habe mich schon erkundigt.«

Leon wartete geduldig auf weitere Erklärungen.

»Und warum kommen Sie jetzt zu mir? Was zwingt Sie dazu?«

Sie nahm einen Brief aus der Handtasche, einen Brief in weißem, unbeschriebenem Umschlag.

Leon las das Schreiben durch; ein typischer Erpresserbrief. Der Schreiber verlangte bis spätestens zum Dritten des Monats 3000 Pfund, andernfalls würde er die ›Papiere‹ in ›bestimmte Hände‹ gelangen lassen. Auch die kleine melodramatische Phrase war nicht vergessen, die man in einem jeden solcher Schreiben finden kann.

»Ich werde sehen, was sich tun läßt. Wie kann ich mich mit Ihnen in Verbindung setzen?« fragte Leon. »Ich weiß nun schon so viel ... Warum wollen Sie mir nicht Ihren wirklichen Namen und Ihre Adresse anvertrauen?«

Sie antwortete nicht, sondern nahm aus ihrer Handtasche eine Anzahl Banknoten, die sie auf den Tisch legte.

Leon lächelte.

»Ich glaube, wir behandeln die Honorarfrage erst, wenn wir Erfolg gehabt haben. Was soll ich also tun?«

»Schaffen Sie mir die Briefe zurück und jagen Sie dem Mann eine derartige Angst ein, daß er mich künftig in Ruhe läßt. Und das Geld hier ... Es wäre mir wirklich lieber, wenn ich es hier lassen könnte.«

»Das wäre ganz gegen unseren Geschäftsgebrauch«, antwortete Leon freundlich.

Dann gab sie ihm den Namen einer Straße und eine Nummer – eine Deckadresse, wie Leon mit Recht annahm.

»Bitte, begleiten Sie mich nicht an die Tür«, sagte sie mit einem kurzen Blick auf ihre Armbanduhr.

Er wartete, bis sich die Tür hinter ihr geschlossen hatte und suchte dann seine Freunde im oberen Stock auf.

»Über die junge Dame ist mir jetzt schon so viel bekannt, daß ich beinahe ihre Lebensbeschreibung aufsetzen könnte.«

»Erzähle uns doch etwas davon«, schlug Manfred vor, aber Leon schüttelte den Kopf.

Am gleichen Abend noch fuhr er nach der Whitechurch Street. Lion Row war eine winzige, elende Gasse, die kaum den großartigen Namen verdiente. In einem dieser alten, halbzerfallenen Häuser fand er im obersten Stock eine Tür, auf die ganz kürzlich mit weißer Farbe die Worte gemalt worden waren:

J. LETHERITT, Export – Import

Auf sein Klopfen wurde nicht geantwortet.

Er klopfte wieder, noch einmal, dann hörte er das Knacken eines Bettes, und schließlich fragte eine rauhe Stimme, wer, zum Teufel, da wäre. Es dauerte geraume Zeit, bis er den Mann überredet hatte zu öffnen, und dann fand sich Leon in einem langen, schmalen Zimmer, das von einer einzigen Glühlampe ohne Schirm erleuchtet wurde. Die Einrichtung bestand aus einem Bett, einem alten Waschtisch und einem ebensolchen Schreibtisch, der mit ungeöffneten Reklameschreiben bedeckt war.

Seiner Ansicht nach war der Mann, der ihm in schmutzigem Hemd und Hose gegenüberstand, ungefähr fünfunddreißig Jahre alt; er sah aber bedeutend älter aus. Er war unrasiert, und der ganze Raum war mit dem scharfen Geruch von Opium erfüllt.

»Was wollen Sie?« brummte John Letheritt mürrisch.

Mit einem einzigen Blick hatte Leon den Mann durchschaut – ein Schwächling, der stets und ständig den leichtesten Weg suchte und auch fand. Die kleine Pfeife auf dem Tischchen neben dem Bett sagte ihm genug.

Bevor er antworten konnte, fuhr Letheritt fort:

»Wenn Sie wegen der Briefe kommen, werden Sie kein Glück haben, lieber Freund; sie sind nicht hier.« Er schüttelte eine zitternde Faust vor Leons Gesicht. »Machen Sie, daß Sie zu der lieben Gwenda zurückkommen, und erzählen Sie ihr, daß Sie nicht mehr Glück gehabt haben als der andere, den sie hierher geschickt hat.«

»Also Erpresser? Sie sind der schmierigste und erbärmlichste Erpresser, der mir je vor die Augen gekommen ist«, sagte Leon nachdenklich. »Sie wissen doch wohl, daß die junge Dame gegen Sie vorgehen wird?«

»Das kann sie machen. Soll mich ruhig verhaften lassen! Ist doch nicht das erstemal, daß man mich einlocht! Vielleicht setzt sie es auch durch, daß meine Wohnung durchsucht wird; na, dann kann sie ja hören, wie ihre Briefe vor aller Öffentlichkeit im Gerichtssaal vorgelesen werden. Ich erspare Ihnen und auch Gwenda viele Umstände. Verlobt ist sie? Sind Sie vielleicht der glückliche Bräutigam?« fügte er höhnisch hinzu.

»Wenn ich es wäre, würde ich Ihnen den Hals umdrehen«, sagte Leon ruhig. »Wenn Sie aber vernünftig sind . . .«

»Bin ich nicht«, fuhr ihn der andere an. »Glauben Sie denn, ich würde in einem solchen Schweinestall hausen« – er machte eine bezeichnende Handbewegung – »wenn ich vernünftig wäre? Ich . . . Mediziner mit Doktortitel?«

Und in plötzlich aufflammender Wut stieß er seinen Besucher zur Tür hinaus.

»Machen Sie, daß Sie rauskommen . . . Lassen Sie mich ungeschoren!«

Leon war durch diesen unvermuteten Angriff so überrascht, daß er hörte, wie die Tür verschlossen und verriegelt wurde, bevor er sich klarmachte, was eigentlich vorgegangen war.

Das ganze Auftreten des Mannes gab ihm die Überzeugung, daß die Briefe sich im Zimmer befanden, und dort gab es mehr als ein Dutzend Plätze, wo sie versteckt sein konnten. Mit größter Leichtigkeit hätte er ja diesen degenerierten Menschen überwältigen und das Zimmer in aller Ruhe durchsuchen können, aber die ›Drei Gerechten‹ waren eben Menschen geworden, die sich genau nach den Buchstaben des Gesetzes richteten.

Und so kam er am Abend nach Hause und berichtete seinen teilweisen Mißerfolg.

»Wenn er gelegentlich das Haus verließe, wäre die Sache höchst einfach – aber er geht ja niemals aus. Ich glaube, Raymond und ich könnten ohne die geringste Mühe seine Wohnung durchsuchen. Letheritt bekommt jeden Morgen eine Flasche Milch vor die Tür gestellt, und es kann doch nicht schwierig sein, ihm ein Schlafmittel beizubringen, wenn wir kurz nach dem Milchmann ins Haus gehen.«

Manfred schüttelte den Kopf.

»Da mußt du schon einen anderen Ausweg suchen; es hat keinen Wert, sich mit der Polizei zu veruneinigen.«

»Das ist noch sehr vorsichtig ausgedrückt«, murmelte Poiccart. »Wer ist denn die junge Dame?«

Beinahe Wort für Wort wiederholte Leon die Unterhaltung, die er mit Miss Brown gehabt hatte.

»Es gibt verschiedene bemerkenswerte Angaben in ihrer Erzählung, die ich für unbedingt wahr halte. Ich bin überzeugt, daß sie mich nicht täuschen wollte«, sagte Leon, »Nummer 1: Am letzten Weihnachtsfeiertag hörte sie den Mann in der Kirche singen. Gehört eurer Ansicht nach Mr. Letheritt zu jenen Leuten, die ihre musikalischen Gaben in Weihnachtsgesängen und in der Kirche zum besten geben? Meine kurze Bekanntschaft mit dem würdigen Herrn gibt mir die Berechtigung, diese Frage rundweg zu verneinen. Nummer 2 und 3: Sehr merkwürdig waren ihre Worte ›er war nicht bei uns eingeladen‹, oder so ähnlich, und ›er war beinahe am Ende . . .‹ Am Ende, ja, von was? Diese drei Punkte erscheinen mir sehr beachtenswert.«

»Aber wieso denn?« warf Poiccart ein. »Warum sollte er denn nicht von irgendeiner Familie für die Feiertage eingeladen sein? Sie wußte nicht, daß er sich in der Nachbarschaft aufhielt und bemerkte ihn erst in der Kirche.«

Leon schüttelte den Kopf.

»Letheritt ist Jahr für Jahr mehr heruntergekommen. Seinen jetzigen Zustand kann er unmöglich erst Weihnachten erreicht haben; so verkommen wie heute – oder beinahe ebenso – muß er schon vor neun Monaten gewesen sein. Der Mann hat mir einen direkten Widerwillen eingeflößt – ich muß die Briefe bekommen, ganz gleich wie.«

Manfred sah ihn nachdenklich an.

»Die Briefe dürften sich kaum auf seiner Bank befinden, denn er macht mir nicht den Eindruck, als ob er überhaupt mit einer Bank zu tun hätte; ebensowenig bei seinen Anwälten, denn ich bin überzeugt, daß er zu jener Klasse Menschen gehört, deren Bekanntschaft mit Rechtsanwälten im Gerichtssaal beginnt und endigt. Ich glaube, du hast recht, Leon: Die Briefe sind in seinem Zimmer.«

Leon verlor keine Zeit. Schon am nächsten Morgen war er in aller Frühe in der Whitechurch Street und sah den Milchmann in das Haus hineingehen. Kaum war er wieder herausgekommen, als Leon die Treppe hinaufflog; aber so sehr er sich auch beeilte, war er doch nicht schnell genug. Als er den obersten Stock erreichte, hatte Letheritt die Milch schon hereingenommen, und das kleine Fläschchen mit farbloser Flüssigkeit in Leons Tasche blieb unbenutzt.

Am nächsten Morgen versuchte er von neuem sein Glück; wieder vergeblich.

In der vierten Nacht, zwischen ein und zwei Uhr morgens, gelang es ihm, in das Haus hineinzukommen, und geräuschlos schlich er die Treppe hinauf. Die Tür war von innen verschlossen, aber er konnte das Ende des altmodischen Schlüssels mit einer feinen Zange fassen.

Kein Laut war von innen zu hören, als das Schloß leise zurückschnappte, und er vorsichtig die Türklinke niederdrückte. Er hatte aber vergessen, daß die Tür an der Innenseite verriegelt war.

Und wieder kam er am nächsten Tag und sah sich das Haus prüfend von der Außenseite an. Es war möglich, das Fenster zu erreichen, aber nur mit Hilfe einer sehr langen Leiter. Er sprach mit Manfred darüber; beide hielten es für besser, eine andere Methode zu wählen.

Manfred machte einen Vorschlag.

»Kannst du ihm denn nicht ein Telegramm schicken, in dem Miss Brown ein Zusammentreffen mit ihm auf dem, sagen wir, Liverpool-Street-Bahnhof wünscht? Du kennst doch ihren Vornamen.«

»Das habe ich doch schon am zweiten Tag versucht, alter Junge, und hatte den kleinen Lew Leveson bei mir. Falls Letheritt die Briefe bei sich gehabt hätte ... Nun, Leveson ist ein Meister im Klauen.«

»Mit ›klauen‹ meinst du, wie ich annehme, stehlen? Mit der modernen Gaunersprache komme ich immer noch nicht mit«, sagte Manfred. »Zu meiner Zeit sprach man von ›mausen‹.«

»Du bist schrecklich hinter der Zeit zurück; ›klauen‹ ist jetzt der richtige Ausdruck. Aber jedenfalls kam der Halunke überhaupt nicht. Wenn er Miete schuldig wäre, könnte man ihn vielleicht von dieser Seite fassen, aber er ist mit keinem Penny im Rückstand. Er übertritt kein Gesetz, läßt sich nichts zuschulden kommen – man könnte höchstens etwas gegen ihn unternehmen, weil er im Besitz von Opium ist. Aber auch das würde nicht viel Wert für uns haben, weil die Polizei uns höchst ungern gestattet, in ihrem Gebiet zu jagen.«

Er schüttelte bedächtig den Kopf. »Ich fürchte, ich werde Miss Brown einen sehr unbefriedigenden Bericht liefern müssen.«

Aber erst einige Tage später schrieb er an die angegebene Adresse, nachdem er sich vorher überzeugt hatte, daß sich dort eine kleine Buchhandlung befand, die auch von anderen als Deckadresse gebraucht wurde.

Eine Woche später fragte Inspektor Meadows, der mit den ›Drei Gerechten‹ auf sehr gutem Fuße stand, Manfred wegen eines gefälschten spanischen Passes um Rat. Manfred war Autorität in Fälschungen, besonders in Paßfälschungen. Außerdem hatte er eine Menge Geschichten über spanische Verbrecher auf Lager, und so war es bereits lange nach Mitternacht, als man endlich aufbrach.

Leon, der noch etwas frische Luft schnappen wollte, begleitete Meadows bis nach der Regent Street; unterwegs kamen sie auf Mr. John Letheritt zu sprechen.

»O ja, ich kenne ihn sehr gut. Vor zwei Jahren griff ich ihn wegen einer Schwindelei und verschaffte ihm achtzehn Monate. Ein ganz fauler Kunde, der Kerl, und außerdem ein Spitzel. Er verpfiff Joe Lenthall, den gerissensten Einbrecher der letzten Jahrzehnte. Joe bekam zehn Jahre, und ich möchte nicht in Letheritts Haut stecken, wenn Joe wieder herauskommt.«

Plötzlich richtete Leon eine Frage an Meadows, die sich auf Letheritts Strafen bezog, und als er die Antwort hörte, blieb er in der Mitte von Hannover Square stehen und schüttelte sich vor Lachen.

»Was gibt's denn da so Lächerliches?« fragte Meadows überrascht. »Ich sehe da keinen Witz.«

»Aber ich«, lachte Leon. »Was bin ich doch für ein Dummkopf. Und ich bildete mir ein, ich durchschaue den ganzen Fall!«

»Sie suchen Letheritt? Ich kann Ihnen sagen, wo er wohnt.«

Leon schüttelte den Kopf.

»Ihn brauche ich nicht, aber ich möchte gern mal zehn ungestörte Minuten in seiner Wohnung verbringen.«

Meadows sah ihn ernsthaft von der Seite an.

»Er versucht wohl wieder eine kleine Erpressung?«

Aber Leon gab ihm keine Aufklärung. Als er nach der Curzon Street zurückkam, suchte er lange Zeit in verschiedenen Nachschlagewerken und Adreßbüchern und nahm sich dann eine Karte von England vor. Als letzter ging er zu Bett und stand als erster wieder auf. Er schlief nach vorn heraus und hatte das Klopfen an der Haustür gehört.

Es regnete in Strömen, als er das Fenster aufmachte und hinausblickte. In dem ungewissen Licht der Morgendämmerung erkannte er Inspektor Meadows.

»Kommen Sie herunter! Ich muß Sie sprechen.«

Gonsalez fuhr in seinen Schlafrock, lief die Treppe hinunter und ließ den Inspektor ein.

»Erinnern Sie sich, daß wir in der Nacht von Letheritt sprachen?« begann Meadows, als er den kleinen Salon betrat.

Die Stimme des Inspektors war auffällig unfreundlich, seine Augen lagen forschend auf Leon.

»Natürlich erinnere ich mich.«

»Sind Sie heute Nacht vielleicht noch einmal ausgegangen?«

»Nein, warum?«

Wieder blickte ihn der Beamte mißtrauisch an.

»Weil Letheritt heute morgen um halb zwei ermordet wurde, und – sein Zimmer ist sorgfältig durchsucht worden.«

Leon starrte ihn an.

»Ermordet? Haben Sie den Mörder gefaßt?«

»Nein, aber wir werden ihn bald haben. Ein Schutzmann hat ihn beobachtet, wie er sich am Dachrinnenrohr herunterließ. Allem Anschein nach war er auch auf diesem Weg durch das Fenster in Letheritts Zimmer gelangt. Der Schutzmann gab seine Beobachtung sofort zu Rapport, und dann wurde das Haus durchsucht. Man mußte die Wohnungstür aufbrechen und fand Letheritt tot auf dem Bett. Er hatte jedenfalls mit einem Brecheisen einen Schlag über den Kopf erhalten. Unter anderen Umständen hätte die Verletzung kaum tödlich sein können, aber Letheritt war, wie der Polizeiarzt festgestellt hat, durch sein ausschweifendes Leben und vor allen Dingen durch den ständigen Genuß von Opium so heruntergekommen, daß er daran glauben mußte. Der Mörder muß durch eine der kleinen Seitenstraßen entwischt sein, später ist er noch in der Fleet Street von einem Schutzmann gesehen worden – in einem kleinen Zweisitzer, dessen Nummernschild mit Schmutz bedeckt war.«

»Ist der Mann erkannt worden?«

»Bis jetzt noch nicht! Aber – er hat drei Fingerabdrücke auf der Fensterscheibe zurückgelassen und war ganz bestimmt ein alter Praktiker in solchen Sachen ... Mit anderen Worten, wir werden bald wissen, mit wem wir es zu tun haben. Die Kriminalabteilung hat sich an uns gewendet, aber außer einigen Einzelheiten über Letheritts Leben konnten wir ihr keine näheren Auskünfte geben. Bei der Gelegenheit habe ich übrigens auch Ihre Fingerabdrücke mit eingesandt. Das macht Ihnen doch nichts aus?«

Leon grinste.

»Aber ganz und gar nicht.«

Als der Beamte seiner Wege gegangen war, ging Leon nach oben, um seinen Freunden das Neueste über den Fall ›Miss Brown‹ mitzuteilen.

Aber die größte Überraschung brachte ihnen – sie saßen gerade beim Frühstück – der zweite Besuch Inspektor Meadows'. Sie sahen sein Auto vorfahren, und Poiccart ging an die Tür. Als der Inspektor in das Zimmer kam, funkelten seine Augen vor Erregung.

»Hier ist ein Rätsel, das nicht einmal ihr drei lösen könnt«, rief er. »Ein schwarzer Tag für Scotland Yard und vor allen Dingen für den Erkennungsdienst! Das bedeutet den Zusammenbruch eines Systems, das mit ungeheurer Mühe aufgebaut wurde ...«

»Wovon sprechen Sie eigentlich?« fragte Manfred schnell.

»Von dem System der Fingerabdrücke«, antwortete Meadows, und Poiccart, für den dies System etwas Unantastbares war, starrte ihn mit offenem Mund an.

»Wir haben zum erstenmal Duplikate von Fingerabdrücken gefunden«, fuhr Meadows fort. »Die Spuren auf der Fensterscheibe waren ganz zweifellos von Joe Lenthall, und – Joe Lenthall sitzt im Wilford-Gefängnis, wo er für die Dauer von zwölf Jahren untergebracht ist.«

Unwillkürlich wandte sich Manfred seinem Freund zu. Leon lächelte vergnügt, seine Augen blitzten.

»Der Mann, der in der Kirche sang!« sagte er leise. »Das ist einer der nettesten Fälle, der mir je unter die Finger gekommen ist. Jetzt nehmen Sie erst mal Platz, mein lieber Meadows, und essen Sie mit. Nein, nein, setzen Sie sich erst. Ich möchte etwas über Lenthall erfahren ... Gibt es eine Möglichkeit, den Mann zu sprechen?«

Meadows starrte ihn verständnislos an.

»Was sollte das für Wert haben? Ich kann Ihnen sagen, das ist für uns der härteste Schlag. Und jetzt kommt noch mehr! Als der Schutzmann die Fotografie von Lenthall sah, behauptete er steif und fest, das wäre derselbe Mensch, den er an der Regenröhre hätte herunterklettern sehen! Was sagen Sie dazu? Erst dachte ich, Lenthall wäre ausgebrochen, und telefonierte sofort nach dem Gefängnis. Aber Lenthall sitzt sicher in seiner Zelle.«

»Können Sie mir die Erlaubnis verschaffen, ihn zu besuchen?«

Meadows zögerte.

»Ja, ich glaube, das läßt sich machen. Sie sind ja gut Freund mit dem Innenminister, stimmt's nicht?«

Und das war richtig, denn gleich nach Mittag war Leon Gonsalez schon auf dem Weg nach dem Gefängnis in Wilford. Zu seiner größten Befriedigung fuhr er allein.

In Wilford befindet sich eines jener kleinen Gefängnisse, in denen Sträflinge untergebracht werden, deren Haft sich über Jahre hinauszieht, und die mit Buchbinder- und Druckerarbeit vertraut sind. Es gibt verschiedene ›Branchen‹-Gefängnisse in England – so ist zum Beispiel Maidstone das ›Drucker‹- und Shepton Maller das ›Färber‹-Gefängnis. Dort haben die Gefangenen die Möglichkeit, ihren Beruf auszuüben oder den betreffenden zu erlernen.

Der Oberaufseher, mit dem Leon sprach, erzählte ihm, daß Wilford bald geschlossen und die Insassen nach Maidstone gebracht würden. Er schien diesen Wechsel aufrichtig zu bedauern.

»Im Grund genommen haben wir ganz nette Kerle hier, sie machen uns keine Umstände und haben selbst ein nicht zu schweres Leben. Seit Jahren hatten wir keinen Fall von Disziplinlosigkeit, haben überhaupt nur einen einzigen Nachtwächter, daraus können Sie schon sehen, wie ruhig es hier zugeht.«

»Wer hatte denn gestern abend Nachtdienst?« fragte Leon. Diese unerwartete Frage schien den Oberaufseher zu verblüffen.

»Letzte Nacht? Das war Bennett – er ist übrigens heute krank geworden ... Magen oder so etwas Ähnliches. Merkwürdig, daß Sie danach fragen. Ich bin gerade bei ihm gewesen. Wir hatten außerdem noch von Scotland Yard eine Anfrage nach dem Mann erhalten, den Sie aufsuchen wollen. Der alte Bennett liegt im Bett, hat fürchterliche Kopfschmerzen.«

»Kann ich den Direktor sprechen?« fragte Leon.

Der Beamte schüttelte den Kopf.

»Er ist mit Miss Folian nach Dover gefahren, mit seiner Tochter, wissen Sie, sie reist nach dem Kontinent.«

»Miss Gwenda Folian?« fragte Leon gleichmütig, und als der Oberaufseher nickte, fuhr er fort:

»Das ist doch die junge Dame, die Ärztin werden wollte?«

»Sie ist Ärztin«, versicherte der andere nachdrücklich. »Wenn sie nicht gewesen wäre – damals, als Lenthall die Herzkrämpfe hatte –, läge er heute unter dem Rasen. Sie hat sein Leben gerettet. Er arbeitet im Haus des Direktors, und ich glaube, Lenthall ließe sich den rechten Arm abschneiden, wenn er ihr damit einen Dienst erweisen könnte. Auch in diesen Leuten steckt manchmal noch ein ganz guter Kern.«

Sie standen in der Haupthalle des Gefängnisses, und Leon blickte zu den schmalen eisernen Balkons und den unzähligen kleinen Türen.

»Der Nachtwächter sitzt wohl hier?« fragte er und wies auf einen erhöhten Tisch, in dessen Nähe sie standen. »Und die Tür dort, wo führt denn die hin?«

»Nach den Privaträumen des Direktors.«

»Und Miss Gwenda kommt wohl ab und zu und bringt dem Nachtwächter eine Tasse Kaffee und eine Kleinigkeit zu essen?« fügte Leon gleichgültig hinzu.

Der Oberaufseher schien verlegen.

»... nein, Sir, das wäre ja ganz gegen die Bestimmungen. Aber wollten Sie nicht Lenthall sprechen?«

Leon schüttelte den Kopf.

»Ich habe es mir anders überlegt, es ist nicht mehr nötig«, sagte er ruhig.

»Wo konnte so ein Schuft wie Letheritt am Weihnachtsfeiertag in der Kirche singen?« fragte Leon, als er seinen Freunden Bericht erstattete. »Nur an einem einzigen Platz – im Gefängnis. Es liegt auf der Hand, daß auch unsere Miss Brown im Gefängnis gewesen sein mußte, und ich weiß, daß der Gefängnisdirektor mit seiner Familie regelmäßig am Gottesdienst teilnimmt. Letheritt war ›nicht eingeladen‹ und war auch ›bald am Ende‹ seiner Haftzeit, sollte von Wilford aus entlassen werden. Meadows tut mir wirklich leid. Sein ganzes Vertrauen in das untrügliche System der Fingerabdrücke ist erschüttert, und warum?

Weil ein Sträfling sein Wort hielt und mit den Briefen zurückkehrte, die ich nicht erlangen konnte. Und in der Zwischenzeit schlief der betäubte Mr. Bennett an seinem Tisch, und Miss Gwenda Folian wachte an seiner Stelle!«

9

Die Dame aus Brasilien

Der Flug begann in Sturm und Regen, und dann kam dichter Nebel. Böen machten sich unangenehm bemerkbar, unter denen luftkranke Passagiere viel zu leiden hatten. Über dem Kanal ging der Pilot bis auf zweihundert Meter herunter.

Dann versuchte der Stewart, den Donner der mächtigen Motoren zu überschreien:

»Wir landen in Lympne ..., dichter Nebel über London ..., Autos sind für die Passagiere bestellt ...«

Manfred beugte sich zu der Dame hinüber, die auf der anderen Seite des schmalen Ganges saß.

»Außerordentlich günstig für Sie«, sagte er so leise, daß nur sie seine Worte verstehen konnte.

Die ehrenwerte Mrs. Peversey hob ihr Lorgnon vor die Augen und musterte ihn kühl. »Wie bitte?«

Kurze Zeit später landeten sie glatt auf dem Flugplatz, und Manfred war der reizenden Dame beim Aussteigen behilflich.

»Was wollten Sie vorhin sagen?«

Die graziöse, hübsche Frau betrachtete Manfred mit unverkennbarer Arroganz.

»Es ist sehr vorteilhaft für Sie, daß wir schon hier landen«, erwiderte er. »Sie heißen Kathleen Zieling, sind aber bekannter unter dem Namen ›Claro‹ May. In Croydon warten zwei Detektive auf Sie, die sich gern mal mit Ihnen über eine Perlenhalskette unterhalten möchten, die vor drei Monaten in London verschwunden ist. Zufällig spreche ich ganz gut französisch und hörte, wie sich zwei Beamte der Pariser Polizei über Ihre Zukunft unterhielten; das war kurz vor dem Start in Le Bourget.«

Ihr Blick war jetzt nicht mehr arrogant, zeigte aber auch keinerlei Unruhe. Augenscheinlich war ihre Prüfung des Mannes, der ihr eine so alarmierende Mitteilung machte, zu seinen Gunsten ausgefallen und hatte sie von seiner Aufrichtigkeit überzeugt.

»Ich danke Ihnen vielmals«, sagte sie leichthin, »aber ich habe nicht die geringste Veranlassung, mir Sorge zu machen. Die beiden Leute, die auf mich warten, sind Fennicker und Edmonds; ich werde ihnen telegrafieren, daß sie mich in meinem Hotel in London sprechen können. Sie sehen eigentlich nicht aus wie ein ›Greifer‹, aber ich muß annehmen, Sie sind doch einer.«

»Die Frage läßt sich nicht so leicht beantworten«, lächelte Manfred.

Sie musterte ihn wieder.

»Für einen ›Greifer‹ sehen Sie zu anständig aus! Nein, nein, mit mir ist alles in Ordnung, aber trotzdem . . ., besten Dank.«

Dies war eine Verabschiedung, die Manfred aber nicht zu verstehen schien.

»Sollten Sie irgendwelche Unannehmlichkeiten haben, würde ich mich freuen, wenn Sie bei mir anrufen ließen. Hier ist meine Karte.« Sie nahm sie nachlässig, ohne auch nur einen Blick auf sie zu werfen. »Sie werden sich über mein plötzliches Interesse wundern . . . Die Erklärung ist sehr einfach. Vor einem Jahr fiel ein guter Freund von mir auf dem Montmartre in die Hände der Fouret-Bande und wäre sicherlich ermordet worden, wenn Sie ihm nicht geholfen hätten.«

Jetzt fuhr sie überrascht zusammen, blickte auf die Karte, las den Namen und errötete leicht.

»Sie sind es!« rief sie verlegen. »Ich konnte doch nicht wissen, daß Sie einer von der Gesellschaft sind . . ., von den ›Vier Gerechten‹! Ihr habt mir oft genug Schrecken eingejagt! Leon . . .? Wie war es doch gleich – so ein spanischer Name . . .«

»Gonsalez«, warf Manfred ein, und sie nickte eifrig.

»Stimmt – so hieß er!« Und sie blickte ihn mit neuerwachtem Interesse an.

»Ehrenwort, ich habe mit der Perlenkette nichts zu tun! Und Ihr Freund damals in Paris? Er hat mir doch geholfen. Er wäre gar nicht mit der Bande zusammengekommen, wenn er mir nicht hätte helfen wollen. Er ist mir doch aus dem Kabarett gefolgt.«

»Wo wohnen Sie in London?«

Sie gab ihm ihre Adresse, und dann wurde die Unterhaltung durch einen hinzukommenden Zollbeamten unterbrochen. Manfred sah die Dame auf der Fahrt nach London nicht wieder; sie war nicht unter den Passagieren in dem großen Autobus.

Und, offen gesagt, er hatte auch keinen besonderen Wunsch, sie wiederzusehen. Nur Neugier und vor allen Dingen der Wunsch, jemandem behilflich zu sein, der Leon Gonsalez einen so großen Dienst erwiesen hatte, war die Veranlassung zu seinem Verhalten gewesen.

Manfred hatte weder Sympathie für Verbrecher noch Abscheu vor ihnen. Er kannte May als internationale Schwindlerin großen Formates und war überzeugt, daß die englische Polizei sie sorgfältig im Auge behalten würde.

Auf der Fahrt nach London fiel ihm mit Bedauern ein, daß er versäumt hatte, sie nach Garry zu fragen, obgleich es fraglich war, ob sie den überhaupt kannte.

George Manfred, nach stillschweigender Übereinkunft der Führer der ›Vier Gerechten‹, hatte im Laufe seines bewegten Lebens dreiundzwanzig wenig wünschenswerten Mitgliedern der menschlichen Gesellschaft weitere Betätigung unmöglich gemacht. Der Krieg brachte ihm und seinen Freunden Generalpardon für alle bekannten und unbekannten »Untaten«. Aber als Gegenleistung hatte die Regierung das Versprechen verlangt, das Gesetz künftig genau zu befolgen, und Leon hatte diese Zusicherung für sich und seine Gefährten gegeben. Nur einmal hatte er dies bedauert, und das war, als er es mit Garry Lexfield zu tun bekam.

Garry hielt sich mit erstaunlicher Geschicklichkeit auf der äußersten Linie der Gesetzesparagraphen. Er war ein Mann in den Dreißigerjahren, hochgewachsen, mit offenen, ziemlich hübschen Gesichtszügen. Die Frauen fanden ihn bezaubernd und mußten das häufig teuer genug bezahlen; er verkehrte in guter Gesellschaft und wurde sogar Aufsichtsratsmitglied eines großen Konzerns im West End.

Eine törichte, ganz unbedeutende Angelegenheit war die Veranlassung zu Manfreds erstem Zusammentreffen mit Garry. Manfred begegnete spät in der Nacht auf dem Nachhauseweg einem Mann, der wütend auf eine Frau einsprach. In der Annahme, daß es sich um eine jener Zankereien handelte, denen ein weiser Mann lieber aus dem Weg geht, schlenderte Manfred weiter, als er hinter sich das Geräusch eines Schlages und einen erstickten Schrei hörte. Er wandte sich um und sah, daß die Frau halb am Boden lag; ihre Hände klammerten sich am Gitter des Vorgartens eines der Häuser fest. Manfred lief schnell zurück.

»Haben Sie die Frau geschlagen?«

»Was geht Sie das an? Kümmern Sie sich um Ihre eigenen ...«

Manfred packte ihn und warf ihn ohne ein weiteres Wort über das Gitter. Als er sich umblickte, war die Frau verschwunden.

»Ich hätte ihn töten können«, sagte Manfred reuevoll. Leon Gonsalez lachte. Ein bereuender Manfred war zuviel für ihn.

»Du hättest – hast es aber nicht! Na – und dann?«

»Als ich sah, daß er sich langsam aufrappelte und allem Anschein nach nichts gebrochen hatte, riß ich aus«, gestand Manfred. »Ich muß mich wirklich mehr zusammennehmen, darf mich nicht so gehen lassen. Vielleicht liegt's an meinem Alter, daß mein Gefühl mir durchgeht.«

Wenn Poiccart mit der untersten Verbrecherwelt auf das genaueste bekannt war, konnte Manfred als lebendes Lexikon der ›Gentlemen-Hochstapler‹ gelten, aber merkwürdigerweise war ihm Mr. Lexfield nicht bekannt. Leon stellte Nachforschungen an und berichtete.

»Lexfield ist aus Indien und Australien ausgewiesen worden. In Neuseeland wird man nur dann gegen ihn vorgehen, wenn er versuchen sollte, wieder dorthin zu kommen. Seine Spezialität ist Bigamie, und er sucht sich dabei nur solche Familien aus, die zu hoch stehen, um sich einem öffentlichen Skandal auszusetzen. Unsere ›Gentlemen-Freunde‹ kennen ihn nur vom Hörensagen. Er ist verheiratet, und seine Frau spürte ihn in London auf; wahrscheinlich war sie die Dame, die, ohne es zu wollen, unserem Freund Garry zu der Luftreise über das Gitter verhalf.«

Mr. Garry Lexfield hatte von dem Augenblick an Glück gehabt, als er möglichst unauffällig und unter falschem Namen in Sydney an Bord der Morovia ging. Er besaß Charme und Anziehungskraft – Eigenschaften, die für einen vollendeten Hochstapler von unschätzbarem Wert sind. Jedenfalls hatten sie ihm geholfen, den größeren Teil von dreitausend Pfund aus den Taschen zweier reicher Australier herauszuholen – und hatten ihn in sehr enge Verbindung mit der Tochter eines dritten gebracht, der nicht weniger wohlhabend schien.

Als er in England an Land ging, war er – die Vorsehung schien es gut zu meinen – glücklich verlobt. Aber am Tage der Ankunft wurde seine zukünftige Frau krank – ein sehr prosaischer Fall von Blinddarmreizung. Bevor sie aber das Krankenhaus verlassen konnte, hatte Lexfield schon erfahren, daß der millionenschwere Farmbesitzer aus Australien nichts weniger als Millionär war und sich in großen finanziellen Schwierigkeiten befand.

Aber das Glück blieb ihm treu. Ein Besuch in Monte Carlo verschaffte ihm ein anderes kleines Vermögen, das aber nicht an den Spieltischen gewonnen war. Hier traf er mit Elsa Monarty zusammen, die gerade aus der Klosterschule kam und seinen Verführungskünsten ein leichtes Opfer war. Ihre Schwester und einzige Verwandte hatte Elsa, die merkwürdigerweise auch leidend war, zur Erholung nach San Remo geschickt. Auf einem Ausflug nach Monte Carlo traf sie im Vestibül des Kasinos mit dem gutaussehenden Mr. Lexfield zusammen – unnötig zu erwähnen, daß dies nicht sein richtiger Name war. Sie wollte eine Einlaßkarte für die Spielsäle haben – und Garry war höchst zuvorkommend. Das junge Mädchen erzählte ihm von ihrer Schwester, die Direktrice und Teilhaberin einer der großen Modefirmen in der Rue de la Paix war. Vertrauen gegen Vertrauen! – Garry sprach von seinen reichen und vornehmen Verwandten und unterhielt das junge Mädchen mit aufregenden Kriegserlebnissen, die alle aus der Luft gegriffen waren.

Er kehrte allein nach London zurück und sah sich dort plötzlich der einzigen Frau in der Welt gegenüber, die berechtigt war, seinen Namen zu tragen, der übrigens Jackson lautete. Die hübsche, aber auch sehr hartnäckige Frau hatte für ihn selbst recht wenig übrig, wollte nur für seine beiden vernachlässigten

Kinder einen kleinen Teil des Vermögens retten, das er durchgebracht hatte.

Das Zusammentreffen zu diesem Zeitpunkt war Mr. Lexfield sehr fatal. Er hätte mit Vergnügen gezahlt, um sie endgültig loszuwerden, wenn ... Ja, wenn seine geizige Kleinlichkeit nicht gewesen wäre.

Eine Woche war vergangen, seit Garry Lexfield jene peinliche Erfahrung, über ein ziemlich hohes Eisengitter geworfen zu werden und in einem Vorgarten zu landen, durchgemacht hatte; ein leichtes Hinken erinnerte ihn noch an dieses Abenteuer. In der Zwischenzeit hatte Leon Gonsalez, der sich für den ›Fall‹ (in jeder Beziehung des Wortes) interessierte, alles Wissenswerte über Mr. Lexfields bewegtes Leben herausgefunden.

»Hätte ich das alles vorher gewußt, würde ich ihn noch etwas unsanfter behandelt haben«, sagte Manfred bedauernd. »Ganz eigenartig ... Im Augenblick, wo ich ihn aufhob – mit dem Griff, den du immer noch nicht richtig heraus hast, Leon –, hatte ich das Gefühl, mit etwas, wie soll ich sagen, Ekelhaftem, Abstoßendem in Berührung zu kommen. Wir müssen den guten Mann im Auge behalten. Wo wohnt er denn?«

»Er hat eine prachtvolle Wohnung in Jermyn Street«, sagte Leon. »Bevor du mir aber erzählst, daß es in Jermyn Street überhaupt keine ›prachtvollen‹ Wohnungen gibt, möchte ich dich darauf aufmerksam machen, daß verschiedene wenigstens einen solchen Eindruck machen. Mein Interesse für unseren Freund ist so groß, daß ich nach dem Yard ging und mit Meadows gesprochen habe. Der Inspektor kennt Lexfields ganzes Sündenregister, kann ihn aber nicht überführen. Der Mann scheint im Geld zu schwimmen, hat ein Konto bei der London & Southern Bank und hat heute nachmittag ein neues Auto gekauft.«

Manfred nickte nachdenklich.

»Ein ganz ausgekochter Junge«, sagte er. »Könnte man denn nicht seine Frau finden? Ich nehme an, die bedauernswerte Dame, der er damals ...«

»Sie wohnt in Little Titchfield Street – unter dem Namen Jackson, der sicherlich der richtige ist. Meadows ist davon überzeugt.«

Mr. Garry Lexfield war ein viel zu erfahrener Mann, um nicht bemerkt zu haben, daß die Polizei ihn beobachtete. Aber seine Verbrechen gehörten zu jenen, die sich in den seltensten Fällen nachweisen lassen. Seine angenehmen Manieren, sein Auto und vor allen Dingen ein gut vorbereiteter Unfall auf der oberen Themse hatten ihm Einführung in einen sehr exklusiven Ruderclub verschafft, dessen Ehrenmitglied er geworden war. Und von dort aus war es nur ein Schritt in Häuser, die ihm sonst verschlossen geblieben wären.

Er verbrachte einen ertragreichen Monat, indem er zwei wohlhabende Bankiers in die Geheimnisse des ›Busch Pokers‹ einführte. Fünf Abende hintereinander verlor er, verlor 600 Pfund an die beiden Herren, denen das beständige Unglück ihres Gastes mehr als peinlich war. Aber am sechsten und siebenten Tag änderte sich das Blatt, und Lexfield gewann, so unglaublich das auch klingen mag, annähernd fünftausend Pfund und hinterließ bei seinen Gastfreunden die Empfindung, daß dieser Verlust nur ihrer eigenen Spielwut zuzuschreiben wäre.

»Sehr interessant«, sagte Manfred trocken, als man ihm diese Einzelheiten erzählte.

Eines Abends, als Lexfield mit einem seiner flüchtigen Bekannten im Ritz-Carlton speiste, bot sich die Chance, auf die er schon immer gewartet hatte.

»Kennen Sie die Dame am Nebentisch?« fragte er leise seinen Gefährten.

»Wen? Ach so! Aber natürlich! Ich kenne sie seit Jahren – sie war verschiedene Male bei meinen Eltern in Somerset auf Besuch. Eine Madame Velasquez. Sie ist die Witwe eines scheußlich reichen Brasilianers.«

Mr. Lexfield blickte von neuem zu der dunklen, wunderschönen Frau hinüber. Für den verwöhnten Geschmack trug sie vielleicht etwas zu viel Schmuck. Eine ganze Reihe Brillantarmbänder schmückte ihre schlanken Arme. Ein enormer Smaragd, von großen Brillanten umgeben, funkelte auf ihrer Brust. Ihre königliche Haltung wurde durch das prachtvolle Kostüm wirksam unterstützt.

»Sie ist – ekelhaft reich«, schwatzte sein Bekannter weiter.

»Mein Oberst, der sie viel besser kennt als ich, erzählte mal, daß ihr Mann ihr mindestens sechs Millionen Pfund hinterlassen hätte. Ich finde es geradezu unerlaubt, daß ein einziger Mensch so viel Geld hat.«

»Ich würde sie sehr gern kennenlernen«, sagte Lexfield, und wenige Minuten später saß er an dem Tisch der entzückenden Brasilianerin. In der Unterhaltung mit ihr vergaß Garry alles; vergaß sogar, daß er die Absicht hatte, den jungen Offizier am heutigen Abend zu scheren.

Madame Velasquez war eine sehr anziehende Dame, und ihr leicht gebrochenes Englisch erhöhte noch den Reiz der Unterhaltung. Sie schien über Mr. Lexfields Bekanntschaft erfreut zu sein. Garry tanzte mehr als ein dutzendmal mit ihr und bat um die Erlaubnis, sie am nächsten Tag aufsuchen zu dürfen. Aber sie reiste schon in der Frühe nach ihrem Landsitz in Seaton Deverel.

»Das trifft sich eigenartig«, sagte er mit seinem gewinnendsten Lächeln. »Ich komme am nächsten Sonnabend mit meinem Auto durch Seaton Deverel.«

Und zu seiner Freude biß sie an. Am folgenden Sonnabend gegen Mittag schoß sein großer Wagen die lange Auffahrt nach Hanford House hinauf.

Eine Woche später brachte Leon überraschende Neuigkeiten.

»Denk dir, George, der Kerl hat sich mit einer reichen Witwe aus – Südafrika, glaube ich, verlobt. Wir können doch das nicht so weitergehen lassen. Wollen wir uns nicht einmal eine Orgie in Gesetzesübertretungen leisten – den Mann entführen und ihn auf irgendeinem Frachtdampfer unterbringen? Ich kenne einen Kapitän im East India Dock, der das mit Vergnügen für zwanzig Pfund machen würde.«

Manfred schüttelte den Kopf.

»Ich will mal mit Meadows sprechen«, sagte er. »Ich habe eine Idee, wie wir den Kerl vielleicht fassen können.«

Mr. Garry Lexfield war zwar nicht im siebenten Himmel, wie man von einem neugebackenen Bräutigam erwarten könnte, aber auf jeden Fall sehr zufrieden mit sich selbst, als er zusah, wie die Tafel in seiner Wohnung geschmückt wurde.

Es hatte viel Überredung gekostet, bis Madame Velasquez einwilligte, bei ihm zu speisen; mit einer Vorsicht, die beinahe an Mißtrauen grenzte, hatte sie ihn gebeten, sie mit seinen Eltern bekannt zu machen. Daß diese zu dem Zeitpunkt gerade ihre riesigen Besitzungen in Kanada besuchten, war eine bei Garry selbstverständliche Antwort.

»Es ist doch ein sehr ernster Schritt, den ich vorhabe, lieber Garry«, sagte sie und schüttelte weise ihren hübschen Kopf. »Ich habe dich natürlich sehr lieb, fürchte aber immer – ich kann mir nicht helfen –, daß die Männer mehr mein Geld als mich selbst wünschen.«

»Aber mein Liebling«, rief er aufgebracht, »ich brauche dein Geld nicht. Du hast ja mein Bankbuch gesehen. Ganz abgesehen von meinen Grundstücken, habe ich neuntausend Pfund auf der Bank.«

Mit einem Achselzucken wehrte sie diese Worte ab. Madame Velasquez war eine temperamentvolle Dame, deren Stimmung ständig wechselte.

Sie erschien aber zum Dinner – und zu seinem größten Ärger in Begleitung einer Gesellschafterin, die kein Wort englisch sprach. Mr. Lexfield war ein geduldiger Mensch und ließ seine Verstimmung nicht merken.

Sie erzählte ihm eine Neuigkeit, die ihn die Unbequemlichkeit der Begleiterin vergessen ließ. Als sie in seinem überreich geschmückten Salon beim Kaffee saßen, begann sie.

»Ich habe heute einen so netten Mann kennengelernt – er suchte mich in meiner Villa auf.«

»Sicherlich war er nicht nur nett, sondern auch sehr vom Glück begünstigt – dich kennenzulernen«, lächelte Garry, der sich im Augenblick gar nicht glücklich fühlte.

»Und dann sprach er von dir«, gab sie lächelnd zurück.

Garry Lexfield spitzte die Ohren. Niemand kannte ihn in England gut genug, um über ihn sprechen zu können. Sollte das aber doch der Fall sein, so konnte für ihn dabei nicht viel Gutes herauskommen.

»Wer war denn das?« fragte er.

»Er sprach ausgezeichnet spanisch und hatte ein so entzückendes Lächeln! Und so eine Menge drolliger Geschichten hat er mir erzählt, daß ich kaum aus dem Lachen herauskam.«

»War er Brasilianer?«

Sie schüttelte den Kopf.

»In Brasilien sprechen wir portugiesisch – nein; er hieß Señor Gonsalez . . .«

»Gonsalez?« rief Garry. »Doch nicht etwa Leon Gonsalez? Einer der verd . . . der ›Drei Gerechten‹?«

Sie zog die Augenbrauen in die Höhe.

»Kennst du sie denn?«

Er lachte.

»Ich habe oft genug von ihnen gehört. Verbrecher, die schon vor Jahren gehenkt sein müßten; Mörder und Diebe! Wirklich eine Unverschämtheit, daß einer dich aufsucht . . . Ich nehme an, er hat allerhand Niederträchtigkeiten über mich erzählt. Die Wahrheit ist nämlich, daß ich seit Jahren einer ihrer schärfsten Gegner bin und . . .«

Er fuhr mit einer wunderbar erfundenen Geschichte fort, wie er das erstemal den ›Drei Gerechten‹ einen Strich durch die Rechnung gemacht hatte, und sie lauschte gespannt.

»Wie schrecklich interessant«, sagte sie schließlich. »Aber er sagte weiter nichts, als daß du ein schlechter Mensch wärest und nur mein Geld wolltest und daß du ein schlechtes – wie sagt man doch gleich – Leumundszeugnis hättest. Zuerst war ich wirklich ärgerlich, weil er mir auch erzählte, du hättest eine Frau. Aber ich weiß, das kann nicht wahr sein; du könntest mich doch nicht so hintergehen. Morgen kommt er noch einmal, dieser Señor Gonsalez – solange ich mich nicht ärgerte, hat er mir wirklich Spaß gemacht. Wenn du morgen mit mir essen willst, kann ich dir erzählen, was er mir gesagt hat.«

Garry war ärgerlich – mehr als das, er war ernstlich beunruhigt. Es war für ihn nicht schwierig gewesen herauszubekommen, wer der Mann gewesen war, der ihn so wenig glimpflich behandelt hatte, und dann war er in großem Bogen um das Haus mit dem silbernen Dreieck herumgegangen.

Er wechselte das Thema und zeigte sich – trotz der Anwesenheit der störenden Gesellschafterin – als der glühendste und zärtlichste Liebhaber, den man sich nur wünschen konnte. Alle seine Verführungskünste mußten herhalten – es ging um einen Preis, wie er ihn sich nie erträumt hatte.

Sein erstes Ziel waren 20000 Pfund, die Madame Velasquez als Dividendenzahlungen erhalten hatte. In Geldangelegenheiten hatte sie eine gewisse Hilflosigkeit zur Schau getragen, die aber Mr. Lexfield nicht ganz echt zu sein schien. Garry konnte fließend und in überzeugendster Weise über die Börse sprechen. Spekulieren war eine seiner Lieblingsbeschäftigungen, aber zugleich auch sein beständiger Schaden. Es hat noch niemals einen Hochstapler gegeben, der nicht auf seine eigenen Kenntnisse und seine Gerissenheit in Börsengeschäften geschworen hätte – Garrys Versuche in dieser Hinsicht zeitigten gewöhnlich die bedauerlichsten Resultate für ihn selbst.

Garry begleitete seinen schönen Gast und die schweigsame Gesellschafterin an den Wagen und dachte dann in der Einsamkeit seiner Wohnung über das bedrohliche Interesse nach, das die ›Drei Gerechten‹ ihm und seinen Handlungen zuteil werden ließen.

Wie gewöhnlich stand er am nächsten Morgen spät auf und war noch im Pyjama, als das Telefon läutete. Die Stimme des Portiers meldete ein Ferngespräch an, und Ferngespräche bedeuteten um diese Zeit die wunderhübsche Madame Velasquez.

»Ich habe Gonsalez gesprochen«, sagte die Stimme am anderen Ende der Leitung. »Er war schon zum Frühstück hier und behauptete, daß man dich morgen wegen einer Sache in Australien verhaften würde; und dann will er heute noch beantragen, dein Bankkonto sperren zu lassen.«

»Mein Bankkonto?« wiederholte Garry hastig. »Bist du dessen sicher?«

»Ganz sicher. Er will irgendwo zu einem Richter gehen und sich ein Papier ausstellen lassen. Treffen wir uns zum Lunch?«

»Selbstredend – um eins bei mir«, sagte er mit einem schnellen Blick auf die kleine Uhr auf dem Kaminsims: Es war jetzt halb zwölf. »Und wegen deiner Kapitalanlagen? Ich glaube, das kann ich noch heute erledigen. Vergiß dein Scheckbuch nicht.«

Ungeduldig wartete er auf die Beendigung ihrer Unterhaltung, bis er sie schließlich kurz abbrach und sich hastig anzog.

Seine Bank war in der Fleet Street – die Fahrt erschien ihm unendlich, und dann lag ihm auch die Bank viel zu nahe am Gerichtsgebäude. Ein Gerichtsbeschluß konnte vielleicht schon ausgeführt sein!

Er schob seinen Scheck durch das Gitter der Zahlkasse und sah mit angehaltenem Atem, wie er in die Hände des Buchhalters kam. Und dann, zu seiner unendlichen Erleichterung, öffnete der Kassierer sein Schubfach und zählte ihm ein Paket Banknoten vor.

»Da bleiben nur noch einige Pfund auf Ihrem Konto, Mr. Lexfield«, sagte er.

»Das weiß ich«, war Garrys Antwort. »Nach dem Lunch lege ich noch einen größeren Scheck vor, den ich auch sofort ausgezahlt haben möchte.«

Dann fiel ihm ein, daß zu diesem Zeitpunkt die Sperrung schon in Kraft getreten sein könnte; er mußte also einen anderen Weg finden, um Madame Velasquez' Scheck unterzubringen.

Seine Erleichterung war so groß, daß er kaum ruhig sprechen konnte. Mit beinahe 9000 Pfund in der Tasche fuhr er nach der Jermyn Street, wo er zu gleicher Zeit mit Madame Velasquez eintraf.

»Wie sicher der caballero war«, sagte sie in ihrer etwas abrupten Weise. »Ich hätte ihm ins Gesicht lachen können. Er behauptete, du würdest morgen nicht mehr hier sein. Das ist doch lächerlich!«

»Das ist direkte Erpressung«, versetzte Garry leichthin. »Mach dir keine Kopfschmerzen über Gonsalez. Ich komme gerade von Scotland Yard, wo ich mich über ihn beschwert habe. Und wie ist das nun mit den Aktien . . .?«

Sie mußten zehn Minuten warten, bevor der Lunch serviert wurde, aber die zehn Minuten wurden gänzlich von den geschäftlichen Besprechungen in Anspruch genommen. Ihr Scheckbuch hatte sie mitgebracht, schien aber nicht sehr willig, es zu gebrauchen. Gonsalez muß sie doch etwas beunruhigt haben, dachte Garry, und wirklich, sie konnte sich nicht entschließen, die ganzen 20000 Pfund anzulegen. Von neuem brachte er Papiere und Berechnungen hervor, die er ihr schon am vorhergehenden Abend hatte zeigen wollen, und erklärte ihr – wie nur er es konnte – die finanziell so äußerst gute Lage der Gesellschaft – einer der sichersten in Südafrika –, bei der sie sich beteiligen sollte.

»Die Aktien werden schon innerhalb der nächsten vierundzwanzig Stunden um wenigstens zehn Prozent steigen«, sagte er eindringlich. »Ich habe eine Anzahl für dich zurückhalten lassen, muß sie aber heute nachmittag übernehmen. Mein Vorschlag geht dahin, daß du mir gleich nach dem Lunch einen Blankoscheck gibst. Ich fahre dann nach der Bank, kaufe die Aktien und bringe sie dir hierher.«

»Aber warum kann ich denn nicht selbst gehen?« fragte sie harmlos.

»Weil das eine rein persönliche Angelegenheit zwischen Sir John und mir ist«, sagte Garry mit überzeugendem Ernst. »Eine große Liebenswürdigkeit Sir Johns, daß er mir persönlich die Aktien zu einem so günstigen Kurs überläßt.«

Zu seiner großen Freude ließ sie sich endlich überzeugen und schrieb sogar noch am Eßtisch einen Scheck über 12500 Pfund aus. Garry mußte all seine Geduld zusammennehmen, um das Ende der Mahlzeit zu erwarten. Die kurze Pause, bis der Nachtisch serviert wurde, erschien ihm unerträglich lang. Und immer wieder kam Madame Velasquez auf ihre Kapitalanlagen zurück, schien von neuem zu zweifeln, zu zögern, erwähnte Gonsalez und seine Warnung.

»Vielleicht ist es doch besser, ich warte noch einen Tag, was meinst du?«

»Aber Liebste, mach dich doch nicht lächerlich!« protestierte er. »Ich fange bald an zu glauben, daß du dich von dem Kerl beeinflussen läßt! Der wird mich noch kennen lernen!«

Er erhob sich halb, aber sie zog ihn wieder zurück.

»Warum denn so hastig?« bat sie ihn, und widerwillig fügte er sich. Die Bank schloß um halb vier, und er hatte noch Zeit genug, den Kanaldampfer um fünf Uhr per Auto zu erreichen.

Aber die Bank lag im Zentrum, und er durfte es nicht riskieren, bis zum letzten Augenblick zu warten. Er entschuldigte sich für einige Augenblicke und suchte seinen Diener, dem er einige einfache, aber wichtige Instruktionen gab. Als er zurückkam, hatte sie wieder eine der Bilanzaufstellungen in der Hand.

»Ich bin so unerfahren in diesen Dingen«, klagte sie. Plötzlich hob sie den Kopf. »Was war das?« fragte sie, als sie eine Tür zuschlagen hörte.

»Mein Diener – er macht eine Besorgung für mich.«

Sie lachte nervös.

»Ich bin direkt aufgeregt«, und sie schob ihm eine Tasse Kaffee zu. »Nun erkläre mir bitte noch einmal, was die Zahlen hier bedeuten sollen.«

Er gab ihr die verlangten Aufschlüsse, und sie hörte aufmerksam zu. Sie lauschte noch, als er sich mit einem leichten Aufschrei zu erheben versuchte, wieder auf seinen Stuhl sank und dann hilflos auf die Erde rollte. Madame Velasquez nahm seine halb geleerte Tasse, ging nach der Küche, goß den Inhalt weg und spülte sie sorgfältig aus. Daß Garry Lexfield seinen Diener weggeschickt hatte, ersparte Madame Velasquez viel Umstände.

Sie legte den Bewußtlosen auf den Rücken und durchsuchte schnell, aber sorgfältig eine Tasche nach der anderen, bis sie endlich den dicken Umschlag fand, der Garrys Banknoten enthielt.

An der Wohnungstür wurde geklopft. Ohne zu zögern ging sie zur Tür und ließ den jungen Offizier herein, der in so gefälliger Weise ihre Bekanntschaft mit Mr. Lexfield vermittelt hatte.

»Alles in Ordnung«, sagte sie ruhig. »Der Diener ist nicht da. Hier sind deine zweihundert Pfund, Tony, und – besten Dank für deine Hilfe.«

Tony grinste.

»Was mich bei Garry am meisten ärgerte, war, daß er mich für so 'nen reichen Idioten hielt, den er ausnehmen konnte. Weißt du, diese australischen Hochstapler . . .«

»Schwatz nicht und mach, daß du weiterkommst«, sagte sie.

Dann ging sie in das Speisezimmer zurück, nahm Garry Kragen und Krawatte ab, legte ein Kissen unter seinen Kopf und öffnete das Fenster. In zwanzig Minuten würde er wieder zur Besinnung kommen, und in dieser Zeit war der Diener wohl auch schon wieder zurück.

Sie suchte und fand den Scheck, den sie ihm gegeben hatte, verbrannte ihn sorgfältig im Kamin, blickte sich noch einmal prüfend im Zimmer um und verschwand.

Vor dem Eingang zum Flugplatz in Croydon stand ein hochgewachsener Mann, der dem Chauffeur ihres Autos zuwinkte.

»Ich habe Ihre Mitteilung erhalten«, sagte Manfred etwas spöttisch. »Hoffentlich haben Sie gute Jagd gehabt? Ich schulde Ihnen fünfhundert Pfund.«

Lachend schüttelte sie den Kopf – immer noch die wunderschöne, braune Brasilianerin ... Es würde Wochen dauern, bis die Farbe verschwunden war.

»Nein, Mr. Manfred. Die Arbeit habe ich sehr gern gemacht und bin auch ganz gut dafür bezahlt worden. Die möblierte Villa auf dem Land war ja schließlich auch nicht zu kostspielig! – Schön, wenn Sie es durchaus wollen.« Sie nahm die Banknoten und steckte sie in ihre Handtasche; langsam gingen beide auf das wartende Flugzeug zu. »Sehen Sie, Mr. Manfred, Garry ist nämlich eine alte Bekanntschaft von mir, allerdings nur vom Hörensagen. Meine jüngere Schwester war leidend, und ich schickte sie nach dem Süden, San Remo; und in Monte Carlo mußte sie Garry treffen!«

Manfred hatte verstanden. Er wartete, bis das Flugzeug am Horizont verschwunden war, und fuhr dann, sehr zufrieden mit sich selbst, nach der Curzon Street zurück.

Die Abendzeitungen brachten keinen Bericht über die Vorkommnisse in der Jermyn Street, was ja leicht begreiflich ist – auch Mr. Garry Lexfield hatte seinen Stolz.

10

Der lebende Ermordete

Ungefähr alle sechs Monate wurde Raymond Poiccart ruhelos, begann in allen Ecken und Winkeln herumzusuchen, öffnete Kassetten und Kisten und kramte in alten Papieren. Wenige Tage vor dem Curzon-Street-›Mord‹ erschien er mit einem Arm voll Akten im Eßzimmer und legte sie auf das untere Ende des Tisches, das nicht gedeckt war.

Leon Gonsalez blickte auf und stöhnte.

George Manfred bewahrte eine vollkommen ernste Miene, obgleich er sich innerlich vor Lachen heftig schüttelte.

»Es tut mir wirklich sehr leid, daß ich euch stören muß«, begann Poiccart entschuldigend, »aber ich muß diese Sachen in Ordnung bringen. Ich habe da Briefe gefunden, die fünf Jahre alt sind und aus der Zeit stammen, in der unser Büro noch in den Kinderschuhen steckte.«

»Verbrennen«, schlug Leon vor und wandte sich wieder seinem Buch zu. »Ob geordnet oder nicht, gebraucht werden sie ja doch nicht mehr.«

Poiccart antwortete nicht. Bedächtig nahm er ein Schriftstück nach dem anderen auf, las es und legte es auf die Seite. In dem Maß, in dem der eine Stoß sich verminderte, wuchs der andere.

»Und wenn du damit durch bist, legst du den ganzen Stoß natürlich wieder dahin, wo du ihn gefunden hast?« fragte Leon.

Poiccart ließ sich nicht aus seiner Ruhe bringen. Er las einen Brief.

»Eine merkwürdige Mitteilung – ich erinnere mich nicht, das gelesen zu haben«, sagte er.

»Was ist es denn?« fragte George Manfred.

Raymond las:

»An das ›Silberne Dreieck‹. Privat.

Sehr geehrte Herren!
Von befreundeter Seite habe ich Ihre Adresse erfahren und zu gleicher Zeit wurde mir mitgeteilt, daß man Ihnen unbesorgt

Arbeiten streng vertraulichen Charakters übertragen könne. Ich bitte Sie, Erkundigungen über die Aussichten der neuen Persischen Öl-Gesellschaft einzuziehen, und frage gleichzeitich an, ob Sie vielleicht für 967 Aktien dieser Gesellschaft, die sich in meinem Besitz befinden, einen Käufer finden könnten. Der Grund, warum ich mich nicht an einen der Makler wende, ist der, daß sich unter diesen so viele Schwindler befinden. Könnten Sie mir gleichzeitich mitteilen, ob sich Okama Biscuit Aktien augenblicklig verkaufen lassen (amerikanische Papiere)? Bitte geben Sie mir bald Antwort.

Hochachtungsvoll J. Rock.«

»Jetzt erinnere ich mich an das Schreiben«, sagte Leon sofort.

»›Gleichzeitig‹ hat er mit ›ch‹ und ›augenblicklich‹ mit ›g‹ geschrieben. Erinnerst du dich nicht, George, daß ich sofort behauptete, der Mann hätte die Aktien gestohlen und wollte versuchen, sie durch unsere Vermittlung loszuwerden?«

»Rock?« sagte Leon vor sich hin. »Nein, ich bin nie mit einem Mr. Rock zusammengetroffen. Sein Brief kam doch von Melbourne – stimmt das nicht? – und enthielt nur eine Schließfachnummer und Telegrammadresse. Haben wir jemals wieder von ihm gehört? Ich glaube nicht.«

Keiner der drei Freunde konnte sich an eine weitere Zuschrift des Mannes erinnern; der Brief wurde zu den übrigen gelegt und wäre jedenfalls für alle Ewigkeit in dem Stapel vergraben geblieben, wenn Leon nicht ein so unheimliches Gedächtnis für Zahlen und orthographische Fehler gehabt hätte.

Und dann kam jene ereignisreiche Nacht!

Der scharfe Triller einer Polizeipfeife gellte durch die Curzon Street. Gonsalez, der nach vorn heraus schlief, hörte den Ton im Traum und stand schon am offenen Fenster, bevor er noch ganz wach war. Wieder schrillte die Pfeife, und dann hörte er eilige Fußtritte. Ein junges Mädchen kam die Straße entlang gelaufen. Als sie am Haus vorbei war, blieb sie plötzlich stehen, flog zurück und drückte sich in die Ecke der Haustür.

Mit großen Sätzen sprang Leon die Treppe hinunter und öffnete. Der Flüchtling stand direkt vor ihm.

»Schnell herein!«

Sie zögerte nur einen Augenblick und schob sich dann rückwärts zur Tür hinein; Leon ergriff ihren Arm, zog sie in den Gang und schloß die Tür.

»Sie brauchen keine Angst vor mir oder meinen Freunden zu haben«, sagte er beruhigend, als er fühlte, wie sie sich loszumachen suchte.

»Bitte lassen Sie mich gehen – ich will nicht hierbleiben!«

Leon führte sie in das Hinterzimmer und schaltete das Licht ein.

»Ein Schutzmann kam Ihnen entgegen, darum liefen Sie zurück«, sagte er in seiner ruhigen, gleichmütigen Art und Weise. »Nehmen Sie Platz und ruhen Sie sich aus, Sie können ja kaum noch weiter!«

»Ich bin unschuldig ...«, begann sie, und ihre Stimme zitterte.

Leon klopfte ihr freundlich auf die Schulter.

»Natürlich sind Sie unschuldig! Aber ich bin schuldig, denn ich habe ganz zweifellos jemanden vor der Polizei verborgen.«

Sie war sehr jung – beinahe noch ein Kind. Das blasse, angstvolle Gesicht war anziehend, ihre Kleidung einfach, aber gut; das einzige, was Leon als eigenartig auffiel, war der Ring an ihrem Finger, der etliche hundert Pfund wert sein mußte, wenn der Smaragd echt war. Er blickte nach der Uhr: wenige Minuten nach zwei. Dann hörte man das Geräusch von schweren Fußtritten, die eilig näher kamen.

»Hat man mich hereingehen sehen?« fragte sie ängstlich.

»Es war niemand auf der Straße«, beruhigte er sie. »Und nun erzählen Sie mal, was vorgefallen ist.«

Gefahr und Angst hatten sie bis dahin aufrecht erhalten, aber jetzt kam die Reaktion. Sie weinte still vor sich hin, ihre Lippen zuckten; sie war unfähig, ein Wort hervorzubringen. Leon brachte ein Glas Wasser und hielt es an ihre Lippen – die Zähne klirrten dagegen. Wenn die anderen im Haus ihn auch hörten, so kamen sie doch nicht herunter, um zu sehen, was da vorging. Leons unersättliche Neugier war zu sehr bekannt. Jeder Auflauf in der Nacht würde ihn aus dem Bett und auf die Straße locken.

Nach wenigen Minuten hatte sie sich so weit beruhigt, daß sie ihm ihre Geschichte erzählen konnte – und es war nicht das, was er erwartet hatte.

»Ich heiße Farrer – Elsie Farrer – und bin Stenotypistin in Miss Lewleys Schreibbüro. Das Büro ist Tag und Nacht geöffnet, und gewöhnlich haben zwei von uns Nachtdienst, aber heute ging Miss Leah, die ältere von uns beiden, schon früher nach Hause. ›Tag und Nacht geöffnet‹ ist eigentlich nicht richtig, denn wir schließen gewöhnlich um ein Uhr morgens. Unsere Arbeit hat hauptsächlich mit dem Theater zu tun. Oft müssen nach einer Uraufführung sofort Textänderungen geschrieben werden, dann sind auch manchmal neue Kontrakte geschlossen worden – meistens beim Souper –, die wir dann aufsetzen müssen; hin und wieder werden auch eilige Briefe verlangt. All die bedeutenden Theaterdirektoren sind mir bekannt, und ich bin schon oft genug sehr spät in ihre Büros bestellt worden, wenn es sich um wichtige Arbeiten handelte. Zu fremden Leuten gehen wir natürlich niemals, und dann haben wir auch noch einen Portier und Boten, der aufpaßt, daß wir nicht belästigt werden. Um zwölf rief Mr. Grasleigh vom Orpheum an und fragte, ob ich zwei Briefe für ihn schreiben könnte. Kurze Zeit später schickte er mir seinen Wagen, und ich fuhr nach seiner Wohnung in der Curzon Street. Es ist uns ja nicht gestattet, in die Privatwohnung zu gehen, aber ich wußte, daß Mr. Grasleigh Kunde von uns ist, obwohl ich ihn selbst noch nie gesehen hatte.«

Leon Gonsalez kannte die auffallende, hellgelbe Limousine Mr. Grasleighs sehr gut. Der bekannte Unternehmer bewohnte den ersten Stock eines vornehmen Hauses in der Curzon Street und bezahlte für seine prachtvolle Wohnung (der ständig neugierige Leon hatte das bald herausgefunden) jährlich 1500 Pfund. Mr. Jesse Grasleigh war vor drei Jahren in London aufgetaucht, hatte das Orpheum gepachtet und war mit einem halben Dutzend Aufführungen herausgekommen, von denen allerdings die meisten durchfielen.

»Wie spät war es da?« fragte er.

»Dreiviertel eins«, antwortete das junge Mädchen, »und gegen Viertel zwei war ich in der Curzon Street. Ich hatte noch verschiedenes im Büro zu erledigen, und dann war es ja auch nicht so sehr eilig, wie mir Mr. Grasleigh sagen ließ. In der Curzon Street öffnete mir Mr. Grasleigh selbst die Tür; er war im Frack, mit einer weißen Blume im Knopfloch, und schien in Gesellschaft gewesen zu sein. Von den Dienstboten habe ich niemand zu Gesicht bekommen – wie ich jetzt weiß, war auch niemand in der Wohnung. Mr.Grasleigh brachte mich in sein Arbeitszimmer, einen sehr großen Raum, und ließ mich an einem kleinen Tischchen in der Nähe seines großen Schreibtisches Platz nehmen. Und was dann passierte, kann ich nicht genau sagen. Ich erinnere mich noch, daß ich mein Stenogrammheft aus der Tasche nahm und mich bückte, um nach einem Bleistift zu suchen, als ich jemand stöhnen hörte. Ich blickte auf und sah Mr. Grasleigh mit geschlossenen Augen im Stuhl liegen; sein weißes Oberhemd war mit Blut bedeckt – ein schrecklicher Anblick!«

»Und Sie haben nichts gehört, keinen Schuß?« fragte Leon.

Sie schüttelte den Kopf.

»Ich war so entsetzt, daß ich mich nicht rühren konnte. Und dann hörte ich einen Aufschrei hinter mir und fuhr herum. Eine Dame in prachtvoller Gesellschaftstoilette stand in der Tür. ›Was haben Sie mit ihm gemacht?‹ rief sie. ›Sie Mörderin, Sie haben ihn getötet!‹ Mein Schreck war so groß, daß ich kein Wort herausbringen konnte, und dann packte mich wahnsinnige Angst, ich sprang auf und stürzte an ihr vorbei zum Haus hinaus.«

»War denn die Wohnungstür offen?«

Sie runzelte nachdenklich die Stirn.

»Ja, sie stand offen. Ich glaube, die Dame wird sie nicht geschlossen haben, als sie hereinkam. Dann hörte ich das Alarmsignal einer Polizeipfeife, aber wie ich die Treppe hinunter und zum Haus hinausgekommen bin, weiß ich nicht. Sie werden mich doch nicht verhaften lassen?« fügte sie ängstlich hinzu.

»Mein kleines Fräulein«, sagte Leon freundlich. »Sie brauchen sich keine Sorgen zu machen. Bleiben Sie ruhig hier, bis ich mich angezogen habe, und dann fahren wir zusammen nach Scotland Yard, und Sie können dort erzählen, was Ihnen passiert ist.«

»Nein, nein – das kann ich nicht, man wird mich verhaften!«

Sie wurde beinahe hysterisch, und es war vielleicht besser, sie in Ruhe zu lassen.

»Oh, es ist furchtbar . . ., ich hasse London . . ., hätte ich doch niemals Australien verlassen . . . Erst die Hunde, und dann der Schwarze, und jetzt wieder das hier . . .«

Leon hörte überrascht zu, hielt es aber für besser, keine Frage an sie zu richten. Die Hauptsache war, sie zu beruhigen und zum Bewußtsein ihrer augenblicklichen Lage zu bringen.

»Sehen Sie denn nicht ein, daß man nicht den geringsten Vorwurf gegen Sie erheben kann? Es gibt keinen Polizeibeamten in der ganzen Welt, der Ihrer Erzählung mißtrauen könnte.«

»Aber ich lief doch weg«, begann sie.

»Selbstverständlich sind Sie weggelaufen«, beruhigte er sie. »An Ihrer Stelle hätte ich wahrscheinlich dasselbe gemacht. Also warten Sie bitte ein paar Augenblicke hier.«

Er war noch nicht halb angezogen, als er die Haustür zuklappen hörte. Eilig lief er die Treppe hinunter, das Mädchen war verschwunden.

Manfred war wach, als Leon in sein Zimmer kam und sein Abenteuer erzählte.

»Nein«, sagte er, »es hätte nicht viel geändert, wenn du mich auch früher gerufen hättest. Wir hätten sie auf keinen Fall zum Hierbleiben zwingen können. Aber du weißt ja, wo sie beschäftigt ist. Sieh doch zu, ob du nicht Verbindung mit Lewleys Agentur bekommen kannst.«

Leon rief an, aber es meldete sich niemand am Telefon.

Als er fertig angezogen war, machte er sich auf den Weg nach dem Curzon House, der Wohnung Mr. Grasleighs. Zu seiner Überraschung fand er weder einen Schutzmann vor der Tür noch an der Ecke der Straße. Die Haustür war geschlossen. Er drückte gerade auf den Knopf, als er den langsamen Schritt eines Polizisten hörte, der über die Straße auf ihn zukam.

»Guten Abend, Mr. Gonsalez. Haben Sie vielleicht den Signalpfiff gegeben?«

»Nein, aber ich habe ihn auch gehört.«

»So ist es mir und drei oder vier meiner Kollegen gegangen«, erzählte der Beamte. »Seit mehr als einer Viertelstunde suchen wir schon die Straßen hier ab, können aber den Mann nicht finden, der Alarm schlug.«

»Vielleicht kann ich Ihnen helfen«, sagte Leon und hörte, wie im gleichen Augenblick die Tür hinter ihm geöffnet wurde. Er wandte sich um und fuhr überrascht zurück. Vor ihm stand der ›ermordete‹ Mr. Grasleigh – im bequemen Schlafrock, mit einer Zigarre im Mundwinkel.

»Nanu!« sagte Mr. Grasleigh. »Was ist denn los?«

»Könnte ich Sie ein paar Minuten sprechen?« fragte Leon, der sich inzwischen von seinem Erstaunen erholt hatte.

»Natürlich«, erwiderte der ›Tote‹, »obgleich es kaum die richtige Besuchszeit ist. Kommen Sie mit nach oben.«

Sehr verwundert folgte ihm Leon in den ersten Stock. Er sah keine Dienstboten, bemerkte aber auch nicht das geringste, das auf eine so dramatische Szene schließen ließ, wie sie das junge Mädchen beschrieben hatte. In dem großen Arbeitszimmer bot Grasleigh seinem späten Besucher einen Stuhl an, und Leon teilte ihm sein Erlebnis mit. Als er zu Ende war, schüttelte der Unternehmer den Kopf.

»Das Mädchen muß wahnsinnig sein! Es ist vollkommen richtig, daß ich sie bestellt hatte, und ich dachte auch, sie wäre es, als es klingelte. Ich kann Ihnen die Versicherung geben, daß das junge Mädchen heute überhaupt nicht hier gewesen ist ... Ja, den Pfiff habe ich auch gehört, aber nächtlichen Krawallen halte ich mich möglichst fern.« Er blickte Leon prüfend an. »Sie sind doch einer von den ›Dreieck Leuten‹, Mr. Gonsalez? Wie sah denn das Mädel aus?«

Leon beschrieb seine nächtliche Besucherin, aber der Theaterunternehmer schüttelte den Kopf.

»Kenne ich nicht, habe auch nie von ihr gehört. Ich glaube, Mr. Gonsalez, man hat Sie zum besten gehalten.«

Leon wußte nicht, was er denken oder sagen sollte, und ging nachdenklich zu seinen Freunden zurück.

Am nächsten Morgen sprach er in Lewleys Agentur vor, die ihm als solide Firma bekannt war, und unterhielt sich mit der gutmütigen, altjüngferlichen Besitzerin. Seine Fragen mußten sehr vorsichtig gestellt werden, denn es lag ihm vor allem daran, dem jungen Mädchen Unannehmlichkeiten zu ersparen. Glücklicherweise kannte er einen sehr guten Kunden der Firma persönlich, und dadurch gelang es ihm unschwer, die gewünschten Informationen zu erhalten.

»Miss Farrer hat in dieser Woche Nachtdienst und kommt erst heute abend wieder«, erklärte ihm Miss Lewley. »Sie ist seit einem Monat bei uns.«

»Wie lange läßt denn Mr. Grasleigh schon bei Ihnen arbeiten?«

»Auch seit einem Monat«, antwortete sie lächelnd. »Ich glaube, er muß mit Miss Farrers Arbeit besonders zufrieden sein, denn früher ließ er in Dantons Agentur arbeiten, wo sie angestellt war. Als Miss Farrer bei uns eintrat, kam er auch sofort zu uns.«

»Wissen Sie etwas Näheres über sie?«

Sie zögerte einen Augenblick.

»Sie ist Australierin, und ich glaube, ihre Familie muß früher sehr wohlhabend gewesen sein. Über ihre persönlichen Verhältnisse hat sie nie gesprochen, aber ich denke mir, daß sie einmal viel Geld bekommen wird. Einer der Teilhaber von Colgate, der bekannten Anwaltsfirma, hat sie wiederholt aufgesucht.«

Leon erbat die Adresse des jungen Mädchens und machte sich dann auf den Weg, um Mr. Colgate zu besuchen, in dessen Auftrag die ›Drei Gerechten‹ schon verschiedene delikate Angelegenheiten erledigt hatten.

›Colgate‹ war eine alte und beinah altmodische Firma. Ihr Büro lag in der Nähe von Bedford Row. Obwohl sie allgemein unter dem Namen ›Colgate‹ bekannt war, bestand die Firma aus sieben Teilhabern, deren Namen sämtlich auf der Bronzeplatte vor dem Eingang zum Büro angeführt waren.

Mr. Colgate selbst war ein Mann in den Sechzigerjahren; beim Beginn ihrer Unterhaltung zeigte er sich sehr zurückhaltend. Ein glücklicher Gedanke war es, der Leon veranlaßte, ihm die Vorfälle der letzten Nacht zu erzählen. Zu seinem Erstaunen sah er, wie sich das Gesicht des alten Herrn bedenklich in die Länge zog.

»Sehr bedauerlich«, sagte er, »wirklich sehr bedauerlich. Ich fürchte, ich kann Ihnen auch nicht mehr mitteilen, als Sie bereits wissen.«

»Warum ist es so sehr ›bedauerlich‹?« fragte Leon.

Der Anwalt verzog nachdenklich die Lippen.

»Verstehen Sie richtig – die junge Dame ist nicht unsere Klientin, obwohl wir eine Anwaltsfirma in Melbourne vertreten, die sich dort ihrer Angelegenheiten annimmt. Ihr Vater starb im Irrenhaus, die Hinterlassenschaft war seiner Zeit nicht von Bedeutung. Während der letzten drei Jahre sind aber verschiedene der Besitztümer, Aktien zum Beispiel, ganz bedeutend im Wert gestiegen, und eigentlich hat die junge Dame keinen Grund, einen Beruf auszuüben. Meiner Ansicht nach tut sie es nur, um ihre Familiensorgen zu vergessen und um sich abzulenken. Ich weiß, daß Miss Farrer von der Befürchtung gequält wird, krank zu werden, wie es ihr Vater war. Auf Anraten ihres einzigen Verwandten ist sie, wie ich glaube, nach England gekommen, weil sie hoffte, daß der vollständige Wechsel der Umgebung, das andere Klima sie von den peinigenden Gedanken befreien würden.«

»Hat Miss Farrer Sie aufgesucht?«

Der Anwalt schüttelte den Kopf.

»Einer meiner Klienten ging zu ihr hin. Ein Grundstück in Sydney, das bei der Erbschaftsregulierung durch einen eigenartigen Zufall übersehen wurde, sollte verkauft werden, und mein Klient hatte einen Anteil daran. Wir versuchten, mit dem Testamentsvollstrecker, einem Mr. Flane, in Verbindung zu kommen, hatten aber kein Glück – er ist in China oder Japan –, und so benötigen wir die Unterschrift der Erbin.«

»Flane?«

Mr. Colgate war ein sehr beschäftigter Mann, hatte seiner Ansicht nach schon reichlich Zeit mit dieser Angelegenheit vergeudet und wurde jetzt etwas ungeduldig.

»Flane – ein Vetter des verstorbenen Joseph Farrer ... ihr einziger Verwandter. Er war übrigens auf der Farm des alten Farrer in Westaustralien, als jener wahnsinnig wurde.«

Leon war mit einer hervorragenden Kombinationsgabe gesegnet, aber diese Mitteilungen, so genau sie auch sein mochten, konnten doch die Unverständlichkeiten in Miss Farrers Erzählung nicht erklären.

»Meiner persönlichen Ansicht nach«, sagte der Anwalt, »aber

ich sage Ihnen dies in strengstem Vertrauen, ist das junge Mädchen nicht ganz ...« Er klopfte sich mit dem Finger auf die Stirn. »Sie erzählte einem meiner Angestellten – und der Mann hat Erfahrung darin, mit jungen Leuten umzugehen –, daß sie Wochen hindurch von einem Schwarzen verfolgt worden wäre und dann wieder von einem schwarzen Bluthund. Wie sie sagte, sei der Bluthund bei ihren sonntäglichen Spaziergängen auf einmal aufgetaucht und hätte sich an ihre Fersen geheftet. Soweit ich aber erfahren habe, hat kein Mensch weder den Schwarzen noch den Hund gesehen. Man braucht nicht Arzt zu sein, um zu wissen, daß derartige Behauptungen auf Verfolgungswahn deuten.«

Leon war mit der mühsamen Arbeit eines Detektivs besser vertraut als der gewöhnliche Durchschnittsmensch und wußte, daß die Lösung eines Rätsels in den seltensten Fällen einem dramatischen Zufall zu verdanken ist, sondern nur durch genaue und geduldige Spürarbeit gefunden werden kann. Er schlug daher denselben Weg ein, den ein Detektiv von Scotland Yard gegangen wäre.

Elsie Farrer wohnte in der Landsbury Road in Clapham, und Nummer 209 zeigte sich als ein gut, beinahe elegant aussehendes Haus. Die mütterliche Wirtin, die ihn in der Halle empfing, war sichtbar erleichtert, als er den Grund seines Besuches angab.

»Ich bin froh, daß Sie gekommen sind«, sagte sie. »Sie sind wohl ein Verwandter von Miss Farrer?« Als Leon verneinte, fuhr sie fort: »So eine merkwürdige junge Dame – ich weiß nicht mehr, was ich von ihr denken soll. Die ganze Nacht hindurch lief sie in ihrem Zimmer auf und ab – sie wohnt direkt über mir –, und heute morgen hat sie nicht gefrühstückt. Ich kann mir nicht helfen – irgend etwas ist da nicht in Ordnung . . . Sie ist so eigenartig.«

»Sie wollen damit sagen, sie sei geistig nicht ganz normal?« fragte Leon geradeheraus.

»Ja, Sir, das glaube ich. Ich wollte nach dem Arzt schicken, aber sie sträubt sich mit Händen und Füßen dagegen und sagte mir nur, sie hätte einen furchtbaren Schreck durchgemacht. Sie kennen doch Miss Farrer?«

»Ja – ganz flüchtig«, versetzte Leon. »Darf ich nach oben gehen?«

Die Wirtin zögerte.

»Ich halte es für besser, ihr zu sagen, daß Sie hier sind. Darf ich um Ihren Namen bitten?«

»Und ich halte es für besser, sie zu sehen, ohne angemeldet zu werden. Machen Sie sich keine Sorgen, und zeigen Sie mir ihr Zimmer.«

Elsie Farrer war, wie er erfuhr, in ihrem Wohnzimmer. Leon klopfte leise, und eine ängstliche Stimme fragte:

»Wer ist da?«

Er antwortete nicht, öffnete die Tür und trat in den Raum. Das junge Mädchen stand am Fenster; allem Anschein nach hatte das Taxi, mit dem Leon gekommen war, ihre Aufmerksamkeit und Sorge geweckt.

»Oh!« sagte sie verzweifelt, als sie ihren Besucher erkannte. »Sie sind doch der Herr von heute nacht ... Sie wollen mich doch nicht verhaften?«

Der Fußboden war mit Zeitungen bedeckt – augenscheinlich hatte sie sich alle Morgenausgaben besorgen lassen, um nach Berichten über das Verbrechen zu suchen.

»Nein, nein, ich denke gar nicht daran, Sie zu verhaften«, sagte Leon beruhigend. »Ich wüßte nicht einmal, warum, denn – Mr. Grasleigh ist munter wie ein Fisch im Wasser nicht einmal verletzt!«

Mit weit aufgerissenen Augen starrte sie ihn ungläubig an.

»Nicht verletzt?« wiederholte sie langsam.

»Er war in bester Verfassung, als ich heute nacht mit ihm sprach.«

Sie fuhr sich mit der Hand über die Augen.

»Das verstehe ich nicht – ich habe ihn doch gesehen ... Oh, es war schrecklich!«

»Sie sahen ihn und glaubten, er wäre schwer verletzt, aber wenige Minuten später hatte ich das Vergnügen, mit ihm zu sprechen, und fand ihn gesund und munter; aber er behauptete, und das ist mir viel wichtiger« – Leon beobachtete sie scharf –, »daß er Sie überhaupt nicht gesehen hätte.«

Erstaunen, Unglauben und langsam auftauchendes Grauen waren in ihren Augen zu lesen.

»Wollen wir nicht einmal ganz ruhig miteinander sprechen, Miss Farrer? Setzen Sie sich doch, bitte, und geben Sie mir einen Einblick in Ihr früheres Leben. Verschiedenes ist mir ja schon bekannt – zum Beispiel, daß Ihr Vater in einer Nervenheilanstalt gestorben ist.«

Sie starrte ihn an, als ob es ihr unmöglich wäre, den Sinn seiner Worte zu erfassen. Leon ging geradewegs auf sein Ziel los.

»Wie kam es, Miss Farrer, daß Ihr Vater geisteskrank wurde? Gab es einen solchen Fall schon früher in Ihrer Familie?«

Leons kühle Ruhe vefehlte ihren Eindruck nicht. Miss Farrer bemühte sich, ihre Selbstbeherrschung wiederzufinden.

»Nein, die Veranlassung zur Krankheit meines Vaters war ein Sturz vom Pferd, aber die Folgen machten sich erst einige Jahre später bemerkbar.«

Er nickte lächelnd.

»Das habe ich mir beinahe gedacht. Wo waren Sie denn, als Ihr Vater in die Anstalt gebracht wurde?«

»In Melbourne, in der Schule«, antwortete sie, »oder vielmehr ganz in der Nähe von Melbourne. Ich war sieben Jahre alt, als ich meinen Vater zum letztenmal sah. Er war viele Jahre hindurch in der schrecklichen Anstalt, und man erlaubte mir nicht, ihn zu besuchen.«

»Noch eins, Miss Farrer: Wer ist Mr. Flane? Kennen Sie ihn?«

Sie schüttelte den Kopf.

»Er ist ein Vetter meines Vaters. Ich weiß nur, daß Vater ihm häufig Geld lieh und daß er auf der Farm war, als mein Vater krank wurde. Er schrieb mir einige Male, und alle seine Schreiben handelten von Geld. Er hatte meine Reise nach England bezahlt, und er war es auch gewesen, der mir den Rat dazu gegeben hatte. Ich sollte versuchen, in England all den Kummer und die Sorgen zu vergessen, die ich durchgemacht hatte.«

»Aber persönlich sind Sie nie mit ihm zusammengekommen?«

»Niemals«, war ihre Antwort. »Er besuchte mich einmal in der Schule, aber ich war gerade mit meiner Klasse auf einem Ausflug.«

»Sie wissen nicht, was Ihr Vater hinterlassen hat?«

Sie schüttelte wieder den Kopf.

»Nein, ich habe keine Ahnung.«

»Und jetzt, Miss Farrer, erzählen Sie mir bitte von dem Neger und dem Hund, die Ihnen gefolgt sind.«

Außer den reinen Tatsachen konnte sie auch nichts weiter berichten. Die Verfolgungen hatten vor zwei Jahren begonnen und sie so angegriffen, daß eines Tages ein Arzt bei ihr vorsprach, um sich nach ihrem Befinden zu erkundigen. Hier unterbrach sie Leon schnell.

»Hatten Sie den Arzt rufen lassen?«

»Nein«, war ihre überraschte Antwort. »Jemand anders muß mit ihm von mir gesprochen haben, obgleich ich mir nicht denken kann, wer das sein könnte, denn ich habe nur sehr wenige Bekannte.«

»Können Sie mir einige der Briefe zeigen, die Sie von Mr. Flane erhalten haben?«

Sie zeigte ihm die Schreiben, und Leon las sie sorgfältig durch. Der Ton war etwas ungewöhnlich, auf jeden Fall nicht der, den man von einem Vormund erwarten könnte, der für das Wohlergehen seines Mündels zu sorgen hat. Hauptsächlich waren es Klagen über die großen Schwierigkeiten, die der Schreiber hatte, um das Geld für Schule und ihren Unterhalt, schließlich auch für ihre Reise nach England aufzutreiben; in keinem Schreiben war die Bemerkung vergessen, daß ihr Vater sehr wenig Geld hinterlassen hätte.

»Und das stimmt auch«, gab sie zu. »Mein Vater hatte merkwürdige Ansichten über Geld und Wertpapiere. Er hatte sein ganzes Vermögen immer bei sich ..., in einer großen, eisernen Kassette; er war sehr zurückhaltend, und niemand wußte genau, wieviel er eigentlich besaß. Ich habe ihn immer für sehr reich gehalten, weil er«, sie zögerte einen Augenblick, »etwas – ›genau‹ ist wohl das beste Wort – war. Ich möchte um Gottes willen nicht schlecht von meinem armen Vater sprechen, aber er war niemals – großzügig, und ich war sehr überrascht, daß er außer ein paar beinahe wertlosen Aktien nur einige hundert Pfund hinterlassen hatte. Und genauso waren auch alle anderen in Melbourne erstaunt – die uns kannten, meine ich natürlich. Bis vor wenigen Monaten habe ich mich für arm gehalten, aber dann fanden die Anwälte in Melbourne ganz zufällig heraus, daß mein Vater einen Hauptanteil an einer westaustralischen Goldmine besaß, von dem kein Mensch etwas wußte. Wenn sich bewahrheitet, was sie mir geschrieben haben, werde ich noch sehr reich werden. Sie haben versucht, sich mit Mr. Flane in Verbindung zu setzen, haben aber nur zwei oder drei Antworten von ihm erhalten – eine kam aus China und war für mich, die andere, soviel ich weiß, aus Japan.«

»Haben Sie noch den an Sie gerichteten Brief?«

Sie zeigte ihn. Er war auf steifem Papier geschrieben, und Leon hielt ihn gegen das Licht, um das Wasserzeichen zu prüfen.

»Was für Aktien hat Ihr Vater hinterlassen? Ich meine die Papiere, die sich nach seinem Tod vorfanden?«

Sie dachte angestrengt nach.

»Ich weiß, die meisten waren gänzlich wertlos. Ich erinnere mich an sie, weil ich zufälligerweise die Anzahl behalten habe – 967. Finden Sie das so komisch?«

Leon lachte.

»Ich glaube, Ihnen mit Sicherheit versprechen zu können, daß Sie in Zukunft weder ein Neger oder ein Hund noch sonst jemand belästigen wird. Ich rate Ihnen, sich sofort mit einem der besten Anwälte in London in Verbindung zu setzen, und kann Ihnen auch eine Adresse geben. Aber eines möchte ich Ihnen noch sagen« – in Leon Gonsalez' Augen lag ein gewinnendes Lächeln –, »machen Sie sich keine Sorgen mehr, daß Sie selbst nervenkrank werden könnten. Sie sind genauso gesund wie ich, und der Neger, die Bluthunde waren keine Einbildungen von Ihnen; auch der ›ermordete Mr. Grasleigh‹ nicht. Noch eine letzte Frage: Haben Sie eine Ahnung, womit Mr. Flane seinen Lebensunterhalt verdiente?«

»Er hatte eine sehr kleine Farm, die er mit seiner Frau bewirtschaftete. Mein Vater hatte ihm das Geld für die Farm gegeben. Und vorher hatte er, soviel ich weiß, ein Theater in Adelaide gepachtet, aber sehr viel Geld dabei verloren.«

»Vielen Dank, Miss Farrer. Mehr wollte ich nicht wissen.«

Er fuhr direkt nach dem Curzon House und traf Mr. Grasleigh, der eben im Begriff war auszugehen.

»Hallo«, sagte der Unternehmer gemütlich lachend, »Sie wollen mir doch nicht einen anderen Mord berichten?«

»Schlimmer als Mord«, erwiderte Leon kurz, und ein eigenartiger Klang in seinen Worten verscheuchte das Lächeln von Mr. Grasleighs Lippen.

Leon folgte ihm in das Arbeitszimmer und schloß selbst die Tür hinter sich. »Mr. Flane, soviel ich weiß?«

Das Gesicht seines Gegenübers färbte sich plötzlich kalkweiß.

»Was soll das bedeuten«, fuhr er auf. »Mein Name ist ...«

»Flane – ganz richtig«, sagte Leon sehr freundlich. »Vor ein paar Jahren erfuhren Sie zufällig, daß der Mann, den Sie bestohlen hatten – Elsie Farrers Vater – reicher war, als Sie gedacht hatten, und Sie kamen auf einen etwas dummen, aber auf jeden Fall äußerst niederträchtigen Plan, wie Sie sich auch das Geld der Tochter aneignen könnten. Ein Mann mit so wenig Verstand wie Sie bildete sich natürlich ein, daß, wenn der Vater geisteskrank war, man auch die Tochter auf irgendeine Weise ins Irrenhaus bringen könnte. Wo sie Ihren Neger oder Ihre dressierten Hunde herbekommen haben, weiß ich nicht, aber wo Ihr Geld für die Pachtung des Orpheums hergekommen ist, kann ich Ihnen ganz genau sagen. Und dann, Mr. Flane, möchte ich Ihnen und Ihrer Frau, die Ihnen wohl sicherlich bei Ihren niederträchtigen Streichen geholfen hat, einen kleinen Rat geben. Schreiben Sie niemals ›gleichzeitig‹ mit ›ch‹ und ›augenblicklich‹ mit ›g‹. Beide Worte kommen in den Briefen vor, die Sie an Miss Farrer geschrieben haben.«

Der Mann atmete aufgeregt, und die Hand, die die ausgegangene Zigarre aus dem Mundwinkel nahm, zitterte heftig.

»Das müssen Sie alles erst beweisen«, stotterte er.

»Leider ja.« Leons Ton klang traurig. »Wissen Sie, in den schönen Tagen, als die ›Vier Gerechten‹ noch nicht so – gesetzliebende Menschen waren wie heute, hätten wir Sie sicherlich nicht vor einen Gerichtshof geschleppt. Sehr wahrscheinlich hätten meine Freunde und ich Sie in einen der Kanalschächte der Curzon Street geworfen!«

11
Der wirkliche Mr. Drake

Noch niemals hatte Leon Gonsalez einen Autounfall gehabt, und die Tatsache, daß er überhaupt noch am Leben war, bewies das wohl am besten, denn er fühlte sich nicht wohl, wenn das Tachometer seines Sportwagens weniger als neunzig Kilometer anzeigte. Merkwürdigerweise war seine Geschwindigkeit weit unter vierzig, als sein Wagen auf der schlammigen, halbvereisten Oxford Street ins Schleudern kam und mit den Hinterrädern im Graben landete. Daß der Wagen sich nicht überschlug, war wirklich ein Wunder.

Leon kletterte heraus und sah sich um. Das niedrige, rechtwinklige Bauerngehöft hinter der Steinmauer kam ihm bekannt vor. Er grinste, als er über die niedrige Mauer sprang und über das unbestellte Feld auf das Haus zuging. Ein Hund bellte ihn wütend an, aber sonst war kein lebendes Wesen sichtbar. Auch sein Klopfen an der Haustür blieb ohne Erfolg. Leon war nicht besonders überrascht, denn Cornelius Malan hatte nicht einmal im Sommer viele Arbeiter auf dem Hof und würde sich jetzt im Spätherbst auf möglichst wenig Hilfskräfte beschränken.

Leon ging langsam um das Haus herum und durch einen verwilderten Garten, sah jedoch niemand. Aber plötzlich, kaum zehn Meter von ihm entfernt, schien ein riesenhafter, breitschultriger Mann aus der Erde aufzutauchen. Einen Augenblick blieb Leon Gonsalez überrascht stehen, bis er sich klarmachte, daß der Mann aus einem Brunnenschacht herausgestiegen war. Cornelius Malan drehte seinem unerwünschten Besucher den Rücken zu, dann bückte er sich, und Leon hörte das Zuschlagen einer eisernen Tür und das scharfe Schnappen eines Schlosses. Dann klopfte sich der Riese den Staub von den Beinkleidern, streckte sich, wandte sich um und kam direkt auf Gonsalez zu. Beim Anblick eines Fremden verdunkelte sich das feiste, runde Gesicht Cornelius Malans.

»He, Sie da!« begann er wütend – dann erkannte er den Besucher. »Der Detektiv«, brummte er vor sich hin.

Er sprach fast ohne Akzent und unterschied sich dadurch von seinem Bruder Roos, der nur wenige Worte Englisch verstand. Daß Roos Malan tot war, hatte Leon Gonsalez übrigens noch nicht erfahren.

»Was wollen Sie hier? Gibt es immer noch Leute, die annehmen, daß der arme Roos sie beschwindelt hat? Na, er ist tot und hat seine Ruhe, von ihm können Sie nichts mehr verlangen.«

Leon blickte an ihm vorbei, und der Mann mußte seine Gedanken erraten haben, denn er sagte hastig:

»Das hier ist ein ganz gefährlicher Schacht – voller Gas. Ich muß ihn bald mal zuschütten lassen.«

»Und in der Zwischenzeit haben Sie ihn vernünftigerweise fest verschlossen«, lächelte Leon. »Es tut mir leid, Sie bei Ihrer angenehmen Beschäftigung stören zu müssen, Mr. Malan, aber ich brauche Hilfe – mein Wagen liegt halb im Graben.«

Der unruhige Blick in den Augen des Mannes verschwand, als Leon den Grund seines Besuches angab.

»Da brauchen wir keine Hilfe«, prahlte er, »so ein Auto hole ich ganz allein aus jedem Graben heraus. Passen Sie mal auf!« und er war beinahe liebenswürdig, als er neben Leon der Straße zuschritt.

»Wissen Sie, ich kann die Londoner nicht ausstehen – und Sie schon gar nicht, Mr. . . . Wie heißen Sie doch gleich? Sie erinnern mich an den Rechtsverdreher, der mich und meinen Bruder in Potchefstroom beschwindelt hat, aber das ist schon so lange her, daß ich seinen Namen vergessen habe. Armer Roos! Sie und Leute wie Sie haben ihn zu Tode gehetzt! Steuerbeamte und solch Gelichter. Und wir beide sind doch arme Leute, kaum daß wir genug zum Leben haben.«

Aber bei dem Auto mußte Cornelius zugeben, daß seine Kräfte doch nicht genügten, und so lief er noch einmal nach dem Hof zurück, wo er in einem geheimnisvollen Winkel zwei verhungert aussehende Feldarbeiter auftrieb. Mit Planken und Tauen brachten sie endlich den Wagen auf die Straße zurück.

»Das kostet Sie zehn Schilling, mein Freund.« Cornelius Malan verleugnete seine eigenste Natur nicht. »Ich kann es mir nicht leisten, die Leute auch noch für Extraarbeit zu bezahlen.

Ich bin ein armer Mann, und wer weiß, ob ich jetzt nicht auch noch, wo Roos tot ist, das faule Mädel zu mir nehmen muß . . .«

Feierlich zog Leon einen Schein aus der Tasche, den er dem alten Geizhals in die Hand steckte.

In der Curzon Street berichtete er ausführlich seine Erlebnisse.

»Ich möchte wetten, daß ich mit Cornelius noch ein drittes Mal zusammentreffe.« Leon war der festen Überzeugung, daß bestimmte Ereignisse sich dreimal wiederholen. »Es ist merkwürdig, aber ich glaube unbedingt daran. Gelegentlich werde ich mal ein Buch über – na, wie soll ich es gleich nennen – ›das Gesetz der Zufälle‹ schreiben . . . Ich kann eine Unzahl von Beweisen anführen.«

»Hier ist noch einer«, sagte Poiccart und warf ihm einen Brief zu.

Das erste, was Leon las, war eine Adresse in Oxfordshire, dann wandte er das Blatt um und sah nach der Unterschrift: Leonora Malan.

Manfred beobachtete ihn lächelnd.

»Etwas für dich, Leon.«

Und Leon las die folgenden Zeilen:

Sehr geehrte Herren. Vor einiger Zeit suchte einer von Ihnen hier in Oxfordshire meinen Onkel auf, der kürzlich gestorben ist. Ich möchte Sie bitten, Sie am Mittwoch morgen aufsuchen zu dürfen, um mit Ihnen über die Hinterlassenschaft meines Onkels zu sprechen. Ich glaube ja kaum, daß Sie mir in der Angelegenheit helfen können, aber ich möchte doch nichts unversucht lassen.

Hochachtungsvoll Leonora Malan

Und dann folgte noch eine Nachschrift:

Bitte teilen Sie meinem Onkel Cornelius nicht mit, daß ich an Sie geschrieben habe.

Leon rieb sich nachdenklich das Kinn.

»Leon und Leonora«, murmelte Manfred, »das allein genügt schon für ein Kapital deines Werks über ›die Macht der Zufälle‹.«

*

Am Mittwoch morgen, es war ein stürmischer, regnerischer Tag, erschien Miss Malan in Begleitung eines jungen Mannes, der der vierte und größte aller Zufälle war.

Mr. Jones, ein etwa dreißigjähriger, hagerer Mann mit unregelmäßigen Gesichtszügen und unruhig flackernden Augen, war der Vorarbeiter und Vertraute ihres verstorbenen Onkels.

Leonora Malan war auffallend hübsch – das war der erste Eindruck, den Leon von ihr hatte. Leonora war für Leon ein ganz unmöglicher Name, und ›Malan‹ wies auf Südafrika und die Buren. Darum hatte er ein kräftiges, dralles Mädchen mit nichtssagenden Gesichtszügen erwartet. Dies junge Mädchen mit den klaren Augen und dem feinen Teint warf alle seine Annahmen über den Haufen, und Leon war froh darüber.

In dem kleinen, hübschen Salon, der den ›Drei Gerechten‹ als Sprechzimmer diente, nahm sie auf einem Stuhl Platz, den ihr Poiccart in seiner Rolle als Haushofmeister und Diener respektvoll hingeschoben hatte.

Fröhlich blickte sie Leon an.

»Ich weiß, daß Sie mir doch nicht helfen können, Mr. Gonsalez, aber Mr. Jones bestand darauf, daß ich Sie aufsuchte«, sagte sie mit einem vertrauensvollen Blick auf ihren Begleiter, der auf Gonsalez einen höchst ungünstigen Eindruck machte. »Der Anfang verspricht herzlich wenig, nicht wahr? Sie werden sich jedenfalls fragen, warum ich überhaupt Ihre Zeit in Anspruch nehme, wenn ich mir ein so wenig günstiges Resultat unserer Unterredung verspreche, aber – wie ein Ertrinkender greife ich nach einem Strohhalm und . . .«

»In diesem Fall ein – recht ausgewachsener Strohhalm«, unterbrach sie Leon lachend.

Jetzt ließ sich Mr. Jones gewöhnliche Stimme vernehmen.

»Die Sache ist die: Leonora hat Anspruch auf ungefähr achtzigtausend Pfund. Ich weiß: Das Geld war da, bevor der Alte starb. Hast du das Testament bei dir, Leonora?«

Sie nickte und öffnete mit einem leichten Seufzer ihre Handtasche, nahm mechanisch ein silbernes Zigarettenetui heraus, steckte es aber hastig wieder weg und schnappte die Tasche energisch zu. Leon schob ihr die Dose mit Zigaretten hin.

»Kennen Sie meinen Onkel?« fragte sie und nahm eine Zigarette. »Onkel Roos hat oft genug von Ihnen gesprochen ...«

»Und in wenig schmeichelhafter Weise, davon bin ich überzeugt«, warf Leon ein.

Sie nickte.

»Er konnte Sie nicht leiden, hatte eigentlich Angst vor Ihnen – und dann hatten Sie ihm Geldausgaben verursacht!«

Roos Malan war in einen der kleineren Fälle verwickelt gewesen, die Leon bearbeitet hatte. Roos und sein Bruder Cornelius hatten zur Zeit des Burenkrieges große Farmen im Freistaat besessen, sich aber auf die Seite der Engländer gestellt. Begreiflicherweise war das Leben nach dem Waffenstillstand nicht sehr angenehm für sie. Dann wurde auf ihrem Land Gold entdeckt, und mit einem Male waren die beiden wohlhabenden Farmer zu schwerreichen Männern geworden. Beide übersiedelten nach England und ließen sich auf zwei einsam liegenden Gutshöfen nieder. Roos hatte das Baby seiner verstorbenen Schwester bei sich aufgenommen; aber das war nicht ohne Schelten, Klagen und Jammern vor sich gegangen, denn genau wie sein Bruder war er einer jener Geizhälse, die nicht einmal sich selbst einen Penny gönnen. Dabei waren aber beide Brüder scharfsinnige, gerissene Spekulanten – gelegentlich sogar zu gerissen. Und ein solcher Fall, bei dem Habsucht die Oberhand über ihre Klugheit gewonnen hatte, war Veranlassung gewesen, daß sich Leon eingehender mit den beiden Brüdern beschäftigt hatte.

»Onkel Roos«, begann das junge Mädchen, »war wirklich nicht so schlecht, wie Sie annehmen. Er war allerdings schrecklich genau, geizte mit jedem Penny und machte einem das Leben oft recht schwer. Aber dann konnte er auch wieder nett und freundlich sein, und ich komme mir ganz abscheulich vor, daß ich mir um sein Geld den Kopf zerbreche.«

»Das ist ja Unsinn«, unterbrach sie Jones ungeduldig.

»Sie haben also herausgefunden, daß überhaupt kein Geld mehr vorhanden war?« fragte Leon und durchflog noch einmal das Schreiben, das sie ihm gesandt hatte.

»Ja – und ich kann das nicht verstehen«, sagte sie.

»Zeig doch mal das Testament«, fuhr Jones sie an.

Sie öffnete ihre Handtasche und nahm ein zusammengefaltetes Papier heraus.

»Bitte . . ., hier ist die Abschrift.«

Einige wenige Zeilen in holländischer Sprache – die englische Übersetzung stand darunter –, in denen Roos Malan sein ganzes Besitztum seiner Nichte Leonora Minie Malan vermachte.

»Jeden Penny«, unterstrich Jones mit Befriedigung. »Leonora und ich wollen zusammen was unternehmen. Ihr Geld und mein Kopf! Sie verstehen doch?«

Leon verstand nur zu gut.

»Wann starb Mr. Roos?« fragte er.

»Vor sechs Monaten.« Wie bei einer unangenehmen Erinnerung runzelte Leonora die Stirn. »Sie werden mich sicherlich für herzlos halten, aber ich kann mir nicht helfen. Liebe empfand ich nicht für ihn, wenn wir auch ab und zu ganz gute Freunde waren.«

»Und das Vermögen?« fragte Leon.

Sie schnitt eine unmutige Grimasse.

»Die ganze Erbschaft scheint nur aus dem Gut und den Möbeln zu bestehen. Der Wert soll ungefähr zweitausend Pfund betragen; auf dem Grundstück lastet aber eine Hypothek von fünfzehnhundert Pfund. Das Geld stammt von Onkel Cornelius. Und doch muß Onkel Roos sehr reich gewesen sein. Er hatte Einkünfte von seinen südafrikanischen Besitzungen, die ihm alle drei Monate und immer in Banknoten ausgezahlt wurden. Ich habe oft genug gesehen, daß er viel Geld im Haus hatte.«

»Die Hypothek kann ich ganz gut erklären«, begann Jones. »Die beiden alten Geizkragen wechselten miteinander Hypotheken aus, um sich vor der Steuer zu drücken. Aber das Geld ist verschwunden, Mister . . . hm . . . Ich habe das ganze Haus vom Keller bis zum Boden durchsucht. In der Ecke des Kellers ist eine Stahlkammer eingebaut – wir haben die Tür aufbrechen lassen, fanden aber nicht einen einzigen Penny. Die Malans haben eine besondere Vorliebe für Stahlkammern und Geldschränke – ich weiß auch, wo Cornelius seinen hat. Er hat keine Ahnung, daß ich dahintergekommen bin, aber wenn er das Mädel hier übers Ohr hauen will, wird er mich kennen lernen!«

Das junge Mädchen schien durch diese eifrige Parteinahme etwas verlegen. Die Freundschaft machte einen mehr einseitigen Eindruck, und man hatte die Empfindung, als ob der Gedanke, ›etwas zusammen zu unternehmen‹, hauptsächlich von Mr. Jones stammte.

Wie Jones erzählte, hatte keiner der Brüder Bankkonten. Obwohl sie intensiv, aber vorsichtig mit südafrikanischen Werten spekulierten, zahlten sie ausnahmslos in bar und bestanden auf Barzahlung an sie selbst.

»Die beiden alten Knauser lagen sich ständig mit den Finanzämtern in den Haaren. Nach dem Krieg haben sie alle möglichen Tricks gebraucht, um sich vor den Steuern zu drücken. Sie trauten keiner Bank, weil sie überzeugt waren, daß die Banken den Finanzämtern gegenüber nicht dicht hielten.«

Leonora schüttelte zweifelnd den Kopf.

»Ich glaube wirklich nicht, daß Sie mir helfen können, Mr. Gonsalez, und wünsche beinahe, ich hätte überhaupt nicht geschrieben. Das Geld ist nicht da, und wir wissen nicht einmal sicher, ob es überhaupt existiert. Mir macht das, ehrlich gesagt, nicht so viel aus . . . Ich kann arbeiten. Ich habe Stenografie und Schreibmaschine gelernt und auf dem Gut noch tüchtig geübt, da ich Onkels ganze Korrespondenz erledigen mußte.«

»War Onkel Cornelius während der letzten Krankheit seines Bruders auf dessen Hof?«

Sie nickte.

»Die ganze Zeit hindurch?«

Sie nickte von neuem.

»Und wie lange blieb er?«

»Gleich nach Onkel Roos' Tod ging er weg. Seit der Zeit habe ich ihn nicht wieder gesehen und erhielt nur einmal einen Brief, in dem er mir mitteilte, daß ich jetzt meinen eigenen Lebensunterhalt verdienen müßte und nicht auf ihn rechnen dürfte. Und . . ., was soll ich da nun machen?«

Leon überlegte geraume Zeit.

»Ich will Ihnen gegenüber ganz offen sein«, fuhr sie fort. »Ich bin fest überzeugt, daß Onkel Cornelius alles Geld, das im Haus war, mitgenommen hat . . ., und Mr. Jones denkt wie ich.«

»Denken? Ich weiß es!« rief Jones aufgebracht. »Ich habe ihn doch aus dem Keller kommen sehen ... mit einem großen Lederkoffer. Der alte Roos hatte die Angewohnheit, den Schlüssel der Stahlkammer unter seinem Kopfkissen aufzubewahren. Als er starb, war der Schlüssel nicht mehr da; ich habe ihn später auf dem Kaminsims in der Küche wiedergefunden.«

Als die beiden sich verabschiedeten, gelang es Leon, einige Augenblicke mit Miss Malan allein zu sprechen.

»Wer und was ist denn Jones?«

Die Frage brachte sie etwas in Verlegenheit.

»Wie ich schon sagte, er war Onkels Inspektor – er war mir gegenüber immer sehr nett ..., zu nett manchmal.«

Leon nickte verständnisvoll und fragte sie nach ihren weiteren Plänen. Wie sie sagte, wollte sie vorläufig noch eine Woche in London bleiben, um sich nach einer passenden Beschäftigung umzusehen. Als er sich ihre Adresse aufgeschrieben und sich von den Besuchern verabschiedet hatte, ging er nachdenklich in das gemeinsame Wohnzimmer, wo er seine beiden Freunde am Schachbrett fand – einer sehr müßigen Beschäftigung für elf Uhr vormittags.

»Sie ist auffallend hübsch«, sagte Poiccart, ohne von dem Läufer aufzublicken, den er in der Hand hielt, »und hat ihrer Erbschaft wegen um Rat gefragt. Der Mann in ihrer Begleitung taugt nichts.«

»Du warst wohl mit dem Ohr am Schlüsselloch?« klagte ihn Leon an.

»Ich habe die Provinzzeitungen nachgelesen: Mr. Roos Malan hinterließ nicht einen Penny, nicht einmal so viel, um die rückständigen Steuern zu bezahlen« – Poiccart bot Manfred ›Schach‹. »Die beiden Brüder waren als ausgesprochene Geizhälse bekannt, beide sind fabelhaft reich ..., und über beide rauft sich das Finanzamt die Haare aus!«

»... und selbstverständlich«, fuhr George Manfred fort, »sollst du ihr helfen, das Vermögen zu finden. Was wollte denn ihr Begleiter?«

Er lehnte sich seufzend in den Stuhl zurück.

»Wenn wir nur nicht so entsetzlich – ehrbar wären! Wie leicht war es doch für uns vor zehn, fünfzehn Jahren! Ich kenne verschiedene unfehlbare Mittel, um den guten Cornelius's zu veranlassen, Miss Leonoras Geld herauszurücken.«

»Und ich habe eins gefunden«, unterbrach Leon. »Wenn meine Annahmen stimmen – und ich kann mir kaum denken, daß ich mich irre –, wird ›Mr. Drake‹ schon dafür sorgen, daß Leonora zu ihrem Geld kommt.«

»Wer?« Poiccart blickte stirnrunzelnd auf.

»Mr. Drake«, wiederholte Leon gemächlich; »ein lieber, alter Gegner von mir. Seit zehn Jahren bekämpfen wir uns schon auf das schärfste. Er ist hinter eines meiner wichtigsten Geheimnisse gekommen, und ich lebe in so tödlicher Angst vor ihm, daß ich mich endlich dazu entschlossen habe, seiner unbequemen Tätigkeit ein Ende zu machen.«

George starrte ihn erst verdutzt an, dann breitete sich langsam ein verständnisvolles Lächeln über sein Gesicht aus.

»Ich glaube, ich kenne deinen geheimnisvollen Mr. Drake! Haben wir ihn nicht schon einmal – benutzt?«

»Allerdings«, gab Leon ernsthaft zu. »Aber diesmal wird er endgültig eines schaurigen Todes sterben!«

»Wer ist denn dieser Jones?« fragte Poiccart. »Ich habe ihn sicherlich schon in Old Bailey gesehen, und er erinnert mich sehr an Dartmoor. Entsinnst du dich nicht, George: eine sehr häßliche Sache, liegt acht oder zehn Jahre zurück? Keine passende Gesellschaft für die hübsche Leonora.«

Leons Wagen brachte ihn am nächsten Morgen in ein bekanntes Landstädtchen, in dessen Nähe Mr. Malans Gutshof lag. Hier hatte er eine längere Unterredung mit einem höheren Steuerbeamten, dem er das kurze Einführungsschreiben vorlegte, das er sich von Leonora hatte ausstellen lassen. Der Beamte war sofort bereit, Leon alle gewünschten Aufklärungen über die Brüder Malan zu geben.

»Sie können sich nicht denken, was ich mit den Menschen für Arbeit habe. Ihre Haupteinkünfte sind uns genau bekannt, vierteljährlich werden sie ihnen von Südafrika überwiesen, aber dann besitzen sie noch eine ganze Anzahl südafrikanischer Aktien, die wir nicht feststellen können. Wir wissen, daß die Dividendenzahlungen regelmäßig in bar überwiesen werden. Die beiden Männer haben ganz zweifellos schon jahrelang die Steuerbehörden hintergangen, aber wir können es ihnen nicht nachweisen. Wenn Mr. Malan wirklich eine Buchführung hat, hält er sie auf jeden Fall sorgfältig verborgen! Vor einigen Monaten hatten wir einen Detektiv mit der Beobachtung Cornelius Malans beauftragt und sind auch hinter sein Versteck gekommen. Es liegt ungefähr zwanzig Fuß tief in einem halbverschütteten Brunnenschacht in seinem Garten ...«

Leon nickte.

»... und ist eine Höhlung im Felsen, die durch eine Stahltür verschlossen ist. Klingt beinahe wie ein Märchen! Es ist eine der vielen Höhlen, in denen sich Charles II. verborgen haben soll, und ihr Vorhandensein ist seit Jahrhunderten bekannt. Cornelius hat die Stahltür anbringen lassen, und da der Brunnenschacht direkt vor seinem Fenster liegt und außerdem noch durch eine eiserne Falltür verschlossen ist – sichtbar von allen Seiten –, ist die ganze Anlage sicherer, als irgendein Geldschrank im Haus.«

»Warum durchsuchen Sie denn nicht die Stahlkammer?« fragte Leon.

»Wir haben ja keine Berechtigung dazu – einen Hausdurchsuchungsbefehl zu erhalten, ist eines der schwierigsten Dinge. Unser Finanzamt hat noch niemals einen solchen durchgesetzt – mit Ausnahme einiger Fälle, wo die Staatsanwaltschaft darauf bestand.«

Leon grinste.

»Dann muß eben ›Mr. Drake‹ die Angelegenheit in die Hände nehmen«, sagte er geheimnisvoll.

Der Beamte runzelte die Stirn.

»Mr. Drake? – Ich verstehe Sie nicht.«

»Sie werden es schon noch mal begreifen«, versetzte Leon bedeutungsvoll und verabschiedete sich.

Als Leon den morastigen Feldweg entlangging, hörte er Stimmen vor sich – die eine tief und mürrisch, die andere hoch und schrill, aber die Worte blieben unverständlich. Als er um ein dichtes Gebüsch herumbog, sah er zwei Männer vor sich stehen: den Riesen Cornelius und Mr. Jones, der weiß vor Zorn war.

»Ich werde dich noch fassen, du verdammter holländischer Gauner«, seine Stimme überschlug sich beinahe. »Eine Waise bestehlen – das hast du gemacht ... Aber wir haben noch nicht das letzte Wort miteinander gesprochen.«

Cornelius' Antwort blieb unverständlich, da er in seiner Wut kapholländisch sprach, das ihm eine größere Auswahl von Schimpfworten zu bieten schien. Als er Leon erblickte, kam er eilig auf ihn zu.

»Sie sind doch Detektiv! Nehmen Sie den Mann da fest. Er ist ein Dieb, ein ehemaliger Sträfling. Mein Bruder hat ihn aufgenommen, weil er nirgends Arbeit fand.«

Mr. Jones' schmale Lippen verzogen sich zu einem höhnischen Lächeln.

»Eine Schweinearbeit beim alten Roos! Im Stall schlafen und ein Futter ... Dartmoor würde sich das nicht gefallen lassen. Ich weiß natürlich nichts von Dartmoor«, fügte er hastig hinzu, »aber ich kann es mir denken. Alles, was der da sagt, sind verdammte Lügen. Er ist ein Dieb; er nahm das Geld aus Roos Malans Geldschrank und ...«

»Und du kommst zu mir und sagst: Gib mir zehntausend Pfund, und ich will dafür sorgen, daß Leonora ruhig bleibt«, zischte Cornelius.

Leon fühlte, daß dies nicht der richtige Augenblick war, Mr. Drakes Geschichte zu erwähnen. Das würde später kommen.

Er sprach nur einige Worte, dann verabschiedete er sich von dem Alten und ging mit Jones nach der Chaussee.

»Sie müssen gar nicht beachten, was der Alte da schwatzt, Mister; ich meine, was er da von mir und Leonora sagte. Sie ist ein gutes Mädel, vertraut mir, und sie soll sich nicht in mir getäuscht haben ... Der alte Roos hat ihr wirklich das Leben zur Hölle gemacht.«

Leon fragte sich, wie das Leben wohl sein würde, das dieser frühere Sträfling der hübschen Leonora Malan bereiten würde; er war fest entschlossen, das junge Mädchen um jeden Preis vor einem solchen Schicksal zu bewahren.

»Und wenn er behauptet, ich hätte gesessen ...«, begann Jones von neuem.

»Sie können sich alle unnötigen Worte sparen«, fiel Leon ein. »Ich war dabei, als Sie verurteilt wurden.«

Der Mann wurde blaß und rot.

»Und jetzt machen Sie, daß Sie nach London zurückkommen; aber eine Warnung möchte ich Ihnen noch mitgeben: Lassen Sie Leonora Malan in Ruhe, oder – Sie werden große Unannehmlichkeiten haben.«

Jones öffnete den Mund, als ob er etwas erwidern wollte, besann sich aber eines Besseren und ging seiner Wege. Am Abend fuhr Leon noch einmal nach dem Gut, um dem alten Cornelius die Geschichte Mr. Drakes zu erzählen.

Es war schon neun Uhr, als er vor Cornelius Malans Haus eintraf. Die Nacht war pechschwarz; es regnete in Strömen, und das Haus lag finster vor ihm. Nicht ein einziges Fenster war erleuchtet. Er klopfte einmal, zweimal, aber nichts rührte sich. Plötzlich hörte er hinter sich ein keuchendes Atmen – in der Finsternis kam jemand auf ihn zu.

»Mr. Cornelius Malan?« fragte er. Gleich darauf hörte er ein unbestimmtes Brummen.

»Wer ist denn da?« fragte plötzlich eine Stimme.

»Ein alter Freund«, erwiderte Leon kühl, und obgleich Cornelius das Gesicht seines Besuchers nicht sehen konnte, wußte er doch, wen er vor sich hatte.

»Was wollen Sie denn?«

In dem schrillen Klang seiner Stimme schwang Angst mit.

»Ich muß Sie sprechen – die Angelegenheit ist ziemlich wichtig.«

Der Mann schob ihn zur Seite, schloß die Haustür auf und verschwand in dem dunklen Innern. Leon wartete auf der Schwelle, bis das Licht angeknipst wurde.

Der große, niedrige Raum war beinahe leer. Ein spärliches Feuer glühte im Kamin, in einer Ecke stand ein ungemachtes Bett, in der Mitte ein einfacher Holztisch, auf dessen Ecke sich Leon ohne weiteres setzte. Das also war das Wohn- und Schlafzimmer des reichen Cornelius! Der Mann stand an der anderen

Seite des Tisches und stierte ihn mit bleichem, verzerrtem Gesicht an.

»Was wollen Sie?« fragte er heiser.

»Es handelt sich um John Drake«, sagte Leon leichthin. »Ein alter – Feind von mir! Wir haben einander nun schon zehn Jahre lang durch alle Erdteile gehetzt und sind heute zum ersten Mal hier zusammengetroffen.«

Cornelius blickte ihn verblüfft, verständnislos an.

»Was hat denn das mit mir zu tun?«

Leon zuckte die Achseln.

»Nichts, aber – ich habe ihn heute abend getötet.«

Der Mann starrte ihn mit offenem Mund an.

»Getötet?« wiederholte er ungläubig.

»Erstochen – mit einem langen Dolch«, erklärte Leon ruhig. »Sie haben doch sicherlich von den ›Drei Gerechten‹ gehört ... Na, die machen solche Sachen. Und den Leichnam habe ich auf Ihrem Gut verborgen. Zum erstenmal in meinem Leben regt sich mein Gewissen; ich weiß, ich habe unrecht gehandelt, und ich werde mich der Polizei stellen.«

Cornelius blickte ihn schief an.

»Auf meinem Gut? Wo haben Sie ihn denn hingesteckt?«

Nicht ein Muskel rührte sich in Leons Gesicht.

»In den Brunnenschacht geworfen.«

»Verdammte Lüge«, brüllte der andere. »Es ist ausgeschlossen, daß Sie die Falltür öffnen konnten.«

Leon zog gleichmütig die Schultern hoch.

»Das müssen Sie mit der Polizei ausmachen. Ich muß angeben, daß ich mein Opfer in den Schacht geworfen habe. Auf dem Boden fand ich eine eiserne Tür, die ich nach vieler Mühe mit dem Dietrich öffnen konnte – und dahinter habe ich den Ermordeten verborgen.«

Malans Lippen zuckten.

Plötzlich wandte er sich um und stürzte zur Tür hinaus.

Leon hörte einen Schuß und flog hinterher ... im nächsten Augenblick fiel er über einen Körper, der auf dem schmalen Weg lag. Leons Taschenlampe blitzte auf. Cornelius Malan lag tot vor ihm.

Als später die Polizei am Tatort erschien, wurde der Eingang zum Brunnenschacht aufgebrochen. Ein zweiter Toter lag auf dem Boden, in den Cornelius Malan ihn geworfen hatte.

»Cornelius muß Jones überrascht haben, als er versuchte, die Falltür aufzubrechen, und hat ihn niedergeschossen«, sagte Leon. »Direkt unheimlich . . ., nachdem ich ihm gerade das Märchen von dem Toten erzählt hatte, den ich dort hinuntergeworfen hätte! Ich habe ja nur erwartet, daß Cornelius lieber Leonoras Erbteil herausrücken würde, als den Brunnen zu durchsuchen.«

»Merkwürdig, sehr merkwürdig«, sagte Manfred trocken, »aber das merkwürdigste bei der ganzen Sache ist doch Jones' richtiger Name.«

»Was willst du damit sagen? Wie heißt er denn?«

»Drake«, entgegnete Manfred. »Scotland Yard hat es uns vor einer halben Stunde telefonisch mitgeteilt!«

12

Konnor, der Engländer

Die ›Drei Gerechten‹ saßen länger beim Dinner als gewöhnlich. Poiccart war ganz wider seine Gewohnheit redselig und gab sich, wie er wirklich war.

»Die Wahrheit, mein lieber George, ist« – er wandte sich Manfred zu, »daß wir uns selbst etwas vormachen. Es gibt immer noch genug Vergehen, für die das Gesetzbuch keine Strafe vorgesehen hat, für die aber als einzige und logische Strafe – nur der Tod in Betracht kommen kann. Hier und da tun wir Gutes – das will ich zugeben . . . Hier und da strafen wir – auch zugegeben, aber könnte nicht jedes gute Detektivbüro dasselbe leisten?«

»Poiccart hat immer eine Vorliebe für Gesetzwidrigkeiten«, murmelte Leon Gonsalez; »wir müssen auf ihn aufpassen – seine Augen haben solch einen mörderischen Ausdruck!«

Poiccart lächelte gutgelaunt.

»Und ihr wißt ganz genau, daß ich recht habe. Mir allein sind drei Männer bekannt, von denen jeder einzelne mehr als den Tod verdient hat. Sie haben ganze Familien unglücklich gemacht, Leben zerstört und haben doch nie das Gesetz verletzt ... Nach meiner Ansicht ist bei solchen Menschen ...«

Sie ließen ihn reden und reden. Vor den Augen Manfreds tauchte das Bild Merrells auf, des ›Vierten‹ der ›Vier Gerechten‹, des Mannes, der in Bordeaux sterben mußte und im Sterben erreicht hatte, was er sich vorgenommen. Eines Tages wird auch die Geschichte Merrells, des vierten Gerechten, erzählt werden. Manfred erinnerte sich der warmen, stillen Nacht, als Poiccart seine Ansichten in gleicher Weise geäußert hatte. Damals waren sie jünger, begeisterter und eifriger gewesen, der Gerechtigkeit zum Sieg zu verhelfen; schneller, viel schneller bereit, rücksichtslos zu strafen ...

»Wir sind ehrbare Bürger«, Leon stand auf, »und du, mein Freund, versuchst, uns zu verführen. Ich, für meine Person, weigere mich ganz entschieden, meinen guten Charakter verderben zu lassen.«

Poiccart blickte ihn unter seinen schweren Augenlidern hervor fragend an.

»Wer wird wohl der erste sein, der in den alten – Fehler zurückfällt?«

Leon antwortete nicht.

Diese Unterhaltung fand einen Monat vor dem Auftauchen der kleinen Erkennungsmarke statt, die ein merkwürdiger Zufall in die Hände der ›Drei Gerechten‹ spielte. Poiccart hielt sich in Berlin auf – er war auf der Suche nach einem Mann, der seinen Namen mit Lefevre angegeben hatte. An einem schönen Nachmittag bummelte Poiccart durch Charlottenburg und sah in einem Antiquitätenladen zwei alttürkische Vasen, die ihm gefielen. Er kaufte sie und ließ die beiden blauen Vasen verpacken und an seine Adresse nach London schicken.

Manfred war es, der das goldene Abzeichen fand. Von Zeit zu Zeit hatte er Anfälle, sich im Haushalt zu betätigen, und so machte er sich eines Tages daran, die beiden Vasen zu reinigen. Beide waren mit Holzwolle und altem Papier, meistens türkischen Zeitungen, angefüllt, und es machte ihm viel Mühe, mit Hilfe eines langen Drahthakens den Inhalt aus den enghalsigen Vasen herauszufischen. Er war beinahe mit seiner Arbeit zu Ende, als er ein leises metallisches Klirren hörte. Er drehte die Vase herum, schüttelte tüchtig, und ein goldenes Armband fiel auf den Tisch. An der Kette hing ein ovales Täfelchen aus Gold, das auf beiden Seiten mit türkischen Schriftzeichen bedeckt war.

Zufälligerweise war Mr. Dorlan vom Evening Herald zugegen, als dieser interessante Fund gemacht wurde, und Mr. Dorlan ist ja, wie allgemein bekannt, einer der tüchtigsten Journalisten in der Fleet Street. Er ist ein ›junger‹ Mann in der Mitte der Vierzigerjahre und sieht aus wie Mitte Zwanzig. Man sieht ihn in allen Premieren, läuft ihm bei wichtigen Konferenzen und Sitzungen in den Weg, begegnet ihm bei Enthüllungen von Kriegsdenkmälern – kurz, man findet ihn überall. Während des Krieges stand er als Offizier bei der Artillerie. Ab und zu ließ er sich bei den ›Drei Gerechten‹ sehen, blieb häufig zum Dinner und schwatzte gern über ›die guten alten Zeiten‹. Noch nie mals aber hatte er die oft sehr interessanten Unterhaltungen bei seinen Freunden beruflich verwertet.

»Poiccart wird dieser Fund kühl lassen, aber Leon ist sicherlich entzückt«, sagte Manfred, als er das Armband betrachtete. »Gold, sehr gute Arbeit! Leon liebt ja Geheimnisse und wird um einen solchen Fund ein poetisches Netz weben. Das Armband kommt selbstverständlich in seine ›Geschichtenkassette‹.«

Die ›kleine Geschichtenkassette‹ – eine recht gewöhnliche Stahlkassette – war Leons besondere Liebhaberei. Man muß allerdings zugeben, daß sie nichts besonders Wertvolles enthielt: ein Durcheinander aller möglichen Dinge – zerrissene Totalisatorkarten als Erinnerung an den berühmten Buchmacherfall, einige Zentimeter eines Seils, mit dem man versucht hatte, Manfred zu erwürgen . . . Jedes an sich unbedeutende Objekt war mit einer Geschichte, einem Erlebnis verbunden.

Die Einbildungskraft des Journalisten arbeitete mit Hochdruck. Er nahm das Armband auf und prüfte es sorgfältig.

»Was kann das wohl bedeuten?« Manfred hatte es ihm wieder fortgenommen und versuchte, die Schriftzeichen zu entziffern.

»Leon versteht arabisch besser als ich ... Das scheint mir die Erkennungsmarke eines türkischen Offiziers zu sein – auf jeden Fall war der Besitzer ein Mann mit anspruchsvollem Geschmack.«

»Wie merkwürdig«, sagte Dorlan halblaut vor sich hin, »hier, in dem verräucherten London, eine alte türkische Vase, gekauft in Berlin ..., und in ihr findet man ein Stückchen östlicher Romantik!« Dorlan erbat die Erlaubnis, diese Gedanken in einem Artikel zum Ausdruck zu bringen, wogegen George Manfred natürlich nichts einzuwenden hatte.

Leon kam erst spät am Abend zurück: Die amerikanische Regierung hatte ihn beauftragt, genaue Informationen über eine für Amerika bestimmte Ladung einzuholen, die im Londoner Hafen verladen wurde.

»Wie ich mir dachte«, berichtete er seinen Freunden. »Alles, was für einen ertragsreichen Alkoholschmuggel inklusive Mord und Totschlag nötig ist.«

Manfred erzählte ihm von seinem Fund in der Vase.

»Dorlan war auch hier, ich sagte ihm, er könne das ruhig für einen Artikel verwenden, wenn er wolle.«

»Hm!« sagte Leon, der die Inschrift entzifferte. »Hast du ihm auch erzählt, was hier steht? Aber du bist ja nicht so bewandert im Arabischen. Hier ist jedoch ein Wort in lateinischen Buchstaben ›Konnor‹ – hast du das gesehen? ›Konnor‹?« Er blickte nach der Decke. »›Konnor, der Engländer‹ – das ist also der Besitzer dieser interessanten Erkennungsmarke. Konnor? – Ah, ich hab's –, ›Connor‹!«

Am nächsten Abend las Leon Mr. Dorlans interessanten Artikel über ›den Fund in der türkischen Vase‹ und ärgerte sich etwas darüber, daß der gewissenhafte Mr. Dorlan nicht versäumt hatte, die ›Geschichtenkassette‹ zu erwähnen. Leon sprach nämlich nicht gern über den romantischen Inhalt der Kassette, weil er fest davon überzeugt war, daß ihm Romantik völlig fremd war.

»George«, beklagte er sich, »du bist schlimmer als ein Anzeigenbüro. Ich werde mich gar nicht wundern, wenn mir irgendeine Sonntagszeitung fabelhafte Summen für eine Serie von zehn Artikeln ›Aus meiner kleinen Geschichtenkassette‹ offeriert –

und wenn das passiert, bin ich für wenigstens drei Tage ungenießbar.«

Aber trotzdem fand das goldene Armband Unterkunft in der berühmten Kassette. Was die Schriftzeichen bedeuteten, was ›Konnor, der Engländer‹ damit zu tun hatte, behielt Leon trotz aller Fragen für sich.

Aber es wurde seinen beiden Freunden sehr bald klar, daß Leon in den folgenden Tagen mit einer besonderen Nachforschung beschäftigt war. Er machte Fleet Street und Whitehall unsicher und fuhr einmal sogar bis Dublin. Als Manfred ihn fragte, lächelte er freundlich.

»Der Fall amüsiert mich. Connor ist nicht einmal ein Irländer. Wahrscheinlich heißt er gar nicht so, wenn es auch sicher ist, daß er unter dem Namen bekannt war. Ich fand den Namen auf der Offizierstammrolle eines irländischen Regiments. Aber meiner Meinung nach ist er wahrscheinlich ein Levantiner. Stewarts, ein Fotograf in Dublin, hat mir eine Regimentsaufnahme verschafft, auf der ein Connor vertreten ist. Dann habe ich noch den Chef einer großen Buchmacherfirma in Dublin gesprochen – er war Offizier in demselben Regiment –, und er erzählte mir, daß ›Connor‹ mit ausländischem Akzent sprach.«

»Aber wer ist denn nun dieser Connor?« fragte Manfred.

Leon grinste vergnügt.

»Das, mein lieber Freund, ist meine eigene Geschichte.« Und mehr war aus ihm nicht herauszubekommen.

Drei Wochen später erlebte Leon Gonsalez ein eigenartiges Abenteuer.

Leon besaß viele Eigenschaften, die an eine Katze erinnerten. Er schlief vollkommen geräuschlos, und man mußte ein feines Gehör haben, um ihn atmen zu hören; ebenso geräuschlos erwachte er aus tiefstem Schlaf, war wie eine Katze sofort völlig wach und auf der Hut. Und dann besaß er die seltene Eigenschaft, in seinem Schlaf zurückblicken und die Veranlassung für gewohnte oder ungewohnte Geräusche sofort feststellen zu können.

Und in dieser Nacht fuhr er aus dem Schlaf empor und wußte, daß nicht das regelmäßige ›tap-tap‹ der Jalousien – die Nacht war windig – ihn geweckt hatte, sondern die vorsichtigen Bewegungen eines Menschen im Haus.

Sein Zimmer war im Verhältnis zu dem kleinen Haus sehr groß, aber für Leon konnte es nie genügend frische Luft geben, und so standen Fenster und Tür weit offen . . . Er räusperte sich kunstgerecht, atmete tief auf, wie in festem Schlaf, und drehte sich im Bett herum; als er aber mit dieser Bewegung zu Ende gekommen war, stand er mit beiden Füßen auf dem Boden und zog die Schnur seines Pyjamas fest.

Manfred und Poiccart waren zum Wochenende nach außerhalb gefahren; er war allein im Haus – zu seiner großen Befriedigung, denn Leon zog es vor, derartige Vorfälle in seiner Weise zu behandeln.

Mit vorgebeugtem Kopf stand er regungslos da und wartete. Jetzt ließ sich das Geräusch von neuem hören – ein leises, aber deutliches Knacken. Er wußte, daß die einzelnen Treppenstufen in ganz verschiedener Weise knackten – das Geräusch kam von der zweiten. Leon schlüpfte in den Schlafrock und fühlte mit den Füßen nach seinen Pantoffeln. Dann schlich er geräuschlos auf den Vorplatz und schaltete das Licht ein.

Ein Mann stand auf den obersten Stufen der Treppe; sein gelbliches, unsauberes Gesicht blickte zu Leon auf. Furcht, Überraschung und Haß prägten sich in seinen Zügen aus.

»Hand von der Tasche, oder ich schieße Ihnen eine Kugel in den Bauch«, sagte Leon ruhig. »Das dauert dann ungefähr vier Tage, bis Sie tot sind – und jede Minute wird Ihnen leid tun!«

Ein zweiter Mann stand wenige Stufen tiefer, bewegungslos, wie gelähmt vor Schreck – eine kleine, schlanke Figur. Leon richtete den Lauf seines Brownings auf ihn; mit einem hellen Aufschrei drückte er sich an die Wand.

Leon lächelte. Es waren Jahre vergangen, seit er es mit einem weiblichen Einbrecher zu tun gehabt hatte.

»Drehen Sie sich beide um und gehen Sie langsam die Treppe hinunter – versuchen Sie nicht, zu rennen . . ., das könnte peinlich für Sie werden!«

Sie gehorchten, der Mann verdrossen, das Mädchen mit zitternden Knien.

»Nach links«, kommandierte Leon, als sie unten angekommen waren.

Er trat dicht hinter den Einbrecher, stieß ihm die Pistole in den Rücken und griff in seine Tasche. Seinen Fund, einen kurzläufigen Browning, brachte er in der Tasche seines Schlafrocks unter.

»Jetzt durch die Tür, schalten Sie das Licht ein.«

Dann folgte er ihnen in das erleuchtete Zimmer und schloß die Tür hinter sich. »Setzen Sie sich – beide!«

Den Mann hatte er sofort richtig eingeschätzt. Der typische Sträfling; unregelmäßige und abstoßende Gesichtszüge – jedenfalls ein Mensch, der sich in den kurzen Pausen seiner Freiheit Anwartschaft auf neue Gefängnisstrafen erwarb.

Seine Begleiterin hatte noch kein Wort gesprochen; Leon konnte sie in keiner Kategorie unterbringen, denn alle Frauen haben ein mehr oder weniger verfeinertes Äußeres – nur ihre Stimmen verraten sie.

»Es tut mir so leid – ich habe allein die Schuld!«

Das waren ihre ersten Worte, und Leon wußte Bescheid.

Es war die Stimme einer gebildeten Frau – eine Stimme, die man wahrscheinlich in der Bond Street hören konnte, wenn sie den Chauffeur anwies, nach dem Ritz Hotel zu fahren.

Sie war hübsch, aber das wollte nicht viel sagen, denn Leon erschienen alle Frauen hübsch. Dunkle Augen, schmale, fein gezeichnete Augenbrauen und volle, rote Lippen. Die zarten Finger, die sich nervös ineinander verkrampften, waren weiß und sorgfältig gepflegt.

»Der Mann ist nicht schuld daran«, sagte sie leise. »Ich habe ihn gemietet. Ein – ein Bekannter von mir hat ihm ab und zu weitergeholfen, und da habe ich ihn in der vergangenen Woche getroffen ... Ich bat ihn – das hier für mich zu tun. Sie können mir glauben, es ist wahr.«

»Sie baten ihn, in unser Haus einzubrechen?«

Sie nickte.

»Bitte ..., lassen Sie ihn doch laufen ... Ich könnte allein viel besser mit Ihnen sprechen ..., das wäre leichter für mich. Es ist wirklich nicht sein Fehler ..., ich bin ganz allein schuldig.«

Leon zog das Schubfach des kleinen Schreibtisches auf und nahm das Blatt Papier und ein Farbkissen heraus. Beides legte er vor den unrasierten Begleiter des jungen Mädchens.

»Drücken Sie Finger und Daumen auf das Farbkissen und dann auf das Papier.«

»Warum denn?« fragte der Mann mißtrauisch.

»Ich brauche Ihre Fingerabdrücke, falls ich mich doch noch mit Ihnen zu beschäftigen habe – ein bißchen fix!«

Widerstrebend gehorchte der Einbrecher – erst mit der einen, dann mit der anderen Hand. Leon prüfte die Abdrücke und war zufriedengestellt.

»Los – kommen Sie mit!«

Er stieß den Mann vor sich her nach der Haustür, öffnete sie und trat mit ihm auf die Straße.

»Sie sollen doch keine Schußwaffen tragen«, sagte er bedächtig, und im gleichen Augenblick schoß seine Faust vor und traf den Mann unter das Kinn. Er flog auf das Pflaster.

»Sie hat doch gesagt, ich sollte ein Schießeisen mitbringen«, jammerte er.

»Und dafür haben Sie soeben einen Faustschlag erhalten«, erwiderte Leon vergnügt und schloß die Tür.

Als er nach dem Speisezimmer zurückkam, hatte das junge Mädchen den schweren Mantel, den es getragen hatte, abgelegt und saß mit weißem Gesicht, aber sonst völlig ruhig in einem der großen Klubsessel.

»Haben Sie ihn laufen lassen? Ich bin so froh darüber! Aber warum haben Sie ihn denn geschlagen? Ich glaube, ich habe so etwas gehört. – Was denken Sie nun von mir?«

»Ich möchte die Nacht nicht für tausend Pfund hergeben«, sagte Leon und meinte es wirklich so.

Ein scheues Lächeln spielte um ihre Mundwinkel.

»Aus welchem Grund, glauben Sie, habe ich eine solche – maßlose Tollheit unternommen?« fragte sie ruhig.

Leon schüttelte den Kopf.

»Ich kann beim besten Willen keine Erklärung finden. Im Augenblick bearbeiteten wir keinen wichtigen Fall – es kann also von geheimnisvollen Dokumenten, wie in den Detektivromanen, keine Rede sein. Ich kann nur annehmen, daß einer von uns die Antipathie eines Ihrer Freunde erweckt hat – vielleicht eines Liebhabers, Vaters, Bruders . . .«

Das Lächeln tauchte wieder flüchtig auf.

»Nein . . ., es handelt sich nicht um Rache. Sie haben niemandem, den ich kenne, direkt oder indirekt Schaden zugefügt . . ., und es handelt sich ebensowenig um Briefschaften oder Dokumente . . .«

»Rache ist es nicht, auch nicht Diebstahl – dann muß ich mich geschlagen bekennen.«

Leons Lächeln war unwiderstehlich, und die nächtliche Besucherin lachte ihn rückhaltlos an.

»Ich glaube, es ist besser, wenn ich Ihnen die ganze Geschichte erzähle«, begann sie, »und zuerst muß ich Ihnen sagen, wer ich bin. Ich heiße Lois Martin. Der bekannte Chirurg, Sir Charles Martin, ist mein Vater, und in drei Wochen findet meine Heirat statt – mit John Rutland, Major bei der berittenen Polizei in Kapstadt. Und aus dem Grund mußte ich in Ihr Haus einbrechen!«

Leon blickte sie belustigt, aber verständnislos an.

»Suchten Sie vielleicht ein – hm – Hochzeitsgeschenk?« fragte er sarkastisch.

Zu seiner Überraschung nickte sie energisch.

»Sie haben es erraten – das war der Grund. Ich bin furchtbar dumm gewesen. Wenn ich Sie besser gekannt hätte, würde ich mich direkt an Sie gewandt haben.«

Sie blickte ihm gerade in die Augen.

»Nun?« fragte er, »was könnte das wohl sein?«

Sie sprach sehr langsam und eindringlich.

»Ein goldenes Kettenarmband mit einer goldenen Erkennungsmarke.«

Leon war nicht so überrascht, wie man vielleicht annehmen sollte; höchstens darüber, daß sie mit der Wahrheit herauskam.

Er schrieb die Namen auf, die sie ihm angegeben hatte.

»Ein goldenes Armband«, wiederholte er, »das Eigentum von . . .«

Sie zögerte einen Augenblick.

»Ich glaube, ich werde Ihnen die ganze Geschichte erzählen müssen – ich bin ja in Ihrer Hand.«

Er nickte.

»Sehr sogar«, sagte er freundlich. »Ich glaube, Sie haben weniger Unannehmlichkeiten, wenn Sie sich mir anvertrauen, als wenn Sie es mit einem Polizeibeamten zu tun haben.«

Leon war die Güte selbst, und doch fühlte sie in seinem Ton eine gewisse Härte, die sie erschauern ließ.

»Major Rutland weiß nichts von meinem heutigen – Abenteuer ... Er würde außer sich sein, wenn er wüßte, welchem Risiko ich mich ausgesetzt habe.« Sie erzählte dann von ihrem früheren Leben, von ihrer Verlobung mit einem jungen Engländer, der vor Gallipoli gefallen war.

»Und so lernte ich John kennen«, fuhr sie fort. »Er war auch vor Gallipoli gewesen. Vor zwei Jahren schrieb er mir aus Paris und teilte mir mit, daß er noch verschiedene Briefschaften hatte, die meinem armen Frank gehörten. Natürlich forderte mein Vater ihn auf, uns zu besuchen, und so wurden wir gute Freunde, obwohl ich sagen muß, daß mein Vater mit meiner Heirat nicht sehr einverstanden ist.«

Sie schwieg einen Augenblick und fuhr dann fort:

»Ich muß es schon sagen. Pa ist überhaupt gegen die Heirat, und wir wollen uns heimlich trauen lassen. Sehen Sie, Mr. Gonsalez, ich bin ziemlich vermögend – meine Mutter hinterließ mir sehr viel Geld, und John wird auch sehr, sehr reich werden. Während des Krieges – er war in türkischer Gefangenschaft – fand er in Syrien eine Goldmine, und ihre genaue Lage ist eben auf dem goldenen Täfelchen angegeben. John hatte einem Türken das Leben gerettet, der ihm aus Dankbarkeit die Lage der Mine in arabischen Buchstaben auf das goldene Plättchen gravierte. Gegen Ende des Krieges verlor er das Armband mit dem kostbaren Anhänger und hörte erst wieder davon, als der ›Evening Herald‹ die Geschichte des Fundes in der Vase brachte. Der Gedanke, daß ein anderer die Zeichen entziffern und ihm vielleicht zuvorkommen könnte, regte John begreiflicherweise sehr auf, und so riet ich ihm, sich direkt an Sie zu wenden und das Armband von Ihnen zu erbitten. Aber er wollte nichts davon hören, wurde im Gegenteil immer verdrießlicher und aufgeregter, bis ich schließlich auf diesen – verrückten Gedanken kam. John kennt eine ganze Menge von Verbrechern – bei einem Polizeioffizier ist das ja sehr begreiflich – und versteht, mit den Leuten umzugehen ... Außerdem hat er viel getan, um ihnen zu einem ehrlichen Leben zu verhelfen. Der Mann, der heute mit mir hierher kam, gehörte zu ihnen. Ich habe mit ihm gesprochen, und ich machte den Vorschlag, in Ihr Haus einzubrechen und das Armband zu stehlen. Wir wußten ja – aus der Zeitung –, daß Sie es in der Kassette ...«

»Sind Sie sicher, daß der Gedanke zu dem Einbruch von Ihnen und nicht von Major John Rutland stammt?«

Sie zögerte einen Augenblick mit der Antwort.

»Ich weiß nicht ... Ich glaube, er schlug im Scherz vor, daß man bei Ihnen einbrechen müsse.«

»Und daß Sie den Einbrecher spielen sollten?« fragte Leon ohne Umschweife.

Sie wich seinen Blicken aus.

»Das war natürlich Scherz. Er sagte nur, mir könnte ja nichts passieren, und ich könnte ja immer behaupten, daß es sich um eine Wette oder einen Scherz gehandelt hätte. Es war sehr dumm, Mr. Gonsalez. Ich weiß das selbst am besten, und wenn mein Vater dahinter käme ...«

»Es ist gut, daß Sie das einsehen«, versetzte Leon etwas schroff. »Sie brauchen mir nichts weiter davon zu erzählen – von dem Einbruch, meine ich. Wieviel Geld haben Sie auf der Bank?«

Sie sah ihn erstaunt an.

»Beinah vierzigtausend Pfund – ich habe kürzlich einen großen Posten Aktien verkauft. Sie brachten so wenig Zinsen, daß ...«

Leon lächelte.

»Und dann hatte man Ihnen auch eine vorteilhaftere Anlage Ihrer Kapitalien vorgeschlagen?«

Sie wußte sofort, worauf er hinauswollte.

»Sie befinden sich in einem großen Irrtum, Mr. Gonsalez«, sagte sie sehr kühl. »John hat mir nur erlaubt, mich mit tausend Pfund bei seinem syrischen Unternehmen zu beteiligen – er weiß selbst noch nicht genau, ob er tausend oder nur achthundert Pfund nötig hat. Er will auf keinen Fall, daß ich auch nur einen Penny mehr hineinstecke. Morgen abend fährt er nach Paris, um noch einmal mit seinen Geschäftsfreunden vor deren Abreise nach Syrien zu verhandeln. Dann kommt er sofort zurück, wir lassen uns trauen und reisen hinterher.«

Leon sah sie nachdenklich an.

»Morgen abend . . ., das heißt also heute?«

Sie warf einen Blick auf die Uhr und lachte.

»Aber natürlich – heute abend.«

Und jetzt beugte sie sich über den Tisch und blickte ihn ernst an.

»Mr. Gonsalez, nach allem, was ich von Ihnen und Ihren Freunden gehört habe, bin ich sicher, daß Sie mich nicht verraten werden. Wenn ich nur etwas gesunden Menschenverstand gehabt hätte, wäre ich gestern direkt zu Ihnen gekommen und hätte Sie um das Täfelchen gebeten – ich würde gern eine große Summe opfern, um John einen Gefallen zu erweisen. Ist es jetzt zu spät dazu?«

Leon nickte.

»Viel zu spät. Ich behalte das Armband als – Kuriosität. Der unternehmende Herr, der den schönen Artikel geschrieben hat, hat Ihnen ja erzählt, daß das Armband jetzt zu meiner ›Geschichten-Sammlung‹ gehört – und von Geschichten kann ich mich nur schwer trennen! Da fällt mir übrigens ein: Wann schreiben Sie denn Ihren Scheck aus?«

»Glauben Sie denn immer noch, daß John ein Betrüger ist?« fragte sie mit zuckenden Lippen. »Ich habe ihm den Scheck gestern gegeben.«

»Über tausend oder achthundert Pfund?«

»Das kann er entscheiden«, antwortete sie kurz.

Leon nickte und erhob sich.

»Ich will Sie nicht länger aufhalten, Miss Martin. Einbruch scheint ganz und gar nicht Ihre Spezialität zu sein, und ich möchte Ihnen raten, in Zukunft die Hände davon zu lassen.«

»Sie wollen mich also nicht verhaften lassen?« fragte sie lächelnd.

»Jetzt noch nicht«, war seine Antwort.

Er öffnete ihr die Haustür und blickte hinter ihr her. Er sah, wie sie über die Straße auf die Reihe wartender Taxis zuging und in den letzten Wagen einstieg. Dann schloß und verriegelte er die Tür und ging wieder zu Bett.

Sein Wecker schnarrte um sieben Uhr. Vergnügt stand Leon auf – vergnügt, weil die vor ihm liegende Arbeit ganz nach seinem Geschmack war. Erst sprach er in einem Reisebüro vor und ließ sich ein Billett nach Paris geben, dann ging er nach dem Kolonialamt und sah die vorhandenen Stammrollen der berittenen südafrikanischen Polizeitruppen durch – eigentlich war dieser Weg ein unnötiger Zeitverlust für ihn, aber Leon war ein gewissenhafter Mensch. Am frühen Nachmittag schlenderte er müßig in der Threadneedle Street vor der Northern & Southern Bank auf und ab, bis gegen drei Uhr seine Geduld belohnt wurde. Major John Rutland stieg aus einem Taxi, ging in die Bank und kam wenige Minuten später, bevor die großen Tore sich schlossen, wieder heraus. Der Major schien sehr zufrieden mit sich und der Welt im allgemeinen zu sein – er war ein gutaussehender, schlanker Mann mit kurzem, militärisch geschnittenem Schnurrbart und Monokel.

Manfred kam am Nachmittag von seinem Ausflug zurück, aber Leon erwähnte kein Wort über den nächtlichen Einbruch. Nach dem Abendessen ging Leon in sein Zimmer, nahm aus einem Schubfach eine Pistole, reinigte und ölte sie und lud sie sorgfältig. In einem Kästchen fand er einen Schalldämpfer, den er auf die Waffe montierte. Dann packte er einen kleinen Handkoffer, steckte die Pistole in die Manteltasche und ging nach unten. George war in der Halle.

»Gehst du aus, Leon?«

»Ich verreise auf ein paar Tage«, war Leons Antwort; und Manfred, der selten etwas fragte, öffnete ihm stillschweigend die Tür.

Leon saß in der Ecke eines Wagens erster Klasse, als er Major Rutland in Begleitung des jungen Mädchens vorbeigehen sah. Ihnen folgte ein schlanker Mann mit hagerem Gesicht und grauem

Haar – allem Anschein nach der bekannte Chirurg und widerwillige zukünftige Schwiegervater. Leon beobachtete sie verstohlen und sah, wie das junge Mädchen ihrem abreisenden Verlobten zuwinkte, als der Zug sich in Bewegung setzte.

Es war eine dunkle, stürmische Nacht. Die Wetteranzeigen auf dem Bahnhof ließen eine stürmische Überfahrt voraussehen, und als er gegen Mitternacht an Bord ging, rollte das Schiff schon in dem verhältnismäßig ruhigen Wasser des Hafens in unangenehmer Weise.

Er warf einen Blick auf die Liste des Zahlmeisters und sah, daß Major Rutland eine der Luxuskabinen auf dem Oberdeck belegt hatte. Trotz des hochtönenden Namens war es ein sehr einfacher Raum – das Schiff war einer der ältesten Kanaldampfer.

Leon wartete, bis der Zahlmeister sein Billett verlangte.

»Ich glaube, ich habe mein Billett verloren«, sagte er und ließ sich ein neues ausstellen.

Er hatte ja eine Karte Dover–Calais in der Tasche, aber Major Rutland hatte das Ostender Boot genommen. Als der Zahlmeister die Luxuskabine betrat, lugte Leon durch das Fenster und sah den Major behaglich auf dem Sofa liegen, die Mütze tief über die Augen gezogen.

Geduldig wartete Leon eine weitere halbe Stunde, dann sah er die Fenster der Kabine dunkel werden. Langsam ging er auf dem Deck auf und ab. Die letzten Lichter Englands verschwanden flackernd am südwestlichen Horizont. Nicht ein Passagier war zu sehen; die wenigen, die an Bord waren, hatten schon längst ihre Kabinen aufgesucht, denn das Boot stampfte und schlingerte in unheimlicher Weise. Eine weitere halbe Stunde verging, dann öffnete Leon geräuschlos die Tür der Luxuskabine und schlich hinein. Beim Schein seiner elektrischen Taschenlampe blickte er sich um. Augenscheinlich reiste der Major ohne großes Gepäck: zwei kleine Handkoffer – das war alles.

Leon nahm die beiden Gepäckstücke, schlich sich zur Tür hinaus und warf sie über Bord. Der Hut des Schlafenden ging denselben Weg. Jetzt steckte er die Lampe in die Tasche, ging ein zweites Mal in die Kabine und weckte Major Rutland.

»Ich habe mit Ihnen zu reden, Konnor«, sagte er halblaut.

Der Mann war sofort wach.

»Wer sind Sie?«

»Kommen Sie an Deck. Ich habe Ihnen etwas mitzuteilen.«

›Major Rutland‹ folgte ihm in die Dunkelheit, die von den wenigen Lampen an Deck noch unterstrichen wurde.

»Wo wollen Sie denn hin?« fragte er.

Schweigend ging Leon voraus nach dem Heck, das für die Passagiere zweiter Klasse bestimmt, aber zu dieser Stunde völlig einsam war. Sie gingen bis zu der äußersten Brüstung. In der Dunkelheit sahen sie kaum die Umrisse ihrer Figuren.

»Wissen Sie, wer ich bin?«

»Keine Ahnung«, war die kühle Antwort.

»Mein Name ist Gonsalez. Sie heißen – Eugene Konnor oder auch Bergstoft. Sie waren früher mal Offizier im . . .«, er nannte das betreffende Regiment. »In Gallipoli liefen Sie zum Feinde über, nachdem Sie vorher über die Bedingungen mit einem der Spione in Amsterdam verhandelt hatten. In der Verlustliste wurden Sie als ›gefallen‹ geführt, während Sie in Wirklichkeit als Spion für die türkische Regierung tätig waren. Für die Niederlage in Semna Bay sind Sie verantwortlich – lassen Sie Ihren Revolver stecken, oder Ihr Leben wird noch schneller enden.«

»Nun«, sagte der Mann schwer atmend, »was verlangen Sie?«

»Zuerst das Geld, das Sie heute nachmittag von der Bank abgehoben haben. Ich nehme an, Sie haben von Miss Martin einen Blankoscheck erhalten, und ich nehme gleichfalls an, daß Sie ihn auf ihr ganzes Guthaben ausgeschrieben haben, wie die Bedauernswerte morgen früh erfahren wird.«

»Also ganz gewöhnlicher Raub?« Konnor lachte spöttisch.

»Her mit dem Geld – sofort!« zischte Leon.

Konnor fühlte die Mündung einer Pistole auf der Brust und – gehorchte. Leon nahm das dicke Paket Banknoten und steckte es in die Tasche.

»Sie sind sich doch darüber klar, Mr. Leon Gonsalez, daß Sie sich erhebliche Unannehmlichkeiten bereiten?« begann Konnor. »Ich dachte mir schon, daß Sie die Zeichen auf der Erkennungsmarke entziffern . . .«

»Ich entzifferte die arabischen Worte auf der Erkennungsmarke ohne jede Schwierigkeit – ich nehme an, Sie sprechen von dem goldenen Täfelchen. Sie lauten folgendermaßen: ›Konnor, der Engländer, hat die Erlaubnis, die türkischen Linien zu jeder Tages- und Nachtzeit zu überschreiten. Alle werden angewiesen, ihm jede nur gewünschte Unterstützung zu erweisen!‹ Unterzeichnet war es vom Oberbefehlshaber der Dritten Armee. Ja, ja, ich habe es sehr genau gelesen.«

»Wenn ich nach England zurückkomme ...«, begann der andere.

»Sie haben ja gar nicht die Absicht, nach England zurückzukehren. Sie sind verheiratet – Ihre Trauung fand in Dublin statt. Bigamie scheint auch zu Ihren Liebhabereien zu gehören. Wieviel Geld ist das hier?«

»Dreißig – oder vierzigtausend Pfund – aber Sie brauchen nicht anzunehmen, daß Miss Martin Strafantrag gegen mich stellen wird.«

»Keine Sorge, niemand wird das tun«, sagte Leon leise.

Er warf einen schnellen Blick um sich herum – das Deck war verlassen.

»Sie sind ein Verräter an Ihrem Vaterland – wenn Sie überhaupt eines haben. Sie sind ein Mann, der Tausende seiner Kameraden in den Tod gejagt hat, und das genügt!«

Die Pistole blitzte auf – man hörte nur ein gedämpftes »ploff«. Konnor schwankte, aber bevor er zusammenbrach, fing Leon Gonsalez ihn auf und schleuderte ihn in die See ... Die Pistole folgte ...

Ostende kam in Sicht.

Als der Steward die Kabine betrat, um das Gepäck herauszubringen, entdeckte er, daß der Passagier bereits verschwunden war. Es gibt oft genug geizige Passagiere, die ihre Gepäckstücke selbst an Deck bringen, um das Trinkgeld für den Steward zu sparen. Und so zuckte der Mann die Achseln und dachte nicht mehr an die ganze Sache.

Leon Gonsalez hielt sich einen Tag in Brüssel auf, sandte ohne ein erklärendes Wort vierunddreißigtausend Pfund an Miss Lois

Martin, nahm den Zug nach Calais und traf noch am gleichen Abend in London ein. Als er in das Speisezimmer geschlendert kam, blickte Manfred von seinem Buch auf.

»Gut amüsiert, Leon?«

»Sehr gut«, war die ruhige Antwort.

RATGEBER

Bücher von Fachleuten - der ideale Weg zum guten Rat, ohne Wartezeiten und große Kosten. Jederzeit individuelle Beratung und gezielte Information zu ganz persönlichen Themen, über Beruf und Wirtschaft oder für Hobby und Freizeit. Konkrete Konzepte, praktische Methoden und erprobte Rezepte bieten zeitgemäße Möglichkeiten, um sich rundum richtig wohlfühlen zu können.

PSYCHOLOGIE LEBENSHILFE

BEER, ULRICH

Selbsttherapie. So helfe ich mir bei Depressionen, Lebenskrisen, Schlafstörungen, Stress, Übergewicht.
10896 DM 8,80

BERGLER, REINHOLD

Vorurteile erkennen, verstehen, korrigieren.
10424 DM 12,80

BIERACH, ALFRED

Wege zu einem Supergedächtnis.
Lern- und Merktechniken.
10360 DM 8,80

BOECKEL, JOHANNES F.

Meditationspraxis.
Technik und Methoden.
10824 DM 9,80

BOHNENKAMP, AXEL

Tarot als Lebenshilfe.
22 Stufen zu einem Leben voll Harmonie und innerer Kraft.
11770 DM 12,80

BUSCAGLIA, LEO

Leben-lieben-lernen.
Brücken bauen – nicht Barrieren.
10362 DM 12,80

BUZAN, TONY

Kopf-Training.
Anleitung zum kreativen Denken. Tests und Übungen.
10926 DM 9,80

Nichts vergessen! Training für ein Supergedächtnis.
10385 DM 12,80

DICKSON, ANNE

Frau sein.
Selbstfindung, Selbstvertrauen, Selbstbewußtsein. 10956 DM 12,80

DOBBINS, RICHARD D.

Der Weg zu seelischer Kraft.
Wie man seine seelische Gesundheit fördert. 10431 DM 9,80

EDER, RUTH

Der pflegeleichte Geliebte
Frauen und die neuen Männer
13510 DM 12.80
Dieses Buch beweist anhand von zahlreichen Interviews, daß sich das Verhältnis zwischen Geliebten grundlegend verändert hat: in ein Liebesverhältnis gleichwertiger Partner.

FEDRIGOTTI, TONI

Erfolg durch Erfolgsbewußtsein
13505 DM 12.80
Lernen Sie durch Änderung Ihrer Denkgewohnheiten, sich auf Erfolg zu »programmieren«.

FENSTERHEIM, HERBERT/ BAER, JEAN

Leben ohne Angst.
Unsicherheiten, Ängste, Phobien erkennen, verstehen, beherrschen.
11343 DM 12,80
Sag nicht ja, wenn Du nein sagen willst.
11297 DM 12,80

FEUERABENDT, SIGMUND

Das Yoga-Sutra.
10456 DM 9,80

FREITAG, ERHARD F.

Hilfe aus dem Unbewußten.
Der spirituelle Weg zum Erfolg.
10957 DM 12,80
Kraftzentrale Unterbewußtsein.
Der Weg zum positiven Denken.
10888 DM 12,80

FREITAG, E. F./ZACHARIAS, C.

Die Macht Ihrer Gedanken.
Das Praxisbuch zur »Kraftzentrale Unterbewußtsein«. Ein Trainingsprogramm.
10357 DM 12,80

GIBSON, JOAN

Hab Vertrauen.
Wie wir Einsamkeit und Selbstzweifel überwinden können.
10461 DM 9,80

HÖHN, REINHARD

Examen ohne Angst
10479 DM 12.80
Der Autor zeigt, wie jeder seine Prüfungsängste aus eigener Kraft überwinden kann.

JAMPOLSKI, GERALD G.

Lieben heißt die Angst verlieren.
Vergnügliche Lebenshilfe ohne beschwerliche Theorien und Philosophien.
10381 DM 9,80

KLEIN, BERNARD

Die Macht des Traumes. Durch bewußtes Träumen ungenutzte Geisteskräfte freisetzen. 10410 DM 9,80

KURTH, HANNS

Lexikon der Traumsymbole.
10917 DM 14,80
So deute ich meine Träume.
Mit Beispielen und Erläuterungen von 400 Traumsymbolen.
10507 DM 9,80

LAUSTER, PETER

Selbstbewußtsein kann man lernen.
Programme für Selbstsicherheit und Selbstvertrauen.
10960 DM 9,80
Der Persönlichkeitstest.
Ein Programm zur Entfaltung Ihrer Persönlichkeit.
10739 DM 9,80

LAUTENSCHLÄGER, FRANZ/ HAMM, MICHAEL/ LAGERSTRØM, DIETER

Wellness – Die neue Fitness.
Ihr persönliches Ernährungs-, Bewegungs- und Harmonieprogramm für die neunziger Jahre.
10394 DM 12,80

LENTNER, GERHARD VON

Kartenlegen I + II.
10966 DM 17,80/10967 DM 16,80

LE CRON, LESLIE M.

Selbsthypnose. 10692 DM 12,80

LERMER, STEPHAN

Selbstfindung und Lebenskunst.
Vom Umgang mit Liebe und Angst. 10356 DM 9,80

MALTZ, MAXWELL

So können Sie werden, wie Sie sein möchten. Methoden der Selbstbildpsychologie. 10455 DM 14,80

MENG CHAO-LAI/ WOLFGANG EXEL

Die Heilkunst der Chinesen.
Anleitung zur Selbsthilfe.
10437 DM 12,80

MENSEN, HERBERT

Das neue ABC des autogenen Trainings. 10753 DM 9,80

PACZENSKY, SUSANNE VON

Der Testknacker. Wie man Karriere-Tests erfolgreich besteht. 10363 DM 9,80

REITER, UDO (HRSG.)

Meditation – Wege zum Selbst. 11305 DM 9,80

RYBORZ, HEINZ

Die universellen Kräfte Ihrer Psyche. Der Weg zu einem neuen Leben. 10929 DM 12,80

Die Kunst zu überzeugen. Die wirksame Beeinflußung von Partnern, Freunden, Kunden, Gegnern. 10963 DM 12,80

Die Kunst, Ihr Leben zu meistern. Es gibt eine Lösung für jedes Problem. 10941 DM 12,80

Jeder kann es schaffen. Ein Buch für die Selbstbehauptung in Beruf und Alltag. 10440 DM 12,80

Lebe besser, lebe gern Wie man seine schöpferischen, geistigen und seelischen Kräfte entdeckt, entwickelt und nutzt 13509 DM 12.80 Ein praktisches Lebenshilfebuch, anhand dessen jeder sein Leben positiv verändern kann.

Wer ist dein Freund? Wer ist dein Feind? Wie man Menschen besser erkennt. 10358 DM 14,80

SALTUS, CAROL

Das Körperzeichen. Was der Körper über die Persönlichkeit verrät. 10406 DM 14,00

SCHNEIDER, WOLF

Deutsch für Profis. Wege zu gutem Stil. 11536 DM 12,80

TEPPERWEIN, KURT

Die hohe Schule der Hypnose. 10962 DM 14,80

Die»Kunst« mühelosen Lernens. Neue Lernmethoden machen es Ihnen leicht. 10459 DM 12,80

TILL, MARIETTA

Die Heilkraft des Atems. 50 Atemübungen für Körper, Geist und Seele. 10432 DM 8,80

VASSEUR, J. & J.

Goldmanns Großes Vornamenbuch. 10872 DM 9,80

WELTLEIN, THOMAS

Nimm dein Herz in deine Hand. Partnersuche – Schritt für Schritt. 10457 DM 9,80

WILKES, MALTE W.

Die Kunst, kreativ zu denken. Die beiden erfolgreichen Ratgeber – »Kreativität ist Kribbeln im Kopf« und »Denkfehler, Denkfallen, Denkblockaden« in einem preiswerten Sonderband. 10150 DM 10,00

Denkfehler, -fallen. 10898 DM 5,80

WINTER, JOSEF A.

Überwindung von Krankheit und Angst. Die Erkenntnisse der psychosomatischen Medizin. 10450 DM 12,80

SEXUALITÄT UND PARTNERSCHAFT

DICKSON, ANNE

Die Harmonie der Innenwelt. Die neue Sexualität der Frau. 10996 DM 12,80

DEVI, KAMALA

Tantra-Sex. Die modernen Liebestechniken des Ostens. 10743 DM 12,80

DEWY, DONNA U. RODGER

Die Lamaze-Methode. Der Weg zu einem positiven Geburtserlebnis. 10814 DM 9,80

DICKSON, ANNE

Frau sein. 10956 DM 12,80

DODSON, BETTY

Sex for One - Die Lust am eigenen Körper 10475 DM 12.80 Dieses Buch konfrontiert uns mit einem der ältesten und hartnäckigsten Tabus: der Selbstbefriedigung.

EYSENCK, HANS J.

Das Partnerbuch. Anleitung zum Glücklichsein. 6877 DM 9,80

LOWEN, ALEXANDER

Liebe und Orgasmus. Persönlichkeitserfahrung durch sexuelle Erfüllung. 11356 DM 14,80

Lust. Der Weg zum kreativen Leben. 11367 DM 14,80

MEYER, HERMANN

Die neue Sinnlichkeit. Das intime Glück der Nähe. 10375 DM 9,80

RAMSDALE, D.A./ DORFMANN, ALAN

Sexuelle Energie und Ekstase. Der Weg zu höchstem Glücksgefühl. 10368 DM 14,80

RUEGER, RUSS A.

The Joy of Touch. Der Spaß, einander anzufassen. 10916 DM 12,80

WENDT, HERMANN

Das neue Sex-Buch. Die schönsten Übungen der Sexualtherapie. 10429 DM 9,80

GESUNDHEIT UND SCHÖNHEIT

ABEHSERA, MICHAEL

Heilerde – die natürliche Medizin. 10420 DM 9,80

ALTER, JUDY

Das Stretching-Handbuch Dehnen, Strecken und Stärken 13517 DM 14.80 Alles über Stretching - mit ausführlichen Übungsanleitungen und Erläuterungen über die gesundheitliche Bedeutung des Stretching.

APPEL, WALTER A.

Die Macht des Mondes Wie man den Mondeinfluß testen und nutzen kann 13519 DM 12.80 Mit Hilfe von Berechnungstabellen kann jeder die Auswirkungen der Mondperioden auf sein gesamtes Leben feststellen.

BRUSSEAU, PEGGY

Body Love Sanfte Übungen für einen schönen Körper. 10477 DM 12.80 Ein praktisches Übungsprogramm, das zu einer neuen positiven Sicht des eigenen Körpers, aber auch zu mehr Ausgeglichenheit und Zufriedenheit führt.

DERLON, PIERRE

Die geheime Heilkunst der Zigeuner. Die Kraft der Pflanzen, Wurzeln und Erden. 10303 DM 12,80

DOWNING, GEORGE

Massage und Meditation. Die meditativen Grundlagen für eine Vertiefung der Massage. 10460 DM 9,80

Partner-Massage. 10742 DM 9,80

FABER, STEPHANIE

Kräuterkosmetik. 200 Kosmetikrezepte mit Heilkräutern – hausgemacht. 10809 DM 12,80

Schön ab vierzig. 10873 DM 9,80

Ganzheitskosmetik. 224 S., Paperback. 30506 DM 22,80

Natürlich Schön. Kosmetik zum Selbermachen. 228 S., Paperback. 30501 DM 19,80

FAHRENKAMP, SIBYLLE

Die Kunst fit und nicht fett zu sein. Ein Weg durch den Irrgarten der Schlankheitskulte.
10991 DM 14,80

GESUNDHEITSRATGEBER FAMILIE

Schnelle, praktische und preiswerte Anleitungen zur Selbsthilfe – ärztlich und wissenschaftlich geprüft!

Allergien.
10463 DM 9,80

Herzkrankheiten.
10449 DM 9,80

Kopfschmerzen.
10444 DM 9,80

Notfälle.
10454 DM 9,80

Rückenschmerzen.
10446 DM 9,80

Streß.
10458 DM 9,80

GRÜNACKER, HERTA

Fleck weg ohne Gift.
Die Öko-Fleckputz-Fibel.
10423 DM 8,80

GROSS, HUGO MAX

Biorhythmik.
Wie Sie Ihre Lebenskurve in den Griff bekommen. Eine Anleitung zur Erstellung der persönlichen Lebenskurve. 10761 DM 12,80

HAAS, DR. ELSON M.

Gesund durch alle vier Jahreszeiten. Leben mit der Natur. 10399 DM 14,80

HAAS, ROBERT

Die Dr. Haas Leistungsdiät
Das Ernährungsprogramm für Gesundheit, Fitneß und Sport
13525 DM 12.80
Das ideale Ernährungsbuch für Ausdauer, Leistungsfähigkeit und Gesundheit von Sportlern und für Fitneß im Alltag.

HAMMERSCHMID-GOLLWITZER, JOSEF

Wörterbuch der medizinischen Fachausdrücke.
Sämtliche medizinischen Fachausdrücke in alphabetischer Reihenfolge mit 300 informativen Zeichnungen und Fotos. 10057 DM 12,-

HANSSEN, MAURICE

E = eßbar?
Was Sie über die Zusatzstoffe in Ihrer Nahrung wissen sollten.
10416 DM 9,80

HEYN, BIRGIT

Die sanfte Kraft der indischen Naturheilkunst.
Das ganzheitliche Heilverfahren des Ayurveda. 10367 DM 12,80

HINGST, WOLFGANG

Zeitbombe Kosmetik.
Der kritische Report über moderne Schönheitsmittel. Mit Vorschlägen zu natürlichen Alternativen.
10418 DM 14,80

HIRSCHMANN, FERRY

Strahlen – die gesunde Energie.
10986 DM 12,80

JÄGER, GERHARD

Gesundheit aus Pflanzensäften.
Rezepte, Cocktails, Kuren.
10417 DM 9,80

KELLER, ERICH

Das Handbuch der ätherischen Öle
Helfen, Heilen, Pflegen
13504 DM 9.80
Eine für jedermann verständliche Erklärung und praktische Anleitung zur Anwendung ätherischer Öle.

KJELLRUP, MARIANN

Bewußt mit dem Körper leben.
Eutonie: Durch Spannungsabbau zu Harmonie und Wohlbefinden.
10304 DM 9,80

KOCH, EGMONT R.

Umweltschutz zu Hause.
Was jeder tun kann!
10466 DM 12,80

KOCH, EGMONT R./MAYWALD, ARMIN/KLOPFLEISCH R.

Entgiften. Was jeder zu Hause tun kann
10485 DM 12.80
Dieser Ratgeber zeigt jedem, wo und wie er in seinem persönlichen Bereich Gefahren begrenzen oder ausschließen kann.

KOLL, ROLF D.

Grundkurs Bioenergetik.
Theorie und Praxis der Selbstbefreiung. – Mit über 100 praktischen Übungen. 10447 DM 14,80

KUNZ, KEVIN UND BARBARA

Durch die Füsse heilen.
Anleitung zur Reflexzonentherapie.
10359 DM 9,80

LANGE-ERNST, MARIA-E.

Bluthochdruck – Kampf dem leisen Killer.
Das Herz als Lebensmotor: bewußte Ernährung, ausreichende Bewegung und Vermeidung von Alltagsgiften. Paperback.
10400 DM 19,80

Der Schmerz als Signal.
Biologische und medikamentöse Hilfen zur Schmerzbewältigung.
Paperback 10468 DM 19,80

Die Haut – unsere empfindsame Hülle. Ganzheitliche Pflege von außen und innen.
Paperback 10442 DM 19,80

Gesund und natürlich essen - ein Leben lang
Wie wir uns und unsere Kinder richtig ernähren.
Paperback. 13512 DM 19.80
Ein praktischer Ernährungsratgeber zur Vermeidung von Mangelerscheinungen und zur Stärkung der Gesundheit und Widerstandskraft.

Gesund durch Spurenelemente.
Minerale als Bausteine der Zellaktivität, Brücken des Stoffwechsels, Verstärker des Abwehrsystems.
Paperback. 10396 DM 19,80

Fünfzig Jahre dreißig sein. Jung bleiben, Kraft gewinnen, Lebensfreude steigern, Selbstheilung aktivieren. Paperback. 10407 DM 19,80

Müden Beinen auf die Sprünge helfen
Hilfen und Vorbeugung bei schweren Beinen, Krampfadern und Venenerkrankungen
Paperback. 13518 DM 19.80
Dieses Buch informiert über die zahlreichen Vorsorgemaßnahmen, die jeder treffen kann, um Venenleiden vorzubeugen und zu lindern.

Rätselkrankheit Allergien.
Ursachen, Erkennungs- und Behandlungsmöglichkeiten bei Heuschnupfen, Asthma, Hauterkrankungen, Insektenallergien und vielem mehr. Paperback. 10415 DM 19,80

Schlafen können. Natürliche Hilfsmittel gegen Schlafstörungen.
Paperback. 10433 DM 19,80

LERMER, STEPHAN

Krebs und Psyche. Der Einfluß der Seele auf die körperliche Gesundheit. 10364 DM 14,80

LODES, HILTRUD

Atme richtig. Der Schlüssel zu Gesundheit und Ausgeglichenheit.
10305 DM 9,80

MACFAYDEN, RALPH J.

Weg mit der Brille! Wie man durch tägliches Training die Sehkraft verbessert. 10848 DM 9,80

MAHESHWARANANDA, PARAMHANS SWAMI

Yoga gegen Rückenschmerzen
10476 DM 12.80
Ein praktisches Übungsbuch zur Therapie und Vorbeugung von Rückenschmerzen.

Yoga und das tägliche Leben.
10445 DM 12,80

CHAO-LAI MENG/ WOLFGANG EXEL

Die Heilkunst der Chinesen. Anleitung zur Selbsthilfe. 10437 DM 12,80

MERTZ, BERND A.

Grundlagen der klassischen Astrologie 13516 DM 9.80 Das ideale Handbuch für alle, die einen praktischen Zugang zur Astrologie suchen.

MEYER-ANDERSEN, MERVÉE

Bodystyling für Frauen. In nur 12 Wochen schlank und fit. 10993 DM 14,80

MOEGLING, KLAUS

Die chinesische Bewegungsmeditation Tai Chi Chuan. Ein Lehrbuch für Anfänger und Fortgeschrittene. 10425 DM 14,80

Sanfte Massagen. Akupressur, Yin-Yang-Massage, Polarity, Eutonie, Esalen-Massage, Rolfing, Tantsu, Kum Nye, Lockerungs- und Entspannungsmassagen. 10412 DM 12,80

NAMIKOSHI, TOKUJIRO

Shiatsu. Heilung durch die Fingerspitzen. 10765 DM 9,80

NATURAPOTHEKE

Rezepte von Mutter Natur. 10256 DM 9,80

NEHBERG, RÜDIGER

Medizin-Survival. Überleben ohne Arzt. 10430 DM 12,80

NOTELOVITZ, MORRIS/ WARE, MARSHA

Aufrecht bis ins hohe Alter! Osteoporose – erkennen, vorbeugen, mildern. 10945 DM 12,80

OPPENHEIMER, MOSCHE PAUL

Dehnübungen – Die Oppenheimer-Methode. Band I: Einzelübungen. 10395 DM 9,80

Dehnübungen – Die Oppenheimer-Methode. Band II: Partnerübungen. 10462 DM 9,80

PROTO, LOUIS

Das Energie-Programm Ohne Müdigkeit durch den Tag 13508 DM 9.80 Ein umfassendes Programm gegen Müdigkeit mit energiespendender Kost und zahlreichen praktischen Übungen zur Regeneration.

REDIES, HANS DR. MED.

Kinderkrankheiten. Vorbeugen, erkennen, heilen. Das unentbehrliche Nachschlagewerk für jede Mutter. Neu überarbeitet. 10693 DM 12,80

REGER, KARL HEINZ

Hildegard-Medizin. Die natürlichen Kräuterrezepte und Heilverfahren der hl. Hildegard von Bingen. 10932 DM 14,80

REICHERT, HEDWIG

Bade dich gesund! Das Sprudelbad. 10380 DM 7,80

RIEGLER, DR. EWALD

Dr. Rieglers Migräne-Diät. - Schmerzfrei ohne Medikamente. 10987 DM 9,80

RYWERANT, YOCHANAN

Die Feldenkrais-Methode. Die neue Bewegungstherapie. Mit einem Vorwort von Moshe Feldenkrais. 10382 DM 14,80

SCHREIBER, MICHAEL

Die Kunst des Laufens. In zwölf Schritten zum Marathonläufer. Das erste Marathon-Buch mit einem exakten Trainingsprogramm. 10464 DM 12,80

SCHWESTER BERNARDINE

Schwester Bernardines Heilkräuterbuch. Der Rezept- und Erfahrungsschatz der bekanntesten »Kräuterschwester«. 10376 DM 9,80

Schwester Bernadines Hausmittelbuch. Neue Rezepte aus der »großen Apotheke Gottes«. 10401 DM 7,80

SCHWIND, PETER

Alles im Lot. Körperliches und seelisches Gleichgewicht durch Rolfing. 10302 DM 9,80

SLOTOSCH, GERDA

Jeden Morgen fünf Minuten Gymnastik. Eine Gymnastik für Gesundheit und Schönheit. 10552 DM 8,80

TILL, MARIETTA

Die Heilkraft des Atems. 50 Atemübungen für Körper, Geist und Seele. 10432 DM 8,80

TRAEDER, NORBERT

Das Bodybuilding-Handbuch. Tips zum Training, zur Ernährung und zur gesamten Lebensweise. 10443 DM 12,80

Das Figur- und Fitneß-Handbuch für Frauen. Ernährung, Trainingsprogramme, Körperpflege. 10452 DM 12,80

ULRICH, WOLF

Alte Heilweisen neu entdeckt. 10856 DM 9,80

GESUNDE ERNÄHRUNG/KOCHEN

BACKEN

10253 DM 9,80

COCKTAILS UND DRINKS.

Köstliche Rezepte mit und ohne Alkohol 10273 DM 9,80

DIÄT

Schlank, gesund, schön. 10255 DM 9,80

EINMACHEN

10259 DM 9,80

FABER, STEPHANIE

Vollwertig frühstücken Köstlich und gesund in den Tag 13524 DM 9.80 Ein Frühstücksbuch aus der Vollwertküche mit vielen Anregungen und Rezepten für Gesundheit, Schönheit und Wohlbefinden.

DAS FISCH-KOCHBUCH

10271 DM 12,80

GANZ OHNE FLEISCH

Gesund mit vegetarischer Küche. 10250 DM 9,80

DAS GEMÜSEKOCHBUCH

10266 DM 9,80

GESUND DURCH BALLASTSTOFFE

Schmackhafte Gerichte für eine gesunde Ernährung. 10280 DM 9,80

HANSSEN, MAURICE

E = eßbar? Was Sie über die Zusatzstoffe in Ihrer Nahrung wissen sollten. 10416 DM 9,80

HAGLER, LOUISE

Soja total – Das vegetarische Kochbuch der Sojabohne. Dieses Kochbuch zeigt, wie ungeheuer vielseitig die Soja-Bohne ist. 10465 DM 12,80

DAS HONIGBUCH

Gesünder süßen mit Honig – 100 tolle Rezepte. 10279 DM 9,80

HÜLSENFRÜCHTE

Leckeres mit Bohnen, Linsen und anderen Hülsenfrüchten. 10284 DM 9,80

JÄGER, GERHARD

Gesundheit aus Pflanzensäften. - Rezepte, Cocktails, Kuren. 10417 DM 9,80

JÜNEMANN, MONIKA UND WOLFGANG

Zum Essen gern. Vegetarische Lekkerbissen für Leib & Liebe.
10421 DM 9,80

DAS KARTOFFEL-KOCHBUCH

150 Variationen zum Thema Kartoffel. 10268 DM 12,80

MEIN KRÄUTERBUCH

Für Küche und Gesundheit.
10262 DM 9,80

DAS LAMM-KOCHBUCH.

10270 DM 12,80

LARIDON, TREES/MAES, WILLY

Makrobiotisch Kochen.
Gesunde Ernährung verlängert das Leben. 10301 DM 14,80

MARMELADEN, KONFITÜREN, GELEES.

Süße Verführungen auf dem Frühstückstisch: Rezepte mit Früchten aller Art. Mit genauen Anleitungen zum Konservieren. 10269 DM 9,80

MEYER, AXEL

Die Kunst des Backens
10488 DM 9.80
Der Klassiker unter den Brotbackbüchern! Mit Vollwert- Rezepten für Brot- und Vollkorngebäck in zahlreichen Variationen.

Müsli-Buch
10489 DM 7.80
Eine exzellent bebilderte, liebevolle Zusammenstellung zahlreicher Müsli-Variationen für einen schwungvollen und gesunden Tagesbeginn.

MEYER, BIRGIT & AXEL

Vegetarische Küche
Neue Variationen kulinarischer Kochkunst
10487 DM 9.80
Vegetarische Gerichte, die gesund sind, lecker schmecken und Anregungen zu eigenen Kreationen bieten.

PASTA-BUCH

Die schönsten Nudelgerichte.
10252 DM 9,80

REGNET, URSULA/ VON LICHTENFELS, HELENE

Großmutters gute Weihnachtsbäckerei
10103 DM 9,80

RICHTIG SALZEN

Gesund und schlank mit Salz.
10281 DM 9,80

RÜTTING, BARBARA

Mein Kochbuch. Naturgesunde Köstlichkeiten aus aller Welt.
10838 DM 9,80

SAHLIN, SIGRI

Trocknen und Dörren
Beeren, Obst, Gemüse, Pilze und Kräuter natürlich konservieren
13514 DM 9.80
Alles Wissenswerte über Konservierung von Nahrungsmitteln und viele Rezepte für deren schmackhafte Verwendung.

SCHAEFFER, MICHAEL

Tee – Die Zeremonie des Genießens.
Ein informatives, praktisches und unterhaltsames Buch rund um den Tee mit vielen Rezepten.
10448 DM 9,80

SCHÖNFELDT, SYBIL GRÄFIN

Das Kochbuch für Studenten.
10434 DM 7,80

Nüsse, Mohn und Mandelkern.
Leckere Vollwertgerichte für das ganze Jahr. 10441 DM 7,80

DAS SCHOKOLADENBUCH.

Alles aus Schokolade – köstliche Cremes und Puddings, Torten und Kuchen, Eis, Drinks, Pralinen und die berühmte Mousse au chocolat.
10283 DM 9,80

WILLIAM SHURTLEFF UND AKIKO AOYAGI

Das Miso-Buch.
Herstellung, Sorten, Kochen mit Miso und Rezepte.
10428 DM 12,80

Das Tofu-Buch.
Herstellung, Verwendung, Ernährungswert und Rezepte.
10413 DM 12,80

UHLE, MARGRET

Was kann man überhaupt noch essen?
ABC der gesunden Nahrungsmittel
10483 DM 12.80
Dieses Handbuch der gesunden Nahrungsmittel bietet Warenkunde, Produktinformation, Rezepte und viele praktische Tips.

DAS VOLLKORN-KOCHBUCH.

Vollkornkost für eine gesunde und ausgewogene Ernährung – aber auch für eine raffinierte Küche.
10285 DM 9,80

ZELTNER, RENATE

Das Vollwert-Backbuch.
Rezepte für Kuchen und Torten, Plätzchen, Pizzen und Pasteten, Brot und Brötchen. 10392 DM 9,80

Das Vollwert-Kochbuch. Raffinierte Schlemmereien aus der Vollwertküche. 10389 DM 9,80

HOBBY UND FREIZEIT

NEHBERG, RÜDIGER

Medizin Survival. Überleben ohne Arzt. 10430 DM 12,80

HÄKELN

Die neue Häkelschule.
10263 DM 9,80

REIBETANZ, RENÉ

Das Fahrrad-Handbuch.
Ausstattung, Kauf, Reparatur, Fahrradtouren. 10426 DM 9,80

SCHÖNE STRICKMODELLE

Jacken, Pullunder, Westen und Pullis. 10254 DM 9,80

STRICKEN

Die neue Strickschule.
10251 DM 9,80

GARTEN

BALKON, TERRASSE, BLUMENKASTEN

10258 DM 9,80

BIOLOGISCHER NUTZGARTEN

Giftfreier Anbau von Obst und Gemüse. 10264 DM 9,80

DER INTENSIVGARTEN

Hoher Ertrag auf kleinstem Raum.
10261 DM 9,80

DER KLEINE GARTEN

10277 DM 9,80

MEIN ROSENGARTEN

Alles, was man als Rosenliebhaber wissen sollte. 10282 DM 9,80

DER NATURGARTEN

10275 DM 9,80

DER STEINGARTEN

10276 DM 9,80

WASSER IM GARTEN

Das Feuchtbiotop – Anlage und Pflege. 10265 DM 9,80

DER WINTERGARTEN

10278 DM 9,80

RECHT

ALLE DEUTSCHEN VERFASSUNGEN

Mit einer Einführung von Prof. Dr. Rudolf Schuster, München.
11397 DM 14,80

DEUTSCHE VERFASSUNGEN

Paulskirchenverfassung, Preußische Verfassungsurkunde, Reichsverfassung, Weimarer Verfassung, Ermächtigungsgesetz u.a.
8020 DM 12,80

DIEMANN, DIETER/EDGAR DÖRNER

Der Weg zur Eigentumswohnung. Mit Checklisten. 10414 DM 14,80

KEMPFLER, HERBERT

Wie gründe und leite ich einen Verein? Gründung, Anmeldung, Mitglieder, Mitgliederversammlung, Vorstand, Haftung, Austritt, Ausschluß, Auflösung. 10696 DM 12.80
Ein unentbehrlicher juristischer Ratgeber für Laien.

VANDERBORG, CLAUSS

Wie mache ich mich selbständig?
10478 DM 12.80

GELD

DIEMANN, DIETER/ EDGAR DÖRNER

Der Weg zur Eigentumswohnung.
10414 DM 14,80

KAUFMANN, ROBERT

Kredit-Tricks – ganz legal.
10393 DM 9,80

LASSIG, ROLAND

So spart man Einkommensteuer 1990.
Der bewährte Ratgeber, um Steuern zu sparen. 13528 DM 9,80

So spart man Lohnsteuer 1990.
Die legalen Tricks, Steuern zu sparen. 13530 DM 9,80

VANDERBORG, CLAUSS

So versichere ich mich richtig.
10451 DM 9,80

BERUF UND AUSBILDUNG

BOLLES, RICHARD NELSON

Job-Hunting. Ein Handbuch für Berufseinsteiger und -aufsteiger.
10361 DM 14,80

HÖHN, REINHARD

Examen ohne Angst
10479 DM 12.80

HOFSTETTER, JOSEPH

So bewerbe ich mich richtig. Ein Ratgeber für alle Stellungssuchenden. 10549 DM 9,80

OSTRANDER/SCHROEDER

Superlearning. Leichter lernen ohne Streß. Die revolutionäre Lernmethode. 11318 DM 12,80

PACZENSKY, SUSANNE VON

Der Testknacker. Wie man Karriere-Tests erfolgreich besteht.
10363 DM 9,80

SCHNEIDER, WOLF

Deutsch für Profis. Wege zum guten Stil. 11536 DM 12,80

MANAGEMENT

BIERACH, ALFRED

Wege zu einem Supergedächtnis. Lern- und Merktechniken für Vergeßliche. 10360 DM 8,80

RYBORZ, HEINZ

Die Kunst zu überzeugen.
10963 DM 12,80

ASTROLOGIE

APPEL, WALTER A.

Die Macht des Mondes.
Wie man den Mondeinfluß testen und nutzen kann.
13519 DM 12,80 (Sept.)
Mit Hilfe von Berechnungstabellen kann jeder die Auswirkungen der Mondperioden auf sein gesamtes Leben feststellen.

ASTRO-ANALYSIS.

Das große Handbuch der Astrologie. Sonderausgabe. 928 S. Geb. 30509 DM 39,80

BOSSLE, DR. RUDOLF

Die Charakterzüge der Sternzeichen.
Über 1000 Tests belegen die Charaktereigenschaften der 12 Sternzeichen. 10998 DM 12,80

LÖHLEIN, HERBERT A.

Handbuch der Astrologie.
Liebe – Ehe – Partnerwahl. 10517 DM 16,80

MERTZ, BERND A.

Grundlagen der klassischen Astrologie.
13516 DM 9,80
Das ideale Handbuch für alle, die einen praktischen Zugang zur Astrologie suchen.

SUN BEAR & WABUN.

Indianische Astrologie der Erde.
Das Medizinrad:

Roter Habicht. 21. März – 19. April.
10975 DM 5,80

Biber. 20. April – 20. Mai.
10976 DM 5,80

Hirsch. 21. Mai – 20. Juni.
10977 DM 5,80

Specht. 21. Juni – 22. Juli.
10978 DM 5,80

Stör. 23. Juli – 22. Aug.
10979 DM 5,80

Braunbär. 23. Aug. – 22. Sept.
10980 DM 5,80

Rabe. 23. Sept. – 23. Okt.
10981 DM 5,80

Schlange. 24 Okt. – 21. Nov.
10982 DM 5,80

Wapiti. 22. Nov. – 21. Dez.
10983 DM 5,80

Schneegans. 22. Dez. – 19. Jan.
10972 DM 5,80

Otter. 20. Jan. – 18. Feb.
10973 DM 5,80

Puma. 19. Feb. – 20. März.
10974 DM 5,80

WHITE, SUZANNE

Die chinesische Astrologie. 10915 DM 12,80

POSITIVES DENKEN; SPIRITUELLE KRÄFTE

DREWS, LYNN
Der Flug des siebten Mondes. Die Lehren der Medizinfrau. 11839 DM 12,80

BATES, BRIAN
Der Spieler und der Zauberer Der Schauspieler als moderner Schamane. 11890 DM 14.80

BOECKEL, JOHANNES F.
Meditationspraxis. Technik und Methoden. 10824 DM 9,80

BOERNER, MORITZ
Weisheit aus dem Unbewußten. »Channeling« als Schlüssel zur geistigen Welt – Eine Einführung in TranceTechniken für den Alltag. 11824 DM 14,80

BOHNENKAMP, AXEL
Tarot als Lebenshilfe. 22 Stufen zu einem Leben voll Harmonie und innerer Kraft. 11770 DM 12,80

DAS BUCH DER MEDITATION
Herausgegeben von Hans Christian Meiser. Ausgewählte Gedanken für jeden Tag 10164 DM 8,–

COLLINS, LIZ
Bewußter leben im Hier und Jetzt. Neue Spiritualität im WassermannZeitalter. 11775 DM 12,80

COUDRIS, MANUEL-DAVID
Ich kann sprechen. Botschaften eines Ungeborenen. 6890 DM 12,80

CRISS, CIA
Reise zur Wahrheit Ein praktischer Führer durch das Meer unserer Gefühle 11863 DM 9.80 Eine amerikanische Heilerin und Psychotherapeutin weist gangbare Wege zur eigenen inneren Wahrheit.

DETHLEFSEN, THORWALD
Das Erlebnis der Wiedergeburt. Heilung durch Reinkarnation. 11749 DM 12,80
Das Leben nach dem Leben. Gespräche mit Wiedergeborenen. 11748 DM 12,80
Schicksal als Chance. Das Urwissen von der Vollkommenheit des Menschen. 11723 DM 12,80

EATON, EVELYN
Ich sende eine Stimme. Eine weiße Medizinfrau erzählt. 11821 DM 12,80

EVERDING, KARL
Jeder ist ein Feuerläufer. 11833 DM 9,80

FREITAG, ERHARD F.
Hilfe aus dem Unbewußten. Der spirituelle Weg zum Erfolg. 11774 DM 12,80
Kraftzentrale Unterbewußtsein. Der Weg zum positiven Denken. 11740 DM 12,80

FREITAG, ERHARD F./ ZACHARIAS, CARNA
Erkenne Deine geistige Kraft. Erhard F. Freitag beantwortet die Fragen zum positiven Denken. 11812 DM 12,80
Die Macht Ihrer Gedanken. Das Praxisbuch zur »Kraftzentrale Unterbewußtsein«. Ein Trainingsprogramm. 10357 DM 12,80

HARF, ANNELIESE
Himmel und Erde verbinden. Bewußtseinsschulung und Friedensarbeit – ein Weg zur Lebensganzheit. 11817 DM 9,80

KÖPPEN-WEBER, DIVO
Du bist der neue Mensch! Das Alta-Major-Prinzip: Schmerzfrei und aufrecht durch ein neues Bewußtsein unserer Wirbelsäule. 11883 DM 9.80

MARKERT, CHRISTOPHER
Yin Yang. Harmonie von Sinnlichkeit und Vernunft. 11379 DM 9,80

MERGES, STEPHANIE
Du bist mehr, als Du denkst. Die Botschaft einer deutschen Geistheilerin. 11841 DM 12,80

MISCHELL, PATRICIA L.
Denk' positiv! Wege und Techniken zu körperlicher und spiritueller Harmonie. 11779 DM 12,80

MULFORD, PRENTICE
Ausgewählte Texte. 8433 DM 9,80
Ausgewählte Texte. Zweiter Band. 11023 DM 7,80

MURPHY, DR. JOSEPH
Das I-Ging-Orakel Ihres Unterbewußtseins. 11757 DM 12,80
Das Wunder Ihres Geistes. 11739 DM 12,80
Der Weg zu innerem und äußerem Reichtum. Ihr Denken gestaltet Ihr Leben. 11767 DM 12,80
Die Gesetze des Denkens und Glaubens. 11734 DM 12,80
Die kosmische Dimension Ihrer Kraft. Positives Denken im Einklang mit dem Universum des Geistes. 11755 DM 12,80
Die Praxis des Positiven Denkens Wie ein positives Leben unseren Alltag verändern kann - Ein Dr. Joseph Murphy-Lesebuch. 11939 DM 10.00
Die unendliche Quelle Ihrer Kraft. Ein Schlüsselbuch positiven Denkens. 11736 DM 12,80
Leben in Harmonie. Der Kosmos: die unversiegbare Quelle Ihrer Kraft. 11751 DM 12,80

NORVELL, ANTHONY
Sei erfolgreich und wohlhabend. Die Macht des kosmischen Magnetismus. 11832 DM 9,80

PEALE, NORMAN VINCENT
Aufforderung zum Glücklichsein Wie sich alles zum Guten wendet Inspirationen gangbarer Wege zu innerem Frieden und Glück. 11891 DM 12.80
Darum seid getröstet Trost im Leid. 11884 DM 9.80
Heute fängt dein Leben an. Ein positives Wort für jeden Tag. 11815 DM 12,80
Leben kann Freude sein. Seelenfriede – Quelle der Kraft und Energie. 11823 DM 12,80

PECK, M. SCOTT
Der wunderbare Weg. Eine neue Psychologie der Liebe und des spirituellen Wachstums. 11842 DM 12,80

RIPOTA, PETER
Die Geburt des Wassermann-Zeitalters. Esoteriker, Astrologen und NewAge-Philosophen künden vom neuen Zeitalter. 11808 DM 9,80

SCHWARTZ, DAVID J.
Die Wunderwirkung großzügigen Denkens. Wie Sie wagen können,»groß« zu denken und zu handeln. 11840 DM 12,80

SINGH, DARSHAN
Spirituelles Erwachen. Ein Führer für die Suche nach geistiger Wahrheit. 11809 DM 12,80

SUN BEAR
Leben mit der Kraft. 11822 DM 9,80
Der Pfad der Kraft. 11801 DM 12,80

TEGTMEIER, RALPH
Der Geist in der Münze. Vom magischen Umgang mit Reichtum und Geld. 11820 DM 9,80

TEPPERWEIN, KURT

Geistheilung durch sich selbst.
11738 DM 12,80

UCCUSIC, PAUL

Heilen mit der Kraft der Liebe.
11829 DM 12,80

WEIDELENER, HERMANN

Die Götter in uns.
Abendländische Mythenwelt, lebendiges Spiegelbild unseres Ichs, spiritueller Weg zu tiefen Erkenntnissen. 11802 DM 12,80
Abendländische Meditationen.
Eine Einführung in die Meditation.
11782 DM 8,80
Wege zum Dasein. Aufgaben auf dem Weg einer inneren Schulung.
11818 DM 9,80

REINKARNATION, JENSEITSERFAHRUNGEN

ALLGEIER, KURT

Du hast schon einmal gelebt.
Wiedergeburt? Erinnerungen in der Hypnose. 11717 DM 12,80

BECKER, ERNEST

Die Überwindung der Todesfurcht.
Dynamik des Todes. Ausgezeichnet mit dem Pulitzer-Preis.
11762 DM 14,80

CURRIE, IAN

Niemand stirbt für alle Zeit.
Berichte aus dem Reich jenseits doc
Todes. 11729 DM 14,80

DETHLEFSEN, THORWALD

Das Erlebnis der Wiedergeburt.
Heilung durch Reinkarnation.
11749 DM 12,80

JÜRGENSON, FRIEDRICH

Sprechfunk mit Verstorbenen.
Praktische Kontaktherstellung mit dem Jenseits. 11727 DM 12,80

PASSIAN, RUDOLF

Abschied ohne Wiederkehr?
Tod und Jenseits aus parapsychologischer Sicht – Forschungen und Erfahrungen im Grenzbereich
11854 DM 12.80

RYZL, MILAN

Der Tod und was danach kommt.
Das Weiterleben aus der Sicht der Parapsychologie. 11737 DM 12,80

SABOM, MICHAEL

Erinnerung an den Tod.
11741 DM 12,80

STEARN, JESS

Die unsterbliche Seele. Geist und Reinkarnation. 11759 DM 14,80

THIENEL, PETER

Seelenwanderung.
Das Geheimnis der Wiedergeburt in unserem Leben. 11433 DM 9,80

WAMBACH, HELEN

Seelenwanderung. Wiedergeburt durch Hypnose. 11746 DM 12,80

WHITTON, JOEL L./FISCHER, JOE

Das Leben zwischen den Leben
Ein Forschungsbericht aus der Welt jenseits unserer physischen Existenz
11882 DM 12.80

MEDIALITÄT AUSSERKÖRPERLICHE ERFAHRUNG

GARFIELD, LAEH MAGGIE/ GRANT, JACK

Geisthelfer. Eine Einführung in die Arbeit mit Wesen aus der anderen Welt. 11811 DM 12,80

GRANT, JOAN

Sekhet-a-ra – Tochter des Pharao.
Ein esoterischer Roman aus dem Ägypten der Ersten Dynastie.
11763 DM 12,80

GRISCOM, CHRIS

Die Frequenz der Ekstase.
Bewußtseinsentwicklung durch die Kraft des Lichtes.
11838 DM 12,80
Zeit ist eine Illusion. Leben und Botschaft einer spirituellen Lehrerin.
11787 DM 9,80

GÜLDENSTEIN, MATTHIAS

Die Botschaft der geistigen Welt.
Spiritismus und Medien.
11771 DM 12,80

JUSSEK, EUGENE

Begegnung mit dem Weisen in uns.
Gespräche mit Yan Su Lu.
11765 DM 9,80
Das Perlennetz.
Weitere Gespräche mit Yan Su Lu.
11810 DM 12,80

MASTERS, ROBERT/ HOUSTON, JEAN

Bewußtseinserweiterung über Körper und Geist.
Ein praktisches Übungsbuch mit einer Einführung von Moshe Feldenkrais. 11807 DM 12,80
Phantasie-Reisen.
Ein Führer durch unsere inneren Räume. 11843 DM 14,80

PAINE, WINGAITE

Der Weg zum Selbst
Gespräche mit dem unsichtbaren Freund Emanuel11886 DM 9.80
Emanuel ist wie Seth in den USA eines der bekanntesten »channeling«-Wesen.

ROBERTS, JANE

Dialog der Seele.
Die Autorin des Seth-Materials beschreibt unbekannte Dimensionen der Psyche und die Realitäten in unserer Seele. 11850 DM 14,80
Die Natur der Psyche. Ihr menschlicher Ausdruck in Kreativität, Liebe und Sexualität. 11760 DM 14,80
Gespräche mit Seth.
Von der endgültigen Gültigkeit der Seele. 11768 DM 16,80

SATPREM

Der Mensch hinter dem Menschen.
Mit einem Vorwort von Georg Stefan Troller. 11754 DM 12,80
Das Leben ohne Tod.
Auf dem Weg zum Menschen hinter dem Menschen.
11813 DM 9,80

STEARN, JESS

Soulmates. Seelenverwandtschaft.
11777 DM 12,80

GEHEIMLEHREN VERBORGENES WISSEN

ANDREWS, LYNN

Die Jaguar-Frau und die Lehren des Schmetterlingsbaumes
Eine moderne Schamanin auf den Spuren Castanedas
11892 DM 12.80

ARADIA – DIE LEHREN DER HEXEN.

Mythen, Zaubersprüche, Weisheiten, Bilder – kommentiert von Charles G. Leland. 11816 DM 9,80

BIERI, EDGARDO L.

Spirituelle Medizin.
Ein Wegweiser zu den verborgenen Quellen der Heilkunst.
11837 DM 12,80

BOGNER, PIET

Die Ahnen rufen.
Ein Weißer erlebt seine Wiedergeburt als Papua.
11819 DM 12,80
Sangguma.
Die schwarze Magie der Papua.
Bericht über eine andere Wirklichkeit. 11830 DM 9,80

BRUSIUS, HEDY

Die Magie der Edelsteine.
Ihre kosmische Wirk- und Strahlkraft. 11826 DM 9,80

CAYCE, EDGAR

Bericht von Ursprung und Bestimmung des Menschen. Rückschau und Prophezeiungen des berühmten amerikanischen Sehers – aufgezeichnet von Lytle W. Robinson. 11804 DM 12,80

Über Sexualität und Erleuchtung herausgegeben von H.B. Puryear 11877 DM 12.80

CENTURIO, N.A.

Die großen Weissagungen des Nostradamus. Prophetische Weltgeschichte bis zum Jahr 2050. 11772 DM 12,80

DERLON, PIERRE

Die geheime Heilkunst der Zigeuner. Die Kraft der Pflanzen, Wurzeln und Erden. 10303 DM 12,80

EATON, EVELYN

Schamane und Medizinrad Eine Medizinfrau geht den indianischen Weg des Wissens 11887 DM 12.80

FORTUNE, DION

Das karmische Band. Die esoterische Philosophie der Liebe und der Ehe. 11825 DM 9,80

GARFIELD, LEAH MAGGIE

Der heilende Klang. Das wunderbare Netz von Stimme, Ton und Gesang. 11852 DM 9,80

GOLOWIN, SERGIUS

Das Reich des Schamanen Die eurasische Kultur der Spiritualität - der Weg des Alten Wissens 11885 DM 14.80

GRAVES, TOM

Pendel und Wünschelrute. Radiästhesie. Theorie und praktische Anwendung. 11732 DM 12,80

HANSEN, HAROLD A.

Der Hexengarten. Die Zauberkräuter des Mittelalters und ihre Wirkung. 11784 DM 9,80

DAS HEXENBUCH

Authentische Texte von modernen Hexen – Geschichte, Magie und Mythos des Alten Weges. 11806 DM 9,80

LENTNER, GERHARD VON

Die hohe Kunst des Kartenlegens. Das Kartenlegelexikon Band 1 (1. bis 16. Haus). 10966 DM 17,80

Die hohe Kunst des Kartenlegens. Das Kartenlegelexikon Band 2 (17. bis 23. Haus). 10967 DM 16,80

MANGOLDT, URSULA VON

Das große Buch der Hand. Die Grundlagen der Chirologie. 11704 DM 17,80

ROBERTS, JANE

Seth und die Wirklichkeit der Psyche - Band 1: Die multidimensionale Existenz. 11888 DM 29.80 Paperback

Seth und die Wirklichkeit der Psyche - Band 2: Reinkarnation und Reisen des Selbst. 11889 DM 29.80 Paperback Die bisher unveröffentlichten Seth-Botschaften. Das neue Seth-Buch.

SANDERS, LEA

Die Farben Deiner Aura. Wie wir lernen können, unsere Aura und unsere Chakren zu sehen, um uns besser zu verstehen. 11844 DM 12,80

SCHENK, AMELIE/ KALWEIT, HOLGER

Heilung des Wissens. Forscher begegnen dem Schamanen – der innere und der äußere Weg des Wissens. 11805 DM 14,80

TOTH, MAX

Das Geheimnis der Pyramid Power. Neue Forschungen zum kosmischen Hintergrund des Pyramiden-Rätsels. 11834 DM 12,80

TOTH, MAX/NIELSEN, GREG

Pyramid Power. Kosmische Energie der Pyramiden. 11722 DM 12,80

WEED, JOSEPH J.

Psychoenergie. Die Urkraft des Lebens. 11827 DM 12,80

PSI-FORSCHUNG, ASW

RYZL, MILAN

ASW Training. PSI-Methoden zur Weckung und Aktivierung des sechsten Sinnes. 11744 DM 12,80

Der Tod und was danach kommt. Das Weiterleben aus der Sicht der Parapsychologie. 11737 DM 12,80

SHERMAN, HAROLD

Außersinnliche Kräfte. Und wie man Nutzen aus ihnen zieht. 11705 DM 12,80

TARG, RUSSELL/HARARY, KEITH

Jeder hat ein drittes Auge. PSI – die unheimliche Kraft. 11783 DM 16,80

ÖSTLICHE WEISHEITEN SPIRITUELLE KRÄFTE

ANDERSON, WALT

Das offene Geheimnis. Der tibetische Buddhismus als Religion und Psychologie. 11835 DM 12,80

BUDDHA

Die Lehre des Erhabenen. 8647 DM 16,80

DALAI LAMA

Das Auge einer neuen Achtsamkeit. 11803 DM 9,80

FEUERABENDT, SIGMUND

Das Yoga-Sutra. Die 196 Merksprüche des Ur-Yoga. 10456 DM 9,80

KONFUZIUS

Ausgewählte Texte. 8442 DM 8,80

ITAL, GERTA

Der Meister, die Mönche und ich. Eine Frau im zen-buddhistischen Kloster. 11731 DM 14,80

Auf dem Wege zu Satori. 11701 DM 12,80

KRISHNAMURTI, JIDDU

Fragen und Antworten. Und sein Gespräch mit Prof. David Bohm über das Erwachen der Intelligenz. 11753 DM 12,80

LAO-TSE

Ausgewählte Texte. Sinnsprüche zum Ursprung allen Seins. 8435 DM 7,80

MARKERT, CHRISTOPHER

I Ging. Das Buch der Wandlungen. 10300 DM 14,80

Yin Yang. Harmonie von Sinnlichkeit und Vernunft. 11379 DM 9,80

RAMPA, LOBSANG

Das Dritte Auge. Ein tibetanischer Lama erzählt sein Leben. 11758 DM 14,80

SINGH, DARSHAN

Spirituelles Erwachen. Ein Führer für die Suche nach geistiger Wahrheit. 11809 DM 12,80

WATTS, ALAN

Psychotherapie und östliche Befreiungswege. 11410 DM 12,80

ZAEHNER, R.C.

Der Hinduismus. Seine Geschichte und seine Lehre. 8629 DM 9,80